A Rainha da Fofoca
EM NOVA YORK

OBRAS DA AUTORA PUBLICADAS PELA RECORD

Avalon High
Avalon High – A coroação: A profecia de Merlin
Cabeça de vento
Como ser popular
Ela foi até o fim
A garota americana
Quase pronta
O garoto da casa ao lado
Garoto encontra garota
Ídolo teen
Pegando fogo!
A rainha da fofoca
A rainha da fofoca em Nova York
Sorte ou azar?
Tamanho 42 não é gorda
Tamanho 44 também não é gorda
Todo garoto tem

Série O Diário da Princesa
O diário da princesa
Princesa sob os refletores
Princesa apaixonada
Princesa à espera
Princesa de rosa-shocking
Princesa em treinamento
Princesa na balada
Princesa no limite
Princesa Mia
Princesa para sempre

Lições de princesa
O presente da princesa

Série A Mediadora
A terra das sombras
O arcano nove
Reunião
A hora mais sombria
Assombrado
Crepúsculo

Série As leis de Allie Finkle para meninas
Dia da mudança
A garota nova

MEG CABOT

A Rainha da Fofoca
EM NOVA YORK

Tradução de
ANA BAN

Rio de Janeiro | 2010

CIP-BRASIL. CATALOGAÇÃO-NA-FONTE
SINDICATO NACIONAL DOS EDITORES DE LIVROS, RJ

C116r Cabot, Meg, 1967-
Rainha da fofoca em Nova York / Meg Cabot; tradução de Ana Ban. –
Rio de Janeiro: Galera Record, 2010.
(A rainha da fofoca; v. 2)

Tradução de: Queen of babble in the big city
Sequência de: Rainha da fofoca
ISBN 978-85-01-08139-1

1. Mulheres jovens – Ficção. 2. Romance americano. I. Ban, Ana.
II. Título. III. Série

10-3306 CDD: 813
CDU: 821.111(73)-3

Título original em inglês:
Queen of Babble in the big city

Publicado mediante acordo com Harper Collins Publishers.

Design de capa: Celina Carvalho

Direitos exclusivos de publicação em língua portuguesa somente para o Brasil adquiridos pela EDITORA RECORD LTDA.
Rua Argentina 171 – Rio de Janeiro, RJ – 20921-380 – Tel.: 2585-2000
que se reserva a propriedade literária desta tradução

Impresso no Brasil

ISBN 978-85-01-08139-1

Para Benjamin

Muito obrigada a Beth Ader, Jennifer Brown, Barbara Cabot, Carrie Feron, Michele Jaffe, Laura Langlie, Sophia Travis e, especialmente, Benjamin Egnatz.

Guia de Vestido de Noiva de Lizzie Nichols

Encontrar o vestido de noiva certo para o grande dia não é fácil, mas também não é algo que deve levá-la às lágrimas!

Mesmo que você esteja planejando uma cerimônia formal, com um longo tradicional, existem vários estilos de vestido para escolher.

O truque é combinar o traje certo com a noiva certa antes que ela se transforme em uma noiva neurótica... e é aí que entra uma especialista em vestidos de noiva como eu!

LIZZIE NICHOLS DESIGNS™

1

Não basta que a língua tenha clareza e conteúdo... é necessário ter também objetivo e imperativo. Se não, da língua passamos à tagarelice, da tagarelice, ao devaneio, e do devaneio, à confusão.

— *René Daumal (1908-1944), poeta e crítico francês*

Abro os olhos e vejo o sol batendo no Renoir pendurado em cima da minha cama e, por alguns segundos, não sei onde estou.

Então eu me lembro.

E o meu coração se incha de animação elétrica. Não, sério. Elétrica, tipo como a gente fica no primeiro dia de aula quando está com uma roupa nova da TJ Maxx.

E não só porque... sabe aquele Renoir pendurado em cima da minha cabeça? É de verdade. E estou falando sério, não é uma reprodução, como havia no meu quarto do alojamento da faculdade. É uma obra original, executada pelo mestre impressionista em pessoa.

E eu nem consegui acreditar nisso no começo. Quero dizer, com que frequência você entra no quarto de alguém e vê um Renoir original pendurado em cima da cama? Hum, nunca. Pelo menos se você for eu.

Quando Luke saiu do quarto, fiquei para trás, fingindo que precisava usar o banheiro. Mas, na verdade, tirei as sandálias, subi na cama e examinei a tela mais de perto.

E eu tinha razão. Dava para ver as pinceladas que Renoir usou para fazer a renda que ele detalhou com tanto cuidado na manga da garotinha. E as listras no pelo do gato que a garotinha está segurando? São uns globulozinhos levantados. É um Renoir DE VERDADE, é sim.

E está pendurado em cima da cama em que acordei... a mesma cama que no momento está banhada com o sol que entra pelas janelas altas à minha esquerda... o sol refletido no prédio do outro lado da rua... o prédio que é o METROPOLITAN MUSEUM OF ART. Aquele que fica na frente do Central Park. Na Quinta Avenida. Em NOVA YORK.

Sim! Estou acordando em NOVA YORK!!!! A Big Apple! A cidade que nunca dorme (só que tento dormir pelo menos oito horas por noite, senão as minhas pálpebras ficam inchadas, e Shari diz que fico mal-humorada)!

Mas não é nada disso que está me deixando elétrica. O sol, o Renoir, o Met, a Quinta Avenida, Nova York. Nada disso se compara ao que realmente está me deixando animada... tem uma coisa melhor do que tudo isso e do que uma roupa da TJ Maxx para a volta às aulas juntos.

E essa coisa está na cama, ao meu lado.

Olhe só como ele fica fofo dormindo! Um fofo masculino, não um fofo delicadinho. Luke não fica lá deitado com a boca aberta e baba escorrendo pelo canto como eu (sei que faço isso porque as minhas irmãs disseram. E também porque, sempre que eu acordo, meu travesseiro está molhado). Ele consegue dormir com os lábios fechados, bem bonitinho.

E os cílios dele são tão compridos e recurvados... Por que os meus cílios não são assim? Não é justo. Afinal de contas, a mulher sou eu; sou eu que devo ter cílios compridos e recurvados, e não tão curtos e espetados que preciso esquentar o curvex com secador de cabelo e usar umas sete camadas de rímel se quiser mostrar que tenho cílios.

Certo, preciso parar. Parar de ficar obcecada pelos cílios do meu namorado. Preciso me levantar. Não posso ficar largada na cama o dia inteiro. Estou em NOVA YORK!

E, bem, eu não tenho emprego. Nem onde morar.

Afinal, sabe aquele Renoir? É, ele é da mãe de Luke. Assim como a cama. Ah, e o apartamento também.

Mas ela só comprou porque achou que ia se separar do pai de Luke. E agora eles não vão mais. Graças a mim. Ela disse que Luke pode usar o quanto quiser.

Sorte dele. Eu queria que a MINHA mãe tivesse pensado em se divorciar do MEU pai e comprado um apartamento totalmente maravilhoso em Nova York, bem na frente do Metropolitan Museum of Art, que ela agora só planejaria usar algumas vezes por ano, quando fosse à cidade para fazer compras ou assistir a um espetáculo de balé.

Certo, é sério. Agora preciso me levantar. Como é que posso ficar na cama (uma cama king-size, aliás, totalmente confortável, com um edredom grande, branco e fofo, recheado de penas de ganso) quando tenho NOVA YORK inteira do outro lado da porta (bom, preciso descer de elevador e atravessar o hall de mármore) esperando para ser explorada por mim?

E pelo meu namorado, é claro.

Parece tão estranho dizer isso... até pensar nisso. Eu e o meu namorado. Meu namorado.

Porque, pela primeira vez na vida, é verdade! Tenho um namorado, juro por Deus. Alguém que realmente me considera sua namorada. Ele não é gay e não está me usando só para disfarçar na frente dos pais religiosos, para que eles não descubram o que realmente está acontecendo com um fulano chamado Antonio. Ele não está apenas tentando fazer com que eu fique tão apaixonada por ele a ponto de dizer sim quando ele vier com a ideia de fazer um *ménage à trois* com a ex dele, eu diga sim, por medo de ele terminar comigo se eu negar. Ele não é um jogador compulsivo que sabe que tenho um monte de dinheiro guardado e posso livrar a cara dele se ele se afundar demais em dívidas.

Não que essas coisas tenham acontecido comigo... mais de uma vez.

E também não estou só imaginando que Luke e eu estamos juntos. Não vou dizer que não fiquei com um pouco de medo (sabe como é, quando saí da França para voltar para Ann Arbor) de nunca mais ter notícias dele. Se ele não estivesse assim tão a fim de mim e quisesse se livrar de mim, seria a oportunidade perfeita.

Mas ele continuou ligando. Primeiro, da França, depois de Houston, aonde ele foi para pegar todas as suas coisas e se livrar do apartamento e do carro antigo, e, depois, de Nova York, quando chegou. Dizia que não aguentava esperar para me ver novamente. E ficava me falando todas as coisas que planejava fazer quando nos víssemos de novo.

E daí, quando finalmente cheguei aqui, na semana passada, ele fez todas as coisas que disse que iria fazer.

Mal consigo acreditar. Quero dizer, que um cara de quem eu gosto tanto quanto gosto de Luke realmente também gosta de mim, para variar. É por isso que o que a gente tem não foi só um caso de verão. Porque o verão acabou, e agora já é outono (bom, tudo bem, quase), e continuamos juntos. Juntos em Nova York, onde ele vai estudar medicina, e eu vou arrumar um emprego no ramo da moda, fazendo alguma coisa (bom, ligada à moda) e, juntos, vamos nos divertir na cidade que nunca dorme!

Assim que eu encontrar um emprego. Ah, e um apartamento.

Mas tenho certeza de que Shari e eu vamos encontrar um apartamentinho charmoso para chamar de lar em breve. E, até lá, posso ficar na casa de Luke, e Shari pode ficar no apartamento do prediozinho sem elevador que o namorado dela, Chaz, encontrou na semana passada no East Village (ele recusou de cara o convite que os pais fizeram para que voltasse a morar na casa onde passou toda a infância, pelo menos quando não estava no internato, em Westchester, onde o pai dele ainda mora e de onde vem todo dia para a cidade para trabalhar).

E apesar de ele não estar exatamente no melhor quarteirão, também não é o pior lugar do mundo, com a vantagem de ser perto da NYU, a Universidade de Nova York, onde Chaz está fazendo Ph.D., e de ser barato. Um apartamento de dois quartos com aluguel controlado só por dois mil por mês. E, tudo bem, um dos quartos não tem janela, mas, mesmo assim...

E, bom, Shari já presenciou um esfaqueamento duplo pela janela da sala. Mas tanto faz. Foi um desentendimento doméstico. O cara no prédio do outro lado do pátio esfaqueou a esposa grávida e a sogra. Até parece que as pessoas em Manhattan são esfaqueadas por estranhos todos os dias.

E, no fim, todo mundo ficou bem. Até o bebê, cujo parto foi feito pelos policiais na entrada do prédio, quando a mulher entrou em trabalho de parto antes da hora. Três quilos e oitocentos gramas! E, tudo bem, o pai dele está trancado em uma cela de prisão na ilha Rikers. Mas, mesmo assim, bem-vindo a Nova York, pequeno Julio!

Na verdade, se quer saber a minha opinião, Chaz está meio torcendo em segredo para a gente não encontrar um lugar para morar, assim Shari vai ter que morar com ele. Porque Chaz é romântico assim.

E, falando sério, não seria divertido? Daí Luke e eu poderíamos visitar, e nós quatro poderíamos ficar batendo papo, como fazíamos na casa de Luke na França, com Chaz preparando kir royales, Shari mandando em todo mundo, eu fazendo sanduíches de baguete com barras de chocolate Hershey's para todos, e Luke cuidaria da música ou algo assim, não é?

E isso podia mesmo acontecer, porque Shari e eu não estamos com sorte no quesito apartamento. Já respondemos a uns mil anúncios, e até agora os lugares ou são alugados antes de uma de nós poder ir lá dar uma olhada (para ver se é decente) ou são tão pavorosos que ninguém com a cabeça no lugar iria querer morar lá (vi um vaso sanitário equilibrado sobre blocos de madeira, em cima de um BURACO ABERTO no chão. E isso foi em uma quitinete em Hell's Kitchen que custava *2.200 dólares por mês*).

Mas vai ficar tudo bem. No fim, vamos encontrar um apartamento. Da mesma maneira que, no fim, vou conseguir um emprego. Não vou entrar em pânico.

Ainda.

Ah! São oito horas! É melhor acordar Luke. Hoje é o primeiro dia de orientação dele na Universidade de Nova York. Ele vai fazer um programa de pós-bacharelado pré-medicina lá, para poder estudar para ser médico. E não vai querer se atrasar.

Mas ele está tão fofo ali deitado... Sem camisa. E tão bronzeado em contraste com os lençóis cor de creme de algodão egípcio de mil fios (eu leio as etiquetas) da mãe dele. Como é que eu posso...

Ops! Ai, minha nossa!

Hum, acho que ele já acordou. Levando em conta que agora está deitado em cima de mim.

— Bom-dia — ele diz. Nem abriu os olhos. Seus lábios estão roçando meu pescoço. E outras partes dele estão roçando outras partes minhas.

— São oito horas! — exclamo. Apesar de, é claro, eu não querer fazer isso. O que poderia ser mais adorável do que simplesmente ficar aqui deitada a manhã toda fazendo amor com meu namorado? Principalmente em uma cama embaixo de um Renoir autêntico, em um apartamento em frente ao Metropolitan Museum of Art, em NOVA YORK?

Mas ele vai ser médico. Ele vai curar crianças com câncer algum dia! Não posso permitir que ele chegue atrasado ao primeiro dia de orientação. Pense nas crianças!

— Luke — digo, quando a boca dele vai se aproximando da minha. Ah! Ele nem tem bafo de manhã! Como é que ele faz isso? E por que eu não pulei da cama assim que acordei e corri para o banheiro para escovar os dentes?

— O que é? — pergunta, tocando meus lábios com a língua preguiçosa. Não vou abrir a boca, porque não quero que ele sinta o cheiro do que está acontecendo ali dentro. Parece ser uma festinha promovida pelos resquícios de um frango tikka masala e de um curry de camarão do Baluchi que nós pedimos ontem à noite, e que aparentemente não cedeu, apesar de todo o Listerine e da Crest que usei para tentar combatê-lo há oito horas.

— Você tem orientação hoje de manhã — respondo. E isso não é nada fácil de se dizer quando você não quer abrir a boca. E também quando tem oitenta quilos de um homem delicioso e nu deitado em cima de você. — Você vai se atrasar!

— Eu não me importo — ele diz e pressiona os lábios contra os meus.

Mas não adianta nada. Não vou abrir a boca.

A não ser para dizer:

— Bom, mas e eu? Preciso me levantar para procurar emprego e um lugar para morar. Tenho 15 caixas cheias de coisas esperando na garagem dos meus pais, que eles vão me mandar assim que eu der o endereço. Se eu não tirar tudo de lá logo, simplesmente sei que a minha mãe vai vender minhas coisas, e nunca mais vou ver nada daquilo.

— Seria muito mais prático — Luke diz ao mesmo tempo que vai afastando as alças do meu baby doll vintage — se você dormisse nua, como eu.

Só que eu nem consigo ficar brava por ele não ter escutado nenhuma palavra que eu disse, porque ele consegue tirar o baby doll com uma alegria tão grande que realmente me deixa sem fôlego, e antes que eu me dê conta, já esqueci o fato de ele estar atrasado para a orientação, a minha busca por emprego e apartamento, e até as caixas abandonadas na garagem dos meus pais.

Um pouco mais tarde, ele levanta a cabeça, olha para o relógio e diz, como se estivesse surpreso:

— Ah. Eu vou me atrasar.

Estou deitada em uma poça de suor no meio da cama. Parece que fui achatada por um rolo compressor.

E adorei.

— Eu avisei — comento, praticamente falando com a menina no Renoir em cima da minha cabeça.

— Ei — Luke diz, indo em direção ao banheiro. — Tive uma ideia.

— Você vai alugar um helicóptero para vir buscar você aqui e levar até o centro? — pergunto. — Porque é a única maneira de chegar à sua orientação na hora.

— Não — responde Luke. Agora ele está no banheiro. Ouço quando abre o chuveiro. — Por que você simplesmente não vem morar comigo? Assim você só precisaria procurar emprego.

Ele coloca a cabeça para fora da porta e olha para mim com olhar inquisidor (seu cabelo volumoso e escuro está adoravelmente suado, devido às nossas atividades recentes).

— O que você acha?

Só que não consigo responder, porque tenho certeza de que o meu coração acabou de explodir de alegria.

Guia de Vestido de Noiva de Lizzie Nichols

Existem vários estilos e cortes diferentes de vestidos para noivas que escolhem um modelo longo tradicional, mas os cinco mais comuns são:

O vestido de baile

A cintura imperial

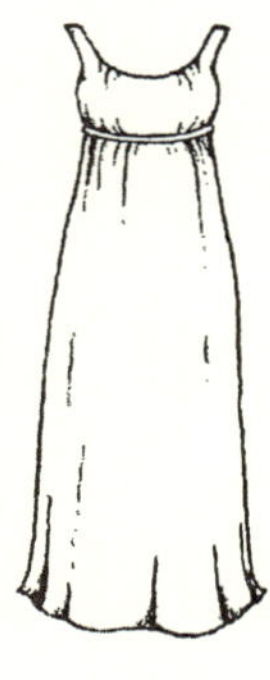

A coluna

A silhueta A

A cauda de peixe

LIZZIE NICHOLS DESIGNS™

Mas qual é o modelo certo para você?

Essa é a verdadeira pergunta universal, feita por todas as noivas de todos os tempos.

O mexeriqueiro espalha segredos,
mas a pessoa séria é discreta.

— *Bíblia: Provérbios 11:13*

Uma semana antes

— Bom, pelo menos você não vai morar com ele — diz minha irmã mais velha, Rose, enquanto dez meninas de 5 anos se revezam aos berros, batendo com um pau em uma *piñata* em formato de pônei que está pendurada em um galho de árvore atrás de nós.

Essa doeu. A observação de Rose, quero dizer. Em relação às meninas de 5 anos, não posso fazer nada.

— Sabe — digo, irritada —, talvez, se você tivesse morado com Angelo um pouco antes de se casar, teria percebido que, no final das contas, ele não é a sua alma gêmea.

Rose ficou me encarando do outro lado da mesa de piquenique.

— Eu estava grávida — ela responde. — Até parece que eu tinha muita escolha.

— Hum — respondo e olho para a menina de 5 anos que berra mais alto, a aniversariante, minha sobrinha Maggie. — Existe uma coisa chamada sexo seguro.

— Sabia que algumas de nós realmente aproveitamos o momento — Rose diz — em vez de ficarmos obcecadas com o futuro o tempo todo? Por isso sexo seguro não é a primeira coisa que nos vem à mente quando fazemos amor com um homem lindo.

Penso em várias maneiras de responder a isso, ali sentada observando Maggie decidir que bater na *piñata* com o pau é menos interessante do que usá-lo para bater no pai. Mas, pelo menos dessa vez, fico de boca fechada.

— Quero dizer, meu Deus, Lizzie — Rose prossegue. — Você passa alguns meses na Europa e volta achando que sabe tudo. Bom, você não sabe. Principalmente sobre homens. Eles não compram a vaca se conseguem leite de graça.

Fico olhando estupefata para ela.

— Uau — digo. — Será que dava para você ficar mais parecida com a mamãe a cada dia que passa?

Minha outra irmã, Sarah, não consegue deixar de dar a maior gargalhada dentro do copo de margarita ao escutar isto. Rose olha para ela com ódio e diz:

— Ah. Olha só quem fala, Sarah.

Sarah parece chocada.

— Eu? Eu não tenho nada a ver com a mamãe.

— Não com a mamãe — diz Rose. — Mas não venha me dizer que não era licor que você estava despejando no seu café hoje de manhã. Às *9h15*.

Sarah dá de ombros.

— Não gosto de café puro.

— Ah, pouco importa, vovó. — Então, apertando os olhos para mim, Rose prossegue: — Para a sua informação, Angelo é a minha alma gêmea. Não precisei morar com ele antes de a gente se casar para saber disso.

— Hum, Rose — Sarah diz. — Sua alma gêmea no momento está levando uma surra da sua filha mais velha.

Rose olha para onde os dois estão e vê Angelo encolhido no chão com as mãos entre as coxas. Maggie, enquanto isso, está batendo na lateral da minivan dos pais, sob o entusiasmado incentivo da turminha de convidados.

— Maggie! — grita Rose e, se levantando do banco de piquenique de um pulo. — No carro da mamãe, não! No carro da mamãe, não!

— Não dê ouvidos a Rose, Lizzie — Sarah diz assim que Rose se afasta. — Morar com um cara antes de se casar é a maneira perfeita de descobrir se vocês são compatíveis nos aspectos que realmente importam.

— Tipo o quê? — pergunto.

— Ah, você sabe — responde ela, sem dar detalhes. — Se vocês dois gostam de assistir televisão de manhã, ou algo assim. Porque se um quiser assistir a *Live with Regis and Kelly* de manhã e o outro precisar de silêncio absoluto para conseguir começar o dia, pode dar briga.

Uau. Eu me lembro de como Sarah ficava louca da vida se alguma de nós ligava a TV de manhã. Além do mais, eu não fazia ideia de que o marido dela, Chuck, era fã de *Regis and Kelly*. Entendo porque ela precisa colocar licor no café.

— Além disso — diz Sarah, passando o dedo na lateral do que sobrou do bolo em forma de cavalo da Maggie e lambendo a cobertura de baunilha —, ele não convidou você para morar com ele, certo?

— Não — respondo. — Ele sabe que Shari e eu vamos morar juntas.

— Simplesmente não entendo — minha mãe diz ao se aproximar da mesa de piquenique com uma jarra de limonada para as crianças — por que você precisa se mudar para Nova York, afinal. Por que não pode ficar em Ann Arbor e abrir uma butique de recuperação de vestidos de noiva aqui?

— Porque não — digo, explicando pelo que só podia ser a trigésima vez desde que eu voltara da França, alguns dias antes. — Se eu realmente quiser que isso dê certo, preciso fazer em um lugar onde possa ter o maior número de clientes possível.

— Bom, acho que isso é bobagem — diz minha mãe, largando, o corpo no banco de piquenique ao meu lado. — A concorrência por apartamentos baratos e coisas como hora para instalar a TV a cabo em Manhattan é de matar. Eu sei. A filha mais velha de Suzanne Pennebaker... você se lembra dela, Sarah, ela estudou com você. Qual era mesmo o nome dela? Ah, sim, Kathy... foi para Nova York para tentar ser atriz e voltou depois de três meses, de tanta dificuldade que teve para encontrar um lugar para morar. Como você acha que vai ser abrir sua própria empresa?

Consigo me conter e não digo à minha mãe que Kathy Pennebaker também sofre de distúrbio de personalidade narcisista (pelo menos de acordo com Shari, com base nos vários e vários namorados que Kathy roubou de garotas que nós conhecemos em Ann Arbor, e que largou logo depois, quando o gostinho da conquista passou). Esse tipo de coisa pode não ter contribuído para a popularidade dela em um lugar como Nova York, onde os heterossexuais são artigo raro, e as mulheres não se opõem ao uso de violência para se assegurar de que seus homens continuem com elas.

Em vez disso, digo:

— Vou começar com uma coisa pequena. Vou arrumar um emprego em uma loja de roupas de segunda mão ou algo assim, para começar a me virar dentro do ramo em Nova York, economizar um dinheiro... e daí abrir a minha própria loja, quem sabe no Lower East Side, onde os aluguéis são baratos.

Bom, mais baratos.

Minha mãe diz:

— Que dinheiro? Não vai sobrar dinheiro nenhum depois que você pagar 1.100 dólares por mês só de aluguel.

Eu respondo:

— O aluguel não vai custar tanto assim, porque vou dividir com Shari.

— Uma quitinete... que é um apartamento sem quarto, só um espaço único aberto... custa dois mil por mês em Manhattan — prossegue minha mãe. — Você precisa dividir com várias outras pessoas. É o que Suzanne Pennebaker diz.

Sarah assente. Ela também conhece o hábito da Kathy de roubar namorados e sabe que isso tornaria bem difícil dividir o apartamento com alguém, pelo menos com mulheres.

— Foi o que disseram no programa *The View*.

Mas não me importo com o que as pessoas da minha família dizem. Vou encontrar um jeito de abrir a minha loja. Mesmo que eu tenha de morar no Brooklyn. Ouvi dizer que tudo é muito moderno por lá. Todas as pessoas com dons artísticos moram lá ou no Queens, porque não têm dinheiro para morar em Manhattan, onde os preços são inflacionados por causa do pessoal que trabalha em bancos de investimento.

— Lembrem-me — Rose diz ao voltar para a mesa de piquenique — de nunca mais deixar Angelo planejar uma festa de aniversário.

Olhamos para ele e reparamos que está em pé de novo, mas mancando muito, dirigindo-se para o deque dos fundos da casa dos meus pais.

— Não se preocupe comigo — ele diz para Rose, sarcástico. — Não se ofereça para ajudar nem nada. Eu vou ficar bem!

Rose revira os olhos e então estica a mão para pegar a jarra de margarita.

— Alma gêmea perfeita — Sarah diz e ri sozinha.

Rose lança um olhar de ódio para ela.

— Cale a boca. — Então, vira a jarra de cabeça para baixo — Vazia. — O pânico na voz dela é crescente. — Acabou a margarita.

— Ah, nossa — minha mãe diz, com ar preocupado. — O seu pai acabou de preparar a última jarra...

— Vou lá fazer mais — digo e me levanto. Faço qualquer coisa para não ter mais que ouvir falar sobre como estou destinada a ser um fracasso em Nova York.

— Faça mais forte do que o papai fez — Rose aconselha, bem quando uma perna de papel machê da *piñata* de pônei passa voando pelo lado da cabeça dela. — Por favor.

Fazendo que sim com a cabeça, pego a jarra e me dirijo para a porta dos fundos. Estou mais ou menos na metade do caminho quando cruzo com minha avó, que está saindo de casa.

— Oi, vó — digo. — Como estava a *Doutora Quinn*?

— Não sei. — Dá para ver que a minha avó está bêbada, apesar de ainda ser uma hora da tarde, porque o casaco dela está do avesso de novo. — Caí no sono. Sully nem apareceu. Não sei por que se dão ao trabalho de fazer episódios sem ele. De que adianta? Ninguém quer ver a doutora Quinn correr de lá para cá com suas calças de vaqueira. Só quero saber do Sully. Ouvi o pessoal tentando convencer você a não se mudar para Nova York.

Olho por cima do ombro para a minha mãe e as minhas irmãs. As três estão passando os dedos nas beiradas do prato de bolo e lambendo a cobertura.

— Ah — respondo. — É. Bom, sabe como é. Elas estão preocupadas que eu vá acabar igual à Kathy Pennebaker.

Minha avó parece surpresa.

— Quer dizer, como uma vagabunda ladra de homens?

— Vó. Ela não é vagabunda. Ela só... — Balanço a cabeça e sorrio. — Como é que você sabe disso, aliás?

— Fico com o ouvido colado no chão — minha avó diz, misteriosa. — As pessoas pensam que, como sou uma velha bêbada, não sei o que está acontecendo. Mas eu sei de tudo. Pronto. Isto aqui é para você.

Ela coloca uma coisa na minha mão. Eu abaixo os olhos.

— Vovó — eu digo, agora sem sorrir. — Onde foi que você arrumou isto?

— Não é da sua conta — ela diz. — Quero que você fique com ela. Vai precisar quando se mudar para a cidade grande. E se precisar sair e precisar de dinheiro rápido? Nunca se sabe.

— Mas, vovó — protesto. — Não posso...

— Pelo amor de Deus — grita minha avó para mim. — Simplesmente aceite!

— Certo, eu aceito — respondo e enfio a nota de 10 dólares bem dobradinha no bolso do meu vestido vintage branco e preto sem mangas da Suzy Perette. — Está feliz agora?

— Estou — minha avó diz e me dá uns tapinhas na bochecha. O hálito dela tem um cheiro bom de cerveja. Faz com que eu me lembre de todas as vezes que ela me ajudou com a lição de casa enquanto eu estava no ensino fundamental. A maior parte das respostas estava errada, mas eu ganhava pontos extras pela imaginação. — Tchauzinho, sua fedorenta podre.

— Vovó — eu digo. — Ainda faltam três dias para eu viajar.

— Não vá para a cama com nenhum marinheiro — ela diz, ignorando o que eu falei. — Você vai pegar gonorreia.

— Sabe — digo, com um sorriso, — acho que a pessoa de quem eu vou sentir mais falta vai ser de você, Espantalho.

— Você não sabe do que está falando — a minha avó desdenha. — Espantalho quem?

Mas, antes que eu tenha chance de explicar, Maggie passa marchando em silêncio por nós, com a carcaça decapitada da *piñata* de pônei na cabeça, seguida por suas convidadas repentinamente mudas, cada uma delas com um pedaço da piñata (uma pata com o casco aqui, um segmento do rabo ali) na cabeça, caminhando em formação perfeita.

— Uau — minha avó diz quando a última integrante do desfile macabro de partes de piñata passa. — Preciso de uma bebida.

E eu prontamente concordo com a ideia.

Guia de Vestido de Noiva de Lizzie Nichols

Que tipo de vestido de noiva combina melhor com você?

Se você tem sorte de ser alta e magra, pode escolher quase qualquer tipo de vestido. É por isso que as modelos são altas e magras: tudo fica bem nelas!

Mas suponhamos que você seja uma entre as milhões de mulheres que não são altas e magras? Qual vestido cai melhor em você?

Bom, se você for baixinha, com silhueta mais cheinha, por que não experimenta um vestido império? A silhueta fluida fará com que o seu corpo pareça mais alongado e mais esbelto. É por isso que esse tipo de vestido era preferido tanto pelas gregas da antiguidade quanto por Josefina Bonaparte, imperatriz da França, uma mulher muito preocupada com a moda.

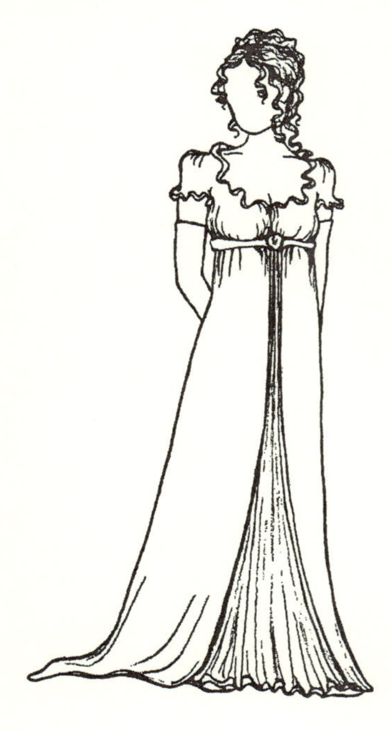

LIZZIE NICHOLS DESIGNS™

Pessoas grandiosas falam de ideias, pessoas medíocres falam de coisas, e pessoas pequenas falam de vinho.

— Fran Lebowitz (nasc. 1950), humorista norte-americano

A culpa é só minha, mesmo. Por acreditar em contos de fadas.

Não que eu jamais os tenha confundido com fatos históricos nem nada.

Mas de fato cresci acreditando que, para cada garota, existe um príncipe solto por aí. Tudo o que ela precisa fazer é encontrá-lo. Daí, é só ser feliz para sempre.

Então, você já imagina o que aconteceu quando descobri. Que o meu príncipe realmente É um deles. Um príncipe.

Não, eu estou falando sério. Ele é um PRÍNCIPE de verdade.

E, tudo bem, ele não é exatamente reconhecido, na verdade, em sua terra natal, já que os franceses foram bem eficientes em eliminar a maior parte da aristocracia há mais de duzentos anos.

Mas, especificamente no caso do meu príncipe, alguém da família dele conseguiu escapar de Madame Guilhotina ao fugir às pressas para a Inglaterra e, anos depois, até conseguiu recuperar o castelo da família, provavelmente por meio de litígio intenso e prolongado. Isso se a pessoa era parecida com o resto da família, quero dizer.

E, tudo bem, hoje ser proprietário de um *château* particular no sul da França significa ter de pagar uns cem mil dólares por ano em impostos para o governo francês, e dores de cabeça intermináveis por causa de telhas e de inquilinos.

Mas quantos caras que você conhece têm um *château*?

Eu juro que não foi por isso que me apaixonei por ele. Eu não sabia nada sobre o título nem sobre o *château* quando o conheci. Ele nunca se gabou disso. Caso contrário, nunca teria gostado dele, para começo de conversa. SÉRIO, que mulher gostaria? Pelo menos entre aquelas que você quer ter como amiga?

Não, Luke agiu exatamente como se espera que um príncipe descredenciado aja em relação a seu título: como se tivesse vergonha dele.

E ele TEM um pouco de vergonha dele. De ser príncipe (um príncipe DE VERDADE) e de ser o único herdeiro de um *château* em uma enorme propriedade (que tem mais de quatrocentos hectares, e um vinhedo que infelizmente não é muito produtivo), a seis horas de trem de Paris. Eu só descobri isso por acaso, quando reparei no retrato de um homem muito feio no salão principal do Château Mirac, e li na plaquinha de informação que era um príncipe, que tinha o mesmo sobrenome de Luke.

Luke não quis confessar, mas finalmente consegui arrancar a informação do pai dele. Ele diz que ser príncipe é uma grande responsabilidade, com a administração do *château* e tudo mais. Bom, não tanto a coisa de ser príncipe, mas a parte do *château*. A única maneira de fazer isso (e conseguir lucro suficiente para pagar os impostos todo ano) é alugando a propriedade para famílias norte-americanas ricas, e às vezes para estúdios de cinema que fazem filmes de época. Deus sabe que o vinhedo não dá muito lucro.

Mas quando descobri isso (a coisa de ser príncipe), já estava louca por Luke. Sabia que ele era o cara certo para mim no minuto em que me sentei ao lado dele naquele trem. Não que eu tenha pensado que ele algum dia, nem em um milhão de anos, pudesse sentir a mesma coisa por mim e tal. Afinal ele tem um sorriso tão bonito (isso sem falar nos cílios compridos, do tipo que o Shu Uemura se esforça tanto para imitar) que eu não pude fazer outra coisa além de me apaixonar por ele.

Então, o fato de ele ter um título e uma propriedade é só a cereja do sundae mais delicioso que já experimentei. Luke é diferente de todos os caras que conheci na faculdade. Ele não se interessa nem um pouco por pôquer ou esportes. Tudo o que importa para ele é a medicina (sua paixão) e, bem, eu.

O que é perfeito para mim.

Então, acho que é natural eu ter começado a planejar o meu casamento imediatamente. Não que Luke tenha pedido a minha mão... pelo menos não ainda.

Mas, sabe como é, mesmo assim eu posso começar a PLANEJAR. Eu sei que ALGUM DIA nós vamos nos casar. Quero dizer, nenhum cara convida para morar com ele uma garota com quem não tem a intenção de se casar, certo?

Então, sabe como é, QUANDO a gente se casar, vai ser no Château Mirac, no grande terraço gramado, com vista para o vale inteiro, onde, no passado, a família De Villiers praticava seu senhorio feudal. Vai ser no verão, é claro, de preferência no verão seguinte à compra da minha loja de reforma de vestidos de noiva vintage — Lizzie Nichols Designs — por Vera Wang (outra coisa que ainda não aconteceu. Mas está fadada a acontecer, certo?). Shari pode ser minha dama de honra, e minhas irmãs podem ser as madrinhas.

E, ao contrário do que elas fizeram com as madrinhas delas (no caso, eu), vou escolher vestidos de bom gosto. Não vou forçá-las a se apertar em vestidos de tafetá verde-menta com saias armadas, como fizeram comigo. Porque, ao contrário delas, sou gentil e tenho consideração pelos outros.

Suponho que a minha família toda vá fazer questão de comparecer, apesar de nenhum deles jamais ter visitado a Europa. Fico preocupada que os meus parentes não sejam sofisticados o bastante para a cosmopolita família De Villiers.

Mas tenho certeza de que eles logo vão se entender muito bem. Meu pai fará questão de comandar um churrasco, ao estilo do meio-oeste, e minha mãe dará dicas à mãe de Luke sobre como tirar o amarelado dos lençóis de linho do século XIX. A minha avó pode ser um pouco difícil, já que não passa *Doutora Quinn, a mulher que cura* na França. Mas tenho certeza de que ela se acalma depois de um ou dois kir royales.

Eu simplesmente sei que o dia do meu casamento vai ser o dia mais feliz da minha vida. Consigo imaginar perfeitamente nós dois no terraço gramado salpicado de sol, eu com um tubinho longo branco, e Luke lindo e feliz com uma camisa branca e calça preta de smoking. Na verdade, ele vai ficar parecendo um príncipe...

Só preciso saber como vou dar conta dessa próxima parte, e pronto.

— Certo — Shari diz, abrindo um exemplar do *Village Voice* que acabou de pegar na página dos classificados. — Basicamente, não tem nada por aí que valha a pena olhar que não esteja com um corretor.

O negócio é que vou precisar de habilidade. Isso sem mencionar sutileza.

— E isso significa que a gente simplesmente vai ter que engolir e pagar a taxa. Que saco — Shari prossegue. — Mas, a longo prazo, acho que vai valer a pena.

Não posso simplesmente falar. Preciso conduzir o papo até o assunto, bem devagar.

— Sei que você está meio sem grana — Shari diz. — Então, Chaz disse que pode nos emprestar a taxa da imobiliária. Podemos pagar de volta quando nos estabelecermos. Bom, quando você se estabelecer. — Shari já conseguiu emprego em uma pequena organização sem fins lucrativos por causa de uma entrevista que fez no ano passado, antes de ir para a França. Ela começa a trabalhar amanhã. — Quero dizer, a menos que Luke esteja a fim de ajudar você. Será que ele está? Sei que você provavelmente ia detestar ter que pedir, mas, sério, o cara é muito rico.

Não posso simplesmente dar a notícia para ela assim, do nada.

— Lizzie? Você está ouvindo o que estou dizendo?

— Luke me convidou para morar com ele. — Solto antes que consiga me segurar.

Shari fica olhando para mim do outro lado da mesa pegajosa do reservado.

— E você ia me contar isso... Quando? — ela pergunta.

Ótimo. Já estraguei tudo. Ela está brava. Eu sabia que ela ia ficar brava. Por que nunca consigo ficar de boca fechada? Por quê?

— Shari, ele fez o convite hoje de manhã — respondo. — Agorinha mesmo, antes de eu sair para me encontrar com você. Eu não disse que sim. Disse que precisava conversar com você a respeito.

Shari fica olhando estupefata para mim.

— E isso significa que você quer aceitar — ela diz. A voz dela com toda a certeza está alterada. — Você quer morar com ele, ou teria dito logo que não.

— Shari! Não! Quero dizer, bom... quero. Mas pense sobre o assunto. Encare os fatos, você vai passar o tempo todo na casa de Chaz mesmo...

— Passar a noite na casa de Chaz — diz Shari, ácida — não é a mesma coisa que morar com ele.

— Mas você sabe que ele adoraria se você fosse morar com ele — digo. — Pense nisso, Shari. Se eu for morar com Luke e você for morar com Chaz, não vamos ter que perder mais tempo procurando apartamento... nem desperdiçar dinheiro com uma imobiliária e com o aluguel do primeiro e do último mês. A gente vai economizar uns cinco mil. Cada uma!

— Não faça isso! — diz Shari, ríspida.

Fico olhando para ela sem entender nada.

— O quê?

— Não transforme isto numa questão de dinheiro. Não tem nada a ver com dinheiro. Você sabe que, se precisar de dinheiro, pode arrumar. Os seus pais podem mandar dinheiro para você.

Sinto uma onda de irritação com Shari. Eu a amo até morrer. De verdade. Mas meus pais têm três filhas, sendo que todas precisam de dinheiro o tempo todo. Supervisores do cyclotron, que é o que o meu pai faz, ganham o suficiente para viver bem. Mas não o suficiente para sustentar as filhas adultas para sempre.

Shari, por outro lado, é filha única de um cirurgião importante em Ann Arbor. Quando ela precisa de dinheiro, só tem que pedir aos pais, e eles mandam quanto ela quiser, sem perguntar nada. Sou eu que trabalho no varejo há sete anos — e, antes disso, trabalhei durante toda a adolescência como babá às sextas e aos sábados à noite, acabando com minhas chances de ter qualquer coisa semelhante a uma vida social — recebendo salário mínimo e negando a mim mesma prazeres mais caros (cinema, comer fora, xampu que não seja de supermercado, carro etc.) para economizar o suficiente para um dia poder ir para Nova York e correr atrás do meu sonho.

Nós não estou reclamando. Sei que os meus pais fazem o melhor possível por mim. Mas é irritante a maneira como Shari não entende que nem todo mundo tem pais ricos como os dela. E olhe que já tentei explicar.

— Nós não podemos virar escravas de Nova York — Shari prossegue. — Não podemos tomar decisões de vida importantíssimas, como morar com o namorado, com base no preço do aluguel. Se começarmos a fazer isso, estaremos perdidas.

Só fico olhando para ela. Sério, não sei de onde ela tira essas coisas.

— Se for só por causa de dinheiro — ela diz — e você não quiser pedir ajuda para os seus pais, Chaz pode emprestar. Você sabe disso.

Chaz, que vem de uma longa linhagem de advogados que sabem lidar muito bem com dinheiro, é podre de rico. Não só porque os parentes dele morrem o tempo todo e deixam bens para ele, mas porque, além do dinheiro, ele também herdou a frugalidade deles, faz investimentos e tem uma vida modesta (pelo menos em comparação aos rendimentos líquidos dele, que parecem ser ainda maiores do que os de Luke). Não que Chaz tenha um *château* na França para comprovar.

— Shari — digo. — Chaz é SEU namorado. Não vou pegar dinheiro emprestado do SEU namorado. Que diferença tem entre isso e morar com Luke?

— É que você não está transando com Chaz — observa Shari com sua rispidez típica. — Seria um acordo de negócios, totalmente impessoal.

Mas, por algum motivo, a ideia de pedir um empréstimo a Chaz não me parece muito boa (apesar de que ele não acharia nada de mais e diria sim na hora).

Além do mais, na verdade, não tem a ver com o dinheiro. Nunca teve.

— O negócio é que não tem a ver com dinheiro, Shari.

Ela solta um resmungo e enterra o rosto nas mãos.

— Ai, meu Deus — ela diz para o colo. — Eu sabia que isto ia acontecer.

— O quê? — Não entendo por que ela está tão aborrecida. Quero dizer, eu sei que Chaz não é nenhum príncipe ou qualquer coisa do tipo, com aqueles bonés do Michigan virados para trás e aquela perpétua barba por fazer. Mas ele é superengraçado e um amor. Quando não está falando sobre Kierkegaard ou deduções do imposto de renda. — Sinto muito. Mas será que a gente não consegue fazer isto dar certo? Quero dizer, qual é exatamente o problema? É por causa do esfaqueamento triplo? Você não quer morar na casa de Chaz por causa da vizinhança? Mas a polícia disse que foi uma briga doméstica. Isso nunca mais vai acontecer. Quero dizer, a menos que deixem o pai do Julio sair da prisão de Rikers...

— Não tem nada a ver com isso — Shari explode. Sob o brilho néon do luminoso de cerveja Pabst Blue Ribbon na parede ao lado do nosso reservado, o cabelo preto e loucamente encaracolado dela assume um tom azulado. — Lizzie, faz um mês que você conhece Luke. E vai morar com ele?

— Dois meses — eu a corrijo. — E ele é o melhor amigo de Chaz. E a gente conhece Chaz há anos. Ele morou anos com Chaz. Bom, no alojamento da faculdade, pelo menos. Então até parece que Luke é um desconhecido completo, como o Andrew era...

— Exatamente. E Andrew? — Shari quer saber. — Lizzie, você acabou de sair de um relacionamento. Era completamente fodido, mas mesmo assim era um relacionamento. E olhe só para Luke. Há dois meses ele morava com outra pessoa! E agora ele simplesmente vai mergulhar em outro relacionamento sério? Você não acha que talvez vocês precisem ir um pouco mais devagar?

— Nós não vamos nos casar, Shari — digo a ela. — Só estamos falando de morar juntos.

— Pode ser que esta seja a ideia de Luke — diz Shari. — Mas, Lizzie, conheço você. Já está fantasiando secretamente em se casar com Luke. Não negue.

— Não estou, não! — exclamo, imaginando como é possível ela saber a verdade. E, tudo bem, ela me conhece praticamente a vida toda. Mas, sério, isto é assustador.

Ela aperta os olhos para mim.

— Lizzie — ela diz, em tom de alerta.

— Ah, tudo bem — digo, e largo o corpo no assento de vinil vermelho-sangue do reservado. Estamos no Honey's, um bar de caraoquê decrépito em Midtown, no meio do caminho entre o apartamento de Chaz, onde Shari está, na rua Treze Leste, entre a Primeira e a Segunda avenidas, e o apartamento da mãe de Luke, na rua Oitenta e Um Leste esquina com a Quinta Avenida. Assim, nós duas temos a mesma dificuldade (ou facilidade, dependendo de como você queria ver a coisa) para chegar até ali.

O Honey's pode ser um buraco, mas pelo menos está sempre vazio (pelo menos antes das nove da noite, quando os praticantes de caraoquê sérios aparecem), de modo que nós podemos conversar e a Coca diet custa só 1 dólar. Além do mais, a bartender (uma coreana-americana de vinte e poucos anos com cara de punk) não se importa se nós pedimos alguma coisa ou não. Ela fica ocupada demais brigando com o namorado pelo celular.

— E daí se quero me casar com ele? — digo, em tom de desdém enquanto a moça grita "Sabe do que mais? Sabe? Você é um babaca" no Razor cor-de-rosa dela. — Eu amo Luke.

— Tudo bem você amar Luke, Lizzie — Shari responde. — É perfeitamente natural. Mas ainda não estou convencida de que morar com ele seja uma boa ideia. — Ah, maravilha agora ela está mordendo o lábio inferior. — É só que eu...

Ergo os olhos da minha Coca diet.

— O quê?

— Olhe, Lizzie. — Os olhos escuros dela parecem inescrutáveis sob a luz fraca do bar. Apesar de lá fora estar fazendo sol, porque é meio-dia. — Luke é ótimo e tudo o mais. E eu acho que o que você fez foi mesmo muito legal da sua parte... fazer os pais dele voltarem e convencer Luke a ir atrás do sonho de ser médico. Mas, no que diz respeito a você dois em longo prazo...

Fico só olhando para ela, completamente estupefata.

— O que tem?

— É só que eu não vejo isso acontecendo — Shari diz.

Não posso acreditar que ela esteja dizendo isto. A minha melhor amiga (SUPOSTAMENTE).

— Por quê? — Quero saber, horrorizada e sentindo lágrimas fazendo meus olhos arderem. — Porque ele é príncipe... mais ou menos? E eu sou só uma garota do Michigan que fala demais?

— Bom — ela responde. — Mais ou menos. Sério, Lizzie... você gosta de assistir a maratonas de *The Real World* na cama com um pote de sorvete Coffee Heath Bar Crunch e a última edição de *Costura Hoje*. Você gosta de escutar Aerosmith no volume máximo enquanto faz a barra de vestidos de noite da década de 1950 na sua Singer 5050. Você se imagina fazendo qualquer uma dessas coisas na frente de Luke? Quero dizer, você realmente age com naturalidade perto dele? Ou você se comporta como o tipo de garota que acha que Luke ia querer?

Olho para ela irritada.

— Não acredito que você tem coragem de me perguntar isto. — Estou praticamente chorando, mas tento esconder. — Claro que ajo com naturalidade perto de Luke.

Embora eu venha usando meu corpete modelador Spanx todos os dias desde que cheguei a Nova York. E ele deixa marcas vermelhas doloridas na minha cintura, então preciso esperar que elas desapareçam antes de permitir que Luke me veja nua.

Mas isso é só porque voltei a comer pão quando estava na França, e recuperei um pouco do peso que tinha perdido no verão! Só um pouquinho. Mais ou menos uns sete quilos.

Ai, meu Deus, Shari tem razão!

— Olhe — Shari diz quando, aparentemente, nota minha expressão apavorada. — Não estou dizendo que você não deve ir morar com ele, Lizzie. Só estou dizendo que talvez você deva deixar de lado um pouco a coisa dos planos de casamento. Do seu casamento, pelo menos. Com Luke.

Ergo a mão para enxugar as lágrimas dos meus olhos.

— Se as próximas palavras que saírem da sua boca forem "ele não vai comprar a vaca se tiver o leite de graça" — digo, amarga –, vou vomitar, de verdade.

— Claro que não vou dizer isso — Shari afirma. — Só estou falando para você viver um dia de cada vez, certo? E não tenha medo de ser você mesma na frente dele. Porque se ele não amar quem você é de verdade, não é o seu príncipe encantando, no fim das contas.

Não posso deixar de ficar boquiaberta por um tempinho. Porque, falando sério. Parece que ela lê mentes.

— Como é que você ficou assim tão esperta? — pergunto, chorosa.

— Sou formada em psicologia, lembra?

Concordo. O novo emprego dela é fazer aconselhamento a mulheres em um programa sem fins lucrativos que ajuda vítimas de maus-tratos domésticos a encontrar moradia alternativa, conseguir mandados de proteção e assegurar benefícios públicos como vale-alimentação e auxílio financeiro para os filhos. Do ponto de vista salarial, não é lá grande coisa. Mas o que Shari não recebe financeiramente, compensa por saber que está salvando vidas e ajudando as pessoas (principalmente mulheres) a conseguir uma vida melhor para si e para os filhos.

Mas, se você for pensar bem, nós que trabalhamos no ramo da moda fazemos a mesma coisa. Não salvamos vidas, necessariamente. Mas ajudamos a vida a ser melhor, do nosso jeitinho. É como diz a canção... as meninas se cansam de usar o mesmo vestido esfarrapado todos os dias.*

Nossa função é arrumar uma roupa nova para elas (ou pelo menos uma velha reformada), para que possam se sentir um pouco melhor com elas mesmas.

---

*Da música "Try a little tenderness", de Irving King e Harry M. Woods. (*N. do E*)

— Olhe — Shari diz. — A verdade é que... Não sei. Fiquei meio decepcionada. Eu estava realmente muito a fim de morar com você. Até pensei em como ia ser divertido sair à caça de móveis antigos e depois reformar as peças. Ou pegar um carro emprestado e ir até a IKEA em New Jersey para comprar um monte de coisas. Agora vou ter que morar com a mobília de segunda mão que veio do escritório de advocacia da família de Chaz aqui na cidade.

Tenho que rir. Já vi os sofás rebuscados e debruados de dourado da sala de Chaz (que tem o piso de madeira meio inclinado na direção do sul e janelas gradeadas pelo fato de darem para uma escada de incêndio... as mesmas janelas através das quais Shari viu o pai do Julio em sua onda de esfaqueamentos).

— Dou uma passada lá e vejo o que dá para fazer em relação aos sofás — digo. — Tenho um monte de tecidos de decoração que comprei quando a So-Fro Fabrics fechou. Quando minha mãe enviar as minhas caixas, faço uma capa para você. E umas cortinas — completo. — Para você não precisar ver mais nenhum esfaqueamento.

— Seria legal — Shari diz, com um suspiro. — Bom. Aqui está. — Ela passa o exemplar do *Village Voice* para mim. — Você vai precisar disto aqui.

Fico olhando sem entender nada.

— Por quê? Luke e eu já temos lugar para morar.

— Para achar emprego, bobona. Ou Luke também vai financiar a sua mania de comprar roupas em brechós além de fornecer moradia?

— Ah. — Dou uma risadinha. — Claro. Obrigada.

E abro na sessão dos classificados de empregos...

...bem quando um anão com um cajado comprido, parecido com o do Gandalf, abre a porta do Honey's, cambaleia até a nossa mesa, olha para nós, dá meia-volta e sai, tudo sem proferir uma única palavra.

Shari e eu olhamos para a bartender. Parece que ela nem reparou no anão. Shari e eu nos entreolhamos.

— Esta cidade é muito esquisita — comento.

— Nem me fale — Shari responde.

Guia de Vestido de Noiva de Lizzie Nichols

Saiba escolher...
O comprimento das mangas do seu vestido de noiva!

Tomara que caia — sem manga nenhuma, é claro!

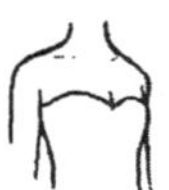

De alcinha — alças bem fininhas

Sem manga — alças mais largas

De manguinha — mangas muito, muito curtas. Geralmente, são apenas uma extensão do ombro. Não ficam bonitas em noivas com mais de 40 anos (a menos que elas façam musculação).

Manga curta — a ponta mais baixa da manga geralmente fica na metade do braço.

Este comprimento geralmente é considerado esporte demais para casamentos formais.

Acima do cotovelo — este comprimento funciona melhor para noivas preocupadas com "pelancas" embaixo do braço.

Três quartos — estas mangas cobrem três quartos do braço, na metade da distância entre o pulso e o cotovelo. Caem bem em quase todo mundo.

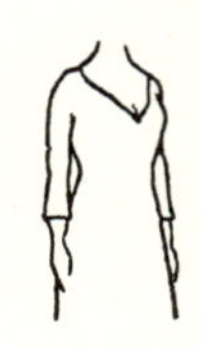

Sete oitavos — acabam cinco centímetros acima do pulso. Este é um comprimento estranho para vestidos de noiva.

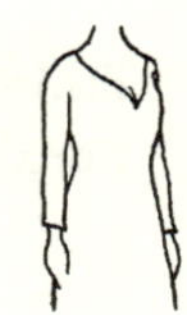

Altura do pulso — este comprimento funciona bem para a maior parte das noivas conservadoras, ou para as que desejam esconder alergias nos braços.

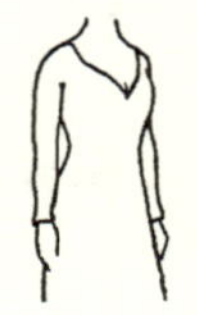

Compridas — ficam dois centímetros e meio abaixo do pulso. Este é o comprimento preferido das noivas que desejam obter visual "medieval" ou "renascentista".

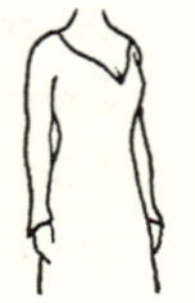

LIZZIE NICHOLS DESIGNS™

A fofoca é a ferramenta do poeta, o papo de trabalho do cientista e o consolo da dona de casa, do espertinho, do magnata e do intelectual. Começa no berçário e termina quando o discurso fica no passado.

— *Phyllis McGinley (1905-1978), poeta e autora norte-americana*

Talvez Shari tenha razão. Talvez eu precise ir um pouco mais devagar com Luke. Não é preciso começar a planejar o casamento agora. Afinal de contas, acabei de me formar... não exatamente, na verdade, porque acabei de entregar o trabalho de conclusão de curso e a minha orientadora diz que só vou receber o diploma mesmo em janeiro. Mas não vou mudar a data da formatura no meu currículo porque, sabe como é... quem vai conferir uma coisa dessas?

Além do mais, a minha mãe e o meu pai iriam ENLOUQUECER se descobrissem que viajei para a Europa sem de fato ter terminado a faculdade (isso sem mencionar que aceitei todas aquelas luzinhas de leitura como presente de formatura).

Da mesma maneira, eles iriam ENLOUQUECER se descobrissem que eu ia morar com um cara que conheci lá. Na Europa, quero dizer. Vou ter que manter minha situação de moradia em segredo. Talvez eu simplesmente diga a eles que Shari e eu estamos dividindo um apartamento... Mas e se eles falarem com o Dr. Dennis? Droga...

Certo, vou me preocupar com isso depois.

Obviamente, preciso usar este tempo para me concentrar na minha carreira. Quero dizer, como vou ser entrevistada pela *Vogue* algum dia se não fizer nada que valha uma entrevista?

Mas Shari ficaria mesmo muito fofa como dama de honra, usando um bustiê com manga curtinha de seda dupioni, com saia abaixo do joelho em tom rosa antigo, como a saia daquele manequim na vitrine...

Certo, pare. Simplesmente pare com isto. Não vou pensar nisto agora. Vou ter tempo de sobra para desenhar um vestido de dama de honra que vai ficar lindo em Shari e horrível em Rose e Sarah. Neste momento preciso me concentrar em arrumar um emprego. Porque é a coisa mais importante agora. O que vou fazer da minha vida? Não posso simplesmente ser esposa de alguém. Qualquer pessoa pode fazer isto.

E, tudo bem, claro, tenho certeza de que a *Vogue* me entrevistaria só por eu ser casada com um príncipe. Bom, um pseudopríncipe. Eles fazem entrevistas com mulheres de pseudopríncipes o tempo todo. E as chamam de "anfitriãs".

Eu não quero ser "anfitriã". Nem gosto de festas.

Não, preciso achar um jeito de deixar a minha marca no mundo. Alguma coisa que só eu possa fazer. E parece que é reforma de vestidos de noiva vintage.

E seria de se pensar que haveria muita demanda para esse serviço. Afinal todo mundo não tem um vestido de noiva velho no sótão que gostaria de recuperar? A questão é como chegar até todas as mulheres que estão por aí precisando dos meus serviços e ao mesmo tempo poder me sustentar. Claro que existe a internet, mas...

Aaaah, este é o vestido mais fofo de renda espanhola vermelha do Jonathan Logan... pena que a renda está rasgada. Mesmo assim, é fácil consertar. Quanto... ai meu Deus. Quatrocentos e cinquenta dólares? Será que eles estão loucos? Acabamos de vender um igual na Vintage to Vavoom em Ann Arbor por 150. E este aqui é, tipo, tamanho 34. Quem é que cabe numa coisa pequena assim?

— Posso ajudar?

Ah. Certo. Não vim aqui fazer compras.

— Oi — digo e lanço o que espero ser um sorriso reluzente na direção da vendedora de calça xadrez (é ironia da parte dela), com múltiplos piercings no rosto. — Eu queria falar com o gerente, por favor.

— Para que você quer falar com o gerente?

Hummm. A Múltiplos Piercings no Rosto é meio petulante, pelo que vejo. Mas, bom, já que a loja dela fica em uma avenida movimentada do Village, ela provavelmente vê todo tipo de gente.

Provavelmente precisa ser desconfiada. Vai saber o tipo de pessoa louca que entra aqui... Se ela deu uma olhada no cara que acabei de ver na esquina, com a calça abaixada até os tornozelos, remexendo na lata de lixo e resmungando alguma coisa a respeito de Stalin, dá para entender por que é cautelosa com desconhecidos.

— Na verdade — digo, toda animada —, eu estava querendo saber se a loja precisa de vendedora. Eu tenho anos de experiência com roupas vintage, além de...

— Deixe o seu currículo no balcão — a Múltiplos Piercings no Rosto diz. — Se ela se interessar, liga.

Mas algo me diz que a gerente nunca vai ligar. Assim como a representante de recursos humanos do departamento de vestimentas do Metropolitan Museum of Art nunca ligou. Assim como o chefe da Coleção de Vestimentas e Tecidos do Museum of the City of New York nunca ligou. Assim como a Vera Wang nunca ligou. Assim como todos os gazilhões de lugares onde deixei o meu currículo não ligaram.

Só que, neste caso, sei que a gerente não vai deixar de ligar porque ela viu meu currículo e acha que eu não tenho qualificação suficiente para a posição, ou porque não tem vaga, ou porque não tenho nenhuma referência local, como aconteceu em todos aqueles outros lugares. Sei que a gerente não vai ligar porque nunca vai ver meu currículo. Porque a Múltiplos Piercings no Rosto já resolveu que não foi com a minha cara e vai jogar o meu currículo no lixo no minuto em que eu sair pela porta.

— Meus horários são superflexíveis — digo, fazendo um último esforço. — E tenho muita experiência com costura. Sou ótima para fazer ajustes...

— Não fazemos ajustes na loja — responde a Múltiplos Piercings no Rosto com ar desdenhoso. — Hoje em dia, quando as pessoas querem ajustar alguma coisa, simplesmente levam à lavanderia.

Engulo em seco.

— Certo. Bom, reparei que este Jonathan Logan aqui está estragado. Eu poderia consertar com facilidade...

— As pessoas que compram as nossas roupas querem fazer os consertos sozinhas — a Múltiplos Piercings no Rosto responde. — Deixe o seu currículo no balcão e a gente liga...

Ela passa os olhos supermaquiados do topo da minha cabeça (meu cabelo está preso para trás com um lenço largo, ao estilo Jackie O) para o meu vestido (um raro Gigi Young azul de bolinhas brancas com saia pregueada estilo anos 1950) e meus sapatos (sapatilhas baixas, porque não dá para usar salto para bater perna em Manhattan). Fica óbvio, por sua expressão, que a Múltiplos Piercings no Rosto não gosta nada do que vê.

— ...ou não. — A Múltiplos Piercings no Rosto joga o topete moicano para o lado, ergue a mão e acena para mim. Percebo que aquilo que eu tinha pensado ser uma manga coloridíssima na verdade é o braço ela, com a pele coberta de tatuagens. — Tchauzinho.

— Humm. — Não consigo parar de olhar para as tatuagens dela. — Tchau.

Certo. Certo, talvez a paisagem de empregos em Nova York seja um pouco... diferente da de Ann Arbor.

Ou talvez eu simplesmente tenha entrado na loja errada no dia errado.

É, é isso. Nem todas podem ser assim. Talvez ir ao Village primeiro tenha sido um erro.

Ou talvez eu nem devesse estar considerando o varejo. Talvez devesse tentar emprego em algumas lojas de vestidos de noiva (não na Vera Wang, obviamente, pois já me queimei lá. A mulher que atendeu o telefone no administrativo quando liguei para ver se eles tinham recebido o meu currículo deixou mais do que claro que eles ligariam para mim... daqui a dez anos, quando tivessem conseguido olhar todos os outros currículos que aspirantes a estilista de vestidos de noiva tinham deixado lá), deixando o meu currículo e algumas fotos dos vestidos em que trabalhei. Talvez isto faça mais sentido. Talvez...

Ai, meu Deus, o que vou dizer ao Luke? Shari tem razão, morar com alguém é muito complicado, e não algo que se deve fazer só porque é mais barato do que pagar a taxa da imobiliária.

Mas é claro que esse não é o motivo de eu estar fazendo isto. Eu amo Luke, e acho que morar com ele seria totalmente um sonho.

Desde que, sabe como é, eu não tenha expectativas (como Shari disse) em relação a casamento. Se eu viver apenas um dia de cada vez. Porque nós dois estamos em fase de transição na vida. Luke está estudando, e eu... bom, vou fazer sei lá o quê. Não podemos pensar em casamento. Isso ainda vai demorar anos para acontecer.

Mas não tantos anos assim, espero. Porque eu realmente quero usar um vestido sem manga no meu casamento, e só Deus sabe quanto tempo ainda tenho antes de perder toda a elasticidade nos braços e ficar com aquela coisa mole que fica tão mal em uma noiva. Ou em qualquer pessoa.

Certo, isto aqui não está funcionando. Ficar batendo perna, deixando o meu currículo em lojas de roupa vintage. Preciso me recompor. Preciso pegar a lista telefônica ou entrar na internet e concentrar meus esforços em lugares que combinam com o meu estilo. Preciso...

Aaaah, olhe só estes bifes. Talvez seja disso que eu precise. Pegar alguma coisa para o jantar. Quer dizer, Luke não vai estar a fim de sair depois de um dia longo de orientação.

E, tudo bem, não sou a melhor cozinheira do mundo. Mas qualquer pessoa é capaz de grelhar um bife. Bom, acho que vou ter que fritar, porque não temos grelha.

É isso que vou fazer. Vou comprar uns bifes, uma garrafa de vinho e preparar o jantar. Daí Luke e eu vamos poder conversar sobre morar juntos e o que isso significa. E daí volto a procurar emprego amanhã, depois de resolvermos tudo.

Perfeito. Certo.

Só que eu acho que vou fazer compras no bairro de Luke e não aqui, porque não quero ter que carregar um monte de coisas no metrô. Aliás, onde fica o metrô?

— Hum, com licença. Você pode me dizer como faço para pegar a linha seis do metrô?

Putz, que idiota!

Não sou uma idiota. Como é que alguém pode ser idiota só por perguntar onde fica o metrô? Meu Deus, será que é mesmo verdade o que dizem a respeito dos nova-iorquinos? Até agora, eles meio que me parecem *mesmo* meio mal-educados. Será que foi por isso que Kathy Pennebaker voltou para casa? Quero dizer, além da coisa toda de ela ser viciada nos namorados alheios?

Ou será que ela passou a roubar ainda *mais* namorados devido à atitude indiferente dos vizinhos dela em Nova York?

Certo, onde estou? Segunda avenida e rua Nove. Rua Nove Leste, porque os lados leste e oeste são divididos pela Quinta Avenida (onde fica o apartamento da mãe de Luke. Com vista para o Central Park... e o Met). Luke me disse para ir até a Quinta Avenida, se estiver indo para o oeste a partir do East River, tem que atravessar a Primeira, a Segunda e a Terceira avenidas, e daí a Lexington, a Park, e finalmente a Madison (para lembrar a ordem dessas avenidas que não têm número, Luke me disse para pensar na frase "Look Past My Face", que quer dizer algo como "olhe além do meu rosto", mas que em inglês tem as iniciais de cada avenida, *L*exington, *P*ark, *M*adison, e *F*ifth, que quer dizer Quinta).

As ruas (Cinquenta e Nove Leste, onde fica a Bloomingdale's; e a Cinquenta Leste, onde fica a Saks, por exemplo) correm perpendiculares às avenidas. Então a Bloomingdale's fica na Cinquenta e Nove com a avenida Lexington, a Saks é na Cinquenta com a Quinta Avenida. O apartamento da mãe do Luke é na Oitenta e Um com a Quinta... na outra esquina em relação à Betsey Johnson da Madison, entre a Oitenta e Um e a Oitenta e Dois.

Daí, é claro, tem o West Side, a oeste. Mas isso eu vou aprender depois. E vou ter que aprender mesmo, porque neste momento estou tendo muita dificuldade para descobrir de que lado eu moro.

Certo, então o metrô que sobe e desce pelo East Side, a leste, passa pela avenida Lexington. Assim, quando se está perdida, você só precisa encontrar a Lexington, como Luke explicou, que em algum momento você acha o metrô.

A menos, é claro, que você esteja no Village, como eu estou, onde a Lexington de repente se transforma em uma coisa chamada Quarta avenida, e depois Lafayette, e finalmente Centre Street.

Mais uma vez, não vou me preocupar com isto agora. Simplesmente vou caminhar para o oeste a partir da Segunda avenida, na esperança de encontrar a Lexington em uma de suas diversas formas, e uma estação de metrô que me leve para casa, que deve estar em algum lugar por aqui...

Casa. Uau. Já estou chamando de casa.

Bom, mas não é isso o que qualquer lugar se torna? Qualquer lugar que você divida com alguém que ama, quer dizer?

Talvez seja por isso que Kathy tenha deixado Nova York. Não por causa das pessoas sem educação ou da disposição incompreensível das ruas ou da coisa toda de roubar namorados alheios, mas porque aqui simplesmente não tinha ninguém que ela amasse.

E que a amasse também, de todo modo.

Coitada da Kathy. Foi mastigada pela cidade grande e depois cuspida.

Bom, isso não vai acontecer comigo. Não vou ser a próxima Kathy Pennebaker de Ann Arbor. Eu *não* vou voltar para casa com o rabo entre as pernas. Vou vencer em Nova York, mesmo que tenha de morrer por isto. Porque se eu vencer aqui, posso vencer em qualquer...

Aaah, um táxi! E está livre!

E, tudo bem, táxis custam caro. Mas talvez só desta vez. Porque estou tão cansada, e o metrô está tão longe, e quero voltar logo para começar a fazer o jantar de Luke e...

— Oitenta e Um com a Quinta, por favor.

...ah, olhe, a estação de metrô Astor Place está logo ali. Se eu tivesse caminhado só uma quadra a mais, podia ter economizado quinze paus...

Bom, tudo bem. Este foi o último táxi nesta semana. E está tão gostoso aqui neste carro limpo com ar-condicionado, em vez de ter que lutar para descer a escada até uma plataforma fedorenta e esperar um trem superlotado onde nem vou conseguir sentar. E ainda têm pedintes em todos os vagões, querendo dinheiro. Nunca consigo dizer não. Não quero me transformar em uma dessas nova-iorquinas casca-grossas e insensíveis, como a Múltiplos Piercings no Rosto, que parecem se divertir tanto com os meus vestidos da Gigi Young. Se você não é capaz de se solidarizar com as dificuldades dos outros (nem de perceber como é difícil ACHAR um vestido da Gigi Young em boas condições), de que adianta estar viva?

Aí acabo saindo do metrô cinco dólares mais pobre do quando embarquei, todas as vezes, sem contar o preço do bilhete. É praticamente mais barato pegar um táxi. Mais ou menos.

Ai, meu Deus. Shari tem razão. Preciso arrumar um emprego... e uma vida.

E rápido.

Guia de Vestido de Noiva de Lizzie Nichols

Se você está mais para o tipo mignon, por que não experimenta um vestido evasê? Saias volumosas podem fazer com que uma noiva baixinha pareça ter sido engolida pelo tecido... a menos que ela opte por um vestido de baile com cauda de peixe; mas isso não cai bem em toda mulher do tipo mignon, então é preciso ter cuidado ao optar por vestidos do tipo "princesa" ou "sereia"!

Golas ovaladas ou que deixam os ombros à mostra — até mesmo alcinhas finas — são recomendadas para noivas do tipo mignon. Saias do tipo tubo ou com a cintura marcada não são. Lembre-se de que você vai se casar, não trabalhar atrás do balcão de uma loja de roupas Ann Taylor Loft!

LIZZIE NICHOLS DESIGNS™

Mostre-me alguém que nunca faz fofoca e eu lhe mostrarei alguém que não se interessa pelas pessoas.

— *Barbara Walters (1929), jornalista televisiva norte-americana*

Estou temperando os bifes quando o telefone toca. Não o meu celular, e sim o telefone do apartamento... o telefone da mãe de Luke.

Não atendo, porque sei que não é para mim. Além do mais, estou ocupada. Não é nada fácil tentar preparar uma refeição semigourmet em um cozinha minúscula de Nova York que tem basicamente o mesmo tamanho do interior do táxi que peguei para voltar a Uptown hoje à tarde. O apartamento da mãe de Luke é superlegal, tanto quanto podem ser os apartamentos de um quarto em Manhattan. Ainda tem as sancas do período pré-guerra e os acabamentos dourados e o piso de parquete e tudo o mais.

Mas a cozinha parece ter sido construída mais para tirar comida pronta da embalagem do que para cozinhar.

A secretária eletrônica da Sra. de Villiers é acionada depois de uns cinco toques. Ouço a voz dela se arrastar (com o sotaque sulista exagerado para obter efeito dramático): "Alô, você ligou para Bibi de Villiers. Ou estou na outra linha ou estou cochilando no momento. Por favor, deixe um recado que retorno loguinho."

Dou risada. Cochilando. A *Vogue* devia fazer uma dupla com Bibi. Isso sim é que é uma anfitriã profissional. Além do mais, ela é casada com um príncipe. Bom, um pseudopríncipe. Ela tem ótimo gosto para roupas (ainda que um pouco conservador). Nunca a vi usando nada que não fosse Chanel ou Ralph Lauren.

— Bibi. — Uma voz de homem enche o apartamento... que também está impregnado com o cheiro de alho recém-picado que estou usando no tempero, junto com shoyo, mel e azeite, tudo comprado no Eli's, na Terceira Avenida, que fica a uma boa caminhada da Quinta. — Faz um tempinho que não tenho notícias. Por onde você anda?

Obviamente, esse amigo de Bibi não sabe que ela se reconciliou com o marido durante o casamento da sobrinha no Sul da França, e que os dois (os pais de Luke) ainda estavam na Dordonha.

— Vou estar à sua espera no lugar de sempre — o homem prossegue — neste fim de semana. Tomara que eu não fique esperando em vão.

Espere um minuto. O lugar de sempre? À espera dela? Quem diabos é este cara? E como é que ele nem sabe em que país ela está, se eles são assim tão próximos?

— Até logo, *chérie* — o homem diz. E desliga.

Chérie? Será que o cara está falando sério? Quem é que fica ligando para as pessoas e deixando recados em que as chama de *chérie*? Talvez um michê.

Ai, meu Deus. Será que a mãe de Luke contratou um michê?

Não, é claro que não. Ela não precisaria disso. Ela é uma mulher bonita, cheia de vitalidade... e obviamente é cheia da grana, o que dá para notar depois de uma rápida olhada nas obras de arte nas paredes da sua residência secundária em Manhattan. O Renoir é a joia da coroa da coleção dela, claro. Mas tem também Miró e Chagall e até um esboço pequenininho de Picasso que ela pendurou no banheiro.

E nem vou mencionar a coleção de sapatos dela, que ocupa completamente toda a prateleira superior do closet do quarto... caixa após caixa em que se lê Jimmy Choo, Christian Louboutin e Manolo Blahnik.

O que uma mulher dessas estaria fazendo com um michê?

A menos que... a menos que ele não seja um michê, e sim um amante! Seria possível que Bibi de Villiers tivesse arrumado um amante. Afinal de contas, ela estava no meio do processo de divórcio do pai de Luke... até eu aparecer, quero dizer. Por que uma mulher sofisticada e viajada como a mãe de Luke não teria um namorado? Namorado este do qual ela se esqueceu completamente desde que voltou com o pai de Luke?

Pelo menos parto do princípio de que ela o tenha esquecido. Claro que esqueceu, se ele nem sabe onde ela está...

Ai, meu Deus. Isso é tão... constrangedor. Por que ele tinha que ligar logo agora, nesta noite, quando o Luke e eu precisamos ter a nossa conversa sobre Morar Juntos? Não posso dizer ao Luke: "Ei, um cara qualquer deixou um recado para a sua mãe e a chamou de *chérie*... e nós precisamos descobrir como posso me mudar para a sua casa sem perder a minha identidade."

Talvez, se eu der uma olhada no identificador de chamadas, possa descobrir de onde o cara ligou. Isso pelo menos pode me dar uma pista em relação a...

Oh. Oh, que maravilha. Apaguei a mensagem. Isso se o botão de delete piscando servir como indicação.

Certo. Bom, assim o problema está resolvido.

Além do mais, provavelmente é melhor assim. Afinal, o cara nem disse o nome dele. Não posso falar, tipo: "Hum, oi, Sra. de Villiers? Sabe, um cara qualquer com sotaque francês que não é o seu marido ligou e pediu para você ir encontrá-lo no lugar de sempre, onde ele vai estar à sua espera." Porque isso poderia envergonhá-la.

E eu só quero saber de não envergonhar os meus futuros sogros.

Droga. Fiz de novo, não foi? Preciso tirar o casamento do meu cérebro. Acho que vou arrumar a mesa. Com a linda prataria que um dia pode ser minha se...

Nossa! Certo, acho que preciso ligar a TV. Deve estar passando o noticiário. Assim vou me distrair...

A polícia fez uma descoberta apavorante no quintal de uma casa que a imprensa agora está chamando de A Casa dos Horrores do Harlem. Restos humanos foram encontrados. Até agora, são seis esqueletos completos, e espera-se que mais um seja desenterrado...

Ai meu Deus. Que tipo de lugar é este? Um quintal cheio de esqueletos humanos? Não. Simplesmente, não. Trocando de canal.

...é o sétimo acidente em que o culpado foge do local naquela esquina, só no último mês. Desta vez, foi uma jovem mãe que morreu enquanto tentava levar os filhos pequenos à escola...

Meu Deus! Acho que, em vez disso, vou tentar ler os anúncios de emprego. Aaah, a Página Seis, a seção de fofocas! Vou dar uma olhadinha rápida antes de pegar os classificados...

..A alta sociedade de Nova York está em polvorosa com a aproximação das núpcias de John MacDowell, o único herdeiro da fortuna imobiliária da família MacDowell. A noiva, Jill Higgins, é funcionária do Zoológico do Central Park. O casal se conheceu no pronto-socorro do Hospital Roosevelt, onde a Srta. Higgins estava recebendo tratamento por um mau jeito na coluna que conseguiu ao erguer uma foca que tinha fugido do cercado, e onde John MacDowell estava enfaixando a canela depois de uma torção em um jogo de polo...

Ah! Que romântico! E que emprego divertido, trabalhar com focas! Ah, se eu pudesse...

A chave de Luke está virando na fechadura! Ele chegou!

Graças a Deus tirei meu Spanx há duas horas. As marcas vermelhas já devem ter sumido a esta altura.

Não vou mais usá-lo. Luke vai ter que me amar como sou (a verdadeira eu) ou, se não, vai estar tudo acabado.

Só que... olhe como ele está lindo com jeans desbotado e a camisa de botões que escolhi para ele usar! Talvez eu possa usar meu Spanx só mais um pouquinho... até eu perder esses sete quilos extras que trouxe comigo da França. E tenho certeza de que isto vai acontecer logo, levando em conta o tanto que é preciso andar nesta cidade. Além do mais, ignorei completamente as baguetes do Eli's.

— Oi — ele diz. Tem um sorriso enorme no rosto. — Como está tudo?

Oi, como está tudo. É isso que o meu namorado me diz dez horas depois de me convidar para morar com ele. Está bem claro que ele não andou agonizando com a minha resposta.

Ou talvez ele tenha andado, só que está querendo parecer despreocupado.

— Que cheiro é este? — ele pergunta.

— Alho — respondo. — Estou temperando uns bifes.

— Ótimo — diz ele e coloca as chaves no pequeno console de mármore que fica perto da porta. — Estou morrendo de fome. Como foi o seu dia?

Uau. Como foi o seu dia? Morar com alguém é assim. Quero dizer, com um cara. É quase igual a morar com uma mulher, de verdade.

Só que, em vez de ficar esperando a resposta, como Shari costumava fazer quando dividíamos o quarto do alojamento, Luke se aproxima, me abraça pela cintura e me dá um beijo.

Certo. Não é tão parecido com morar com uma mulher. Nem um pouco.

— Então — diz Luke, sorrindo para mim. — Quando você vai dar a notícia aos seus pais?

Ah, certo. A razão por que ele não ficou se matando de ansiedade em relação à minha resposta é que ele já sabia qual seria.

Tiro os braços do pescoço dele, estupefata.

— Como é que você sabia?

— Está brincando? — Agora ele está rindo. — O Sistema Lizzie de Comunicação trabalhou duro o dia todo.

Fico olhando para ele.

— Isso é impossível. Eu não contei para ninguém! Ninguém além da... — Paro de falar e fico vermelha.

— Certo — diz Luke, brincando com a ponta do meu nariz com o dedo comprido dele. — Shari contou para Chaz, que ligou para saber quais são as minhas intenções.

— As suas... — Agora não estou vermelha. Estou roxa. — Ele não tinha direito de fazer isso!

Mas Luke continua rindo.

— Ele achou que tinha. Ah, não fique assim tão brava. Chaz considera você a irmã mais nova que ele nunca teve. Acho legal.

Eu não achei. Aliás, vou dizer ao Chaz tudo o que penso na próxima vez em que nos encontrarmos, e não vai ser nenhum papinho de irmã.

— O que você disse? — Não consigo deixar de perguntar, a curiosidade se sobrepõe à raiva.

— A respeito do quê? — Luke encontrou a garrafa de vinho que comprei, abriu para deixar respirar e então serviu uma taça para cada um de nós.

— Sobre as suas, hum, intenções.

Estou tentando manter as coisas calmas. E leves. Os caras não gostam quando a gente pega pesado demais, já reparei. Eles não gostam, principalmente, quando você tenta falar muito sobre o futuro. Eles são parecidos com bichinhos da floresta. Tudo é ótimo enquanto você só está dando nozes para eles.

Mas no minuto em que você pega a rede para tentar apanhá-los (mesmo que seja para o bem deles, como por exemplo para ajudá-los a fugir de um incêndio florestal), começa a maior confusão. Sem CHANCE de eu mencionar a palavra com C para Luke. Dois meses de relacionamento pode ser cedo para começar a pensar em morar junto. Mas é cedo DEMAIS para tocar na palavra "casamento".

Apesar de um de nós estar com vestidos de noiva permanentemente no cérebro.

— Disse para ele não se preocupar — Luke responde e me entrega uma taça de vinho. — Que eu faria tudo que pudesse para não estragar a sua reputação. — Luke bate a beira da taça dele na minha. — E também que ele devia me agradecer — ele completa, com uma piscadela.

— Agradecer a você? — repito. — Por quê?

— Bom, porque agora Shari pode ir morar com ele. Ele já tinha convidado antes, mas ela disse que não podia abandonar você.

— Ah. — Fico lá, piscando sem pensar. Disso eu não sabia. Shari nunca tinha me dito nada.

Mas, se ela só ia morar comigo por pena, por que reagiu daquela maneira quando contei sobre o convite de Luke?

— Mas, bem, eu estava pensando que a gente podia sair para comemorar — continuou Luke. — Nós quatro. Não hoje à noite, obviamente, porque você comprou bifes. Mas quem sabe amanhã. Tem um restaurante tailandês fantástico no centro que sei que você vai adorar...

— A gente precisa conversar. — Ouço a mim mesma dizendo. Uau. De onde isto saiu?

Luke parece surpreso, mas não ofendido nem nada. Ele se afunda no sofá branco da mãe dele (eu é que não vou sentar lá, de jeito nenhum, com comida ou bebida na mão) e ergue os olhos para mim com um sorriso.

— Claro — ele diz. — Claro que sim. Quero dizer, nós precisamos decidir várias coisas. Tipo onde você vai colocar todas as suas roupas. — O sorriso dele se abre ainda mais. — Pelo que Chaz me disse, sua coleção de roupas vintage é um tanto impressionante.

Só que não é com as minhas roupas que estou preocupada. É com o meu coração.

— Se eu vier morar com você — digo, e me aproximo para sentar no braço do sofá... assim há menos chance de um resultado catastrófico se eu derramar alguma coisa aqui. Além do mais, estou a uma distância suficiente segura dele para não me distrair com sua virilidade —, quero dividir os custos... as contas, o supermercado e tudo o mais... meio a meio. Sabe como é. Para ser justo. Para nós dois.

Agora Luke não está mais sorrindo. Está tomando vinho e dando de ombros.

— Claro — ele responde. — Como quiser.

— E quero pagar aluguel — digo.

Ele olha para mim de um jeito esquisito.

— Lizzie. Não tem aluguel a pagar. Minha mãe é dona do apartamento.

— Eu sei — respondo. — Estou dizendo que quero contribuir com o financiamento imobiliário.

Luke está sorrindo de novo.

— Lizzie. Não tem financiamento. Ela pagou o apartamento à vista.

Uau. Isto aqui está bem mais difícil do que achei que seria.

— Bom — digo. — Eu preciso pagar alguma coisa. Quero dizer, não posso ficar me aproveitando de você. Não é justo. Vou pagar para morar aqui, assim posso dar a minha opinião a respeito das coisas. Certo?

Agora uma das sobrancelhas escuras dele se arqueou.

— Sei do que você está falando — ele diz. — Está pensando em redecorar?

Ai, meu Deus. Isto aqui não está sendo, de jeito nenhum, como pensei que seria. Por que Chaz tinha que ligar para ele? Eu sou acusada o tempo todo de ter a boca grande. Mas se quer a minha opinião, os homens fofocam muito mais do que as mulheres.

— De jeito nenhum — digo. — Adoro o jeito como a sua mãe arrumou este lugar. Mas vou ter que trocar algumas coisas de lugar para abrir espaço. — Limpo a garganta. — Para a minha máquina de costura. E coisas desse tipo.

Agora as duas sobrancelhas de Luke estão levantadas.

— A sua máquina de *costura*?

— É — respondo, um pouco na defensiva. — Se eu for abrir a minha própria loja, vou precisar de um espaço aqui para poder fazer isto. E eu quero pagar pelo espaço. Nada mais justo. E se... a gente estabelecer uma taxa mensal de manutenção? Sabe como é, o condomínio do prédio?

— Claro — Luke responde. — São três mil e quinhentos dólares.

Eu quase engasgo. Ainda bem que sentei no braço do sofá, se não eu teria cuspido em cima dele, e não no piso de parquete, que recebe um golão de vinho tinto.

— *Três mil e quinhentos dólares?* — exclamo, levanto de um pulo e corro para a cozinha para pegar um pano. — *Por mês? Só de condomínio?* Eu não tenho dinheiro para isto!

Agora Luke está rindo.

— Que tal uma parte, então? — diz ele, enquanto me observa limpando a bagunça. — Mil por mês?

— Combinado — respondo, aliviada. Mas só um pouco, porque não faço ideia de como vou conseguir arranjar mil dólares por mês.

— Ótimo — Luke diz. — Agora que acertamos isto...

— Não acertamos, não — respondo.

— Não? — Mas ele não parece preocupado. Parece estar se divertindo com a situação. — Já falamos do supermercado, das contas, da sua necessidade de espaço para a máquina de costura. O que tem mais?

— Bom — respondo. — Nós.

— Nós. — Ele não está fugindo igual a um bichinho da floresta assustado. Ainda. Só parece levemente curioso. — O que há?

— Se eu me mudar para cá — digo, reunindo toda a minha coragem — seria só um teste. Para ver como funciona. Porque, sabe como é, só nos conhecemos há dois meses. E se de repente... sei lá. E se no inverno eu me transformar na maior chata ou algo assim?

Ambas as sobrancelhas de Luke sobem mais uma vez.

— Isso acontece?

— Eu não sei — respondo. — Quero dizer, acho que não. Mas, sabe, tinha uma garota, a Brianna, do nosso andar no alojamento McCracken. E ela se transformava na maior psicopata quando fazia frio. Não que ela fosse especialmente estável quando fazia calor. Mas piorava muito quando estava frio. Então, sabe como é. Acho que nós deveríamos nos reservar o direito de cancelar a coisa toda se um de nós achar que não está dando certo. E como o apartamento é da sua mãe, eu é que vou ter que sair. Mas você vai ter que me dar trinta dias para arrumar um lugar antes de trocar as fechaduras. É justo.

Luke continua sorrindo. Mas agora o sorriso é levemente desconfiado.

— Você está muito preocupada — ele diz — com o fato de as coisas serem justas, não é?

— Bem — respondo, sentindo-me um pouco desanimada por esta ser sua única resposta ao meu longo discurso. — Acho que sim. Quero dizer, existe tão pouca justiça no mundo... Mães jovens são mortas por motoristas que fogem e esqueletos de pessoas aparecem em quintais e...

Agora Luke está franzindo a testa. E estendendo as mãos para mim.

— Não sei do que você está falando — diz e me puxa para o seu colo. Por sorte, larguei minha taça de vinho. — Mas estou mesmo muito feliz por termos tido esta conversinha. Acabou?

Eu rapidamente repasso todas as coisas sobre as quais queria conversar com ele. Dividir o aluguel e as contas, arrumar lugar para a minha máquina de costura e a possibilidade de cair fora se algum de nós dois quiser (ele mais do que eu, porque não tenho planos de ir a lugar nenhum). Certo. Pronto.

Faço que sim com a cabeça.

— Acabou.

— Que bom — Luke diz e me deita no sofá. — Agora, como é que a gente tira isso?

Guia de Vestido de Noiva de Lizzie Nichols

Garotas com corpo em forma de pera, não se desesperem! É verdade que, de acordo com o Queen, garotas com o traseiro grande fazem o mundo do rock girar. Mas é comum a gente não encontrar nada para vestir!

Mas as garotas com este tipo de corpo têm sorte quando o assunto é vestido de noiva. O corte evasê é benéfico por tirar a atenção da metade inferior do corpo e chamá-la para o busto.

Esse efeito pode ser ainda mais enfatizado com ombros expostos ou decote em V acentuado, mas fique longe de vestidos de gola alta ou saias volumosas pregueadas, já que esses visuais podem adicionar peso ao quadril. O visual de corte enviesado ou reto é fatal para qualquer noiva com o corpo em formato de pera... este tipo de corte ressalta exatamente aquilo para o que você não quer chamar atenção!

LIZZIE NICHOLS DESIGNS™

Três pessoas podem guardar um segredo
se duas delas estiverem mortas.

— Benjamin Franklin (1706-1790), inventor norte-americano

Especialistas em Restauração de Vestidos de Noiva.

É o que a placa na porta diz.

Bom, esta com certeza sou eu. Quero dizer, é isso que eu *faço*. Não só vestidos de noiva, é claro. Sou capaz de restaurar (ou renovar) praticamente qualquer roupa. Mas o verdadeiro desafio está nos vestidos de noiva. E também é onde está o dinheiro, claro.

Só que estou tentando não ficar obcecada com dinheiro. Apesar de ser realmente difícil não ficar obcecada por uma coisa de que a gente parece precisar tanto só para *existir* nesta cidade. Quero dizer, tenho observado as roupas de alguns dos outros moradores do prédio da mãe de Luke no elevador. Nunca vi tanto Gucci e Louis Vuitton na vida.

Não que alguém precise de Gucci e Vuitton para existir. Mas precisa de dinheiro (e muito) para ter algo que se assemelhe a uma vida normal em Manhattan. Se por normal você quer dizer não gastar dinheiro com táxis, cinema ou cafés, e preparar seu próprio café da manhã, almoço e jantar.

E tudo bem, eu posso facilmente viver sem a última bolsa de mão da Louis Vuitton.

Mas parece meio duro eu não poder nem passar na lojinha de falafel da esquina para comer alguma coisa. Não que eu esteja comendo carboidratos, graças ao tamanho da minha bunda, ou que haja alguma lojinha de falafel em algum lugar nos arredores do Met, com toda a certeza não há, já que as residências da Quinta Avenida ficam prática e literalmente a QUILÔMETROS de qualquer lugar para comer ou para comprar comida com bons preços. Na verdade, a Quinta Avenida é como um terreno árido onde só há apartamentos de milhões de dólares, museus e o parque.

Na verdade, invejo o apartamento sem elevador de Shari e Chaz. Claro, não tem nenhum Renoir lá, o piso é desnivelado e se inclina na direção da janela, só tem um chuveirinho sem força e a banheira está tão manchada que parece que alguém foi assassinado lá dentro.

Mas tem um restaurante de sushi totalmente barato do outro lado da rua! E um bar que serve Bud Lights a um dólar na happy hour, tipo a dois passos da porta deles! E um mercadinho a meia quadra que entrega em casa... de GRAÇA!

Sei que eu não devia reclamar. Quero dizer, temos porteiro. E um cara para operar o elevador. E a vista do Metropolitan Museum of Art, e as janelas da mãe de Luke são todas de vidro duplo, de modo que nem dá para ouvir as buzinas e as sirenes da Quinta Avenida.

E só vou pagar mil dólares por mês por isso. Mais as contas.

Mas eu abriria mão de tudo isso em um minuto se simplesmente pudesse tomar uma porcaria de um *caffè misto* de vez em quando e não ficar me corroendo de culpa por causa disso.

E é o que me leva até a loja de Monsieur Henri, que não fica nem a quatro quadras do apartamento extra da Sra. de Villiers. Este é um dos endereços mais badalados de Manhattan para restauração e conservação de vestidos de noiva. Qualquer pessoa que é alguém manda seu vestido de noiva para ser restaurado, recuperado e preservado na loja de Monsieur Henri. Pelo menos de acordo com a Sra. Erickson do 5B, que encontrei na lavanderia ontem à noite (os encanamentos no prédio da Sra. de Villiers são antigos demais para permitir que cada apartamento tenha sua própria máquina de lavar e secar, e o custo da reforma faria com que o preço do condomínio subisse ainda mais). Mas, bem, ela me disse que colocar meia xícara de vinagre no ciclo do enxágue evita que se gaste dinheiro com amaciante de roupa. E ela deve saber. Quero dizer, ela estava usando um anel com um diamante do tamanho de uma bola de golfe. Ela disse que só estava lavando a roupa porque teve de mandar a empregada embora porque estava sempre bêbada, e que a agência ainda não tinha providenciado outra.

Então, quando toco a campainha da loja de Monsieur Henri, tenho certeza de que, pelo menos desta vez, não vai ser uma perda de tempo completa. A Sra. Erickson me pareceu uma pessoa que conhece restauradores de vestidos de noiva (o ramo que eu agora estou procurando, já que a coisa toda de restauração de vestimentas e peças vintage não estava dando certo). Nas duas últimas semanas, visitei todas as lojas de roupa vintage da cidade... nenhuma delas estava contratando.

Ou pelo menos foi o que os gerentes disseram. Vários viram o diploma de faculdade no meu currículo e disseram que eu era qualificada demais. Só um deles se interessou em dar uma olhada no meu portfólio de roupas vintage recuperadas e, quando terminou, disse: "Isto aqui pode impressionar o pessoal lá de Minnesota, mas aqui os nossos clientes são um pouco mais sofisticados. Suzy Perette simplesmente não cola."

— Michigan — corrigi. — Sou de Michigan.

— Tanto faz — disse o gerente, revirando os olhos.

Sério? Eu não fazia ideia de que as pessoas podiam ser tão más. Principalmente pessoas que fazem parte da comunidade das roupas vintage. Quero dizer, lá na minha cidade, quem trabalha em brechó se apoia muito e cuida um do outro, e a coisa toda está ligada à qualidade e originalidade, não à marca. Aqui, nas palavras de um dos gerentes que conheci: "Se não for Chanel, ninguém está nem aí."

Errado! Muito errado!

E nas palavras da Sra. Erickson:

— Para que você vai querer trabalhar em uma daquelas lojas imundas, aliás? Pode acreditar, eu sei. A minha amiga Esther é voluntária em uma loja de roupas usadas da Sloan-Kettering. Ela diz que as brigas por causa de um simples lenço Pucci são inacreditáveis. Vá falar com Monsieur Henri. Ele vai colocá-la no caminho certo.

Luke sugeriu que aceitar conselhos profissionais de uma mulher que encontrei na lavanderia do porão não foi a coisa mais sensata que ele já ouviu.

Mas Luke não imagina o quanto as coisas ficaram desesperadoras. Porque eu não disse a ele. Estou tentando parecer sofisticada e cheia de *savoir-faire* no que diz respeito a Luke. É verdade que ele ficou meio chocado quando todas as minhas caixas chegaram de casa, e nós percebemos que não tínhamos onde colocá-las. Por sorte, o apartamento da mãe de Luke vem com seu próprio depósito com chave na garagem subterrânea, onde coloquei todos os meus tecidos e a maior parte do meu material de costura.

As roupas, no entanto, foram direto para uma arara que comprei na Bed Bath & Beyond e instalei no quarto, sob o olhar de reprovação da menina de Renoir. Luke pareceu meio chocado quando viu ("eu não fazia ideia de que alguém podia ter mais roupas do que a minha mãe", ele disse), mas se recuperou e até me pediu para mostrar para ele alguns dos conjuntos mais atrevidos (e também, por algum motivo, a minha fantasia de Heidi, que parece tê-lo divertido muito).

Mas o que ele não sabe é que, se alguma coisa não aparecer muito rápido, essa fantasia e todo o resto da coleção vão direto para o eBay. Porque só me sobraram umas poucas centenas de dólares.

E mesmo que seja muito triste vender as roupas que coleciono há tantos anos, seria ainda pior ter que admitir para Luke que não tenho dinheiro para pagar o aluguel do mês que vem.

E apesar de eu saber que ele só vai rir e dizer que está tudo bem, que não tenho que me preocupar com isso, não consigo *deixar* de me preocupar. Eu não quero ser a amante residente dele ou qualquer coisa assim. Quero dizer, para começo de conversa, esse é um caminho de carreira nada eficiente, como nos ensinou Evita Perón. Mas também quero fazer *compras*! Quero tanto adicionar mais peças à minha coleção!

Só que não posso. Porque estou falida.

Então, Monsieur Henri é minha única esperança. Porque, se isto não der certo, com certeza vou vender todos os meus Suzy Perette, e talvez até os Gigi Young.

Ou isso ou vou me inscrever em uma agência de empregos temporários. Vou passar o resto da vida mandando fax e arquivando, desde que ALGUÉM me dê emprego.

Mas assim que Monsieur Henri (ou o cara que atendeu a porta quando toquei a campainha da loja de Monsieur Henri) me deixou entrar na sala de espera do estabelecimento, todo sorridente e educado (até eu dizer que não vou me casar, ainda, que estou ali para saber de oportunidades de trabalho), logo vi que só ia me restar a agência de serviço temporário.

Porque o rosto do homem de meia-idade de bigode desabou e ele perguntou em tom desconfiado e com um sotaque pesado de francês:

— Quem mandou você aqui? Foi o Maurice?

Fico olhando para ele sem entender nada.

— Não faço a menor ideia de quem seja Maurice — digo, bem na hora que uma francesa baixinha e com jeito de passarinho sai dos fundos com um sorriso enorme estampado no rosto... até eu dizer a palavra "Maurice".

— Você acha que ela é espiã do Maurice? — a mulher pergunta ao homem, em francês rápido (que eu agora sou capaz de entender... bom, em grande parte, por ter passado o verão na França e por ter aprendido a língua na faculdade um semestre antes).

— Com certeza — o homem responde, em francês igualmente rápido. — O que mais estaria fazendo aqui?

— Não, sinceramente — exclamo. Sei francês suficiente para entender, mas não para falar. — Eu não conheço ninguém chamado Maurice. Estou aqui porque soube que vocês são os melhores restauradores de vestidos de noiva da cidade. E quero ser restauradora de vestidos de noiva. Bom, quero dizer, eu *já* sou. Olhem, aqui está o meu portfólio...

— Do que ela está falando? — Madame Henri (porque é isso que ela tem que ser, certo?) pergunta ao marido.

— Não faço ideia — ele responde. Mas pega a minha pasta e começa a folhear.

— Este é um vestido Hubert de Givenchy que encontrei em um sótão — digo a eles quando chegam à página que mostra o vestido de noiva de Bibi de Villiers. — Tinha sido usado para guardar um rifle de caça, que tinha soltado ferrugem no tecido. Consegui tirar as manchas de ferrugem deixando de molho uma noite inteira em cremor tártaro. Daí eu consertei as alças à mão e refiz a barra...

— Por que você está nos mostrando isto? — Monsieur Henri pergunta, empurrando a pasta na minha direção. Atrás dele há uma parede cheia de fotografias de antes e depois dos vestidos que ele restaurou. É bem impressionante. Alguns deles estão tão amarelados com o tempo que dão a impressão de que se desintegrariam se alguém tocasse neles.

Mas Monsieur Henri tinha conseguido lhes devolver sua brancura de neve original. Ou ele sabe lidar muito bem com tecidos ou tem produtos químicos de arrasar no quartinho dos fundos.

— Porque — digo bem devagar — acabei de me mudar para Nova York, vinda do Michigan, e estou procurando emprego...

— O Maurice não mandou você aqui? — Os olhos de Monsieur Henri continuam apertados, desconfiados.

— Não — respondo. Sério, o que está acontecendo aqui? — Eu nem sei do que vocês estão falando.

Madame Henri (que ficou ao lado do marido, muito mais alto do que ela, espiando o meu portfólio por cima do braço dele) me avalia de alto a baixo e absorve tudo a meu respeito, desde o meu rabo de cavalo alto (a Sra. Erickson me aconselhou a tirar o cabelo dos olhos) até o vestido soltinho Joseph Ribkoff que estou usando por baixo de um cardigã vintage bordado com contas (já ficou mais frio desde que cheguei a Nova York. O verão ainda não terminou exatamente, mas o outono com certeza já está no ar).

— Jean, eu acredito nela — ela diz para o marido em francês. — Olhe só para ela. O Maurice não mandaria uma pessoa tão burra quanto ela para nos enganar.

Minha vontade é berrar: "EI!", com a voz cheia de raiva e sair da loja deles batendo os pés, em um ataque de fúria, já que entendi perfeitamente que ela acabou de me chamar de burra.

Mas, por outro lado, vi que Monsieur Henri virou a página e está olhando para as fotos de antes e depois que tirei do vestido horroroso que a prima de Luke, Vicky, desenhou pessoalmente, e que consegui transformar em uma coisa semidecente (apesar de, no fim, ela ter preferido o Givenchy que eu tinha reformado em vez dele). Ele de fato parece interessado.

Então, em vez de ter um ataque, digo:

— Fiz tudo à mão — referindo-me à costura do vestido da Vicky. — Porque estava viajando quando fiz isso, e não estava com a minha Singer.

— Isto aqui foi feito à mão? — pergunta, apertando os olhos para a foto e em seguida pegando um par de óculos bifocais que trazia no bolso da camisa.

— Foi — respondo, fazendo o maior esforço para não olhar para a mulher dele. Burra! Bom, o que *ela* sabe? Obviamente não sabe ler. Porque meu currículo diz que me formei pela Universidade de Michigan. Ou pelo menos vou me formar em janeiro. A Universidade de Michigan não aceita gente burra... nem se o pai da pessoa *for* supervisor do cyclotron.

— Você tirou as manchas de ferrugem — Monsieur Henri diz — sem usar produtos químicos?

— Só cremor tártaro — respondo. — Deixei de molho por uma noite inteira.

Monsieur Henri diz com um certo orgulho:

— Aqui também não usamos produtos químicos. É por isso que recebemos nossa recomendação da Associação dos Consultores de Casamento e nos tornamos Especialistas Certificados em Vestidos de Noiva.

Não sei como responder a isso. Eu nem sabia que existia algo parecido com especialistas certificados em vestidos de noiva. Então, só digo:

— Legal.

Madame Henri cutuca o marido com o cotovelo.

— Diga a ela — ela diz em francês. — Diga a ela a outra coisa.

Monsieur Henri me observa através das lentes dos óculos.

— O Serviço Nacional de Casamentos nos deu a recomendação mais alta.

— Isso é mais do que eles já deram àquele *cochon* do Maurice! — Madame Henri exclama.

Acho que chamar o coitado desse tal de Maurice (seja lá quem for) de porco talvez seja um pouco demais.

Principalmente porque eu também nunca ouvi falar de nenhum Serviço Nacional de Casamentos.

Mas consigo, fato inédito na minha vida, ficar de boca fechada mais uma vez. Há dois vestidos de noiva nos moldes de costura na vitrine da loja minúscula. De acordo com a plaquinha na frente deles, diz que são restaurações... e são fantásticos. Um é coberto de pérolas rústicas que se penduram como gotas de chuva brilhando ao sol. E o outro é uma confecção rebuscada de babados de renda que meus dedos estão loucos para tocar, para conseguir descobrir como foram criados.

A Sra. Erickson tinha razão. Monsieur Henri sabe o que faz. Eu poderia aprender muito com ele... e não só sobre costura, mas também sobre como ter uma empresa de sucesso.

Pena que Madame Henri é uma...

— Este trabalho é muito estressante — Monsieur Henri prossegue. — As mulheres que nos procuram... para elas, este é o dia mais importante de sua vida. O vestido tem que ser absolutamente perfeito, e ainda assim entregue na data marcada.

— Sou totalmente perfeccionista — digo. — Já passei noites inteiras em claro para terminar vestidos quando nem *precisava*.

Monsieur Henri parece não estar escutando.

— Nossas clientes sabem ser muito exigentes. Um dia elas querem uma coisa. No outro, desejam algo diferente...

— Sou completamente flexível — digo. — E também sou muito boa no trato com as pessoas. Posso até dizer que sou ótima em atendimento. — Ai, meu Deus. Eu disse mesmo isso? — Mas nunca deixaria uma cliente escolher alguma coisa que não ficasse bem nela.

— Esta é uma empresa familiar — Monsieur Henri diz em tom conclusivo (repentino e alarmante) e fecha o meu portfólio com um gesto brusco. — Não estou disposto a empregar gente de fora.

— Mas... — Não. Ele não vai me dispensar. Eu *preciso* saber como ele fez aqueles babados. — Sei que não sou da família. Mas eu sou boa. E o que eu não souber... aprendo rápido.

— *Non* — Monsieur Henri diz. — Não adianta. Eu construí esta empresa para os meus filhos...

— Que não querem nem saber dela — a mulher dele diz, ácida, em francês. — Você sabe disso, Jean. A única coisa que aqueles porcos preguiçosos querem fazer é ir à discoteca.

Hummm. Os próprios filhos dela também são porcos? E também... discoteca?

— ...e eu faço todo o meu trabalho — Monsieur Henri continua, sem prestar atenção.

— Certo — Madame Henri desdenha. — É por isso que você não tem mais tempo para mim. Nem para os seus filhos. Eles são descontrolados porque você passa o tempo todo aqui na loja. E o seu coração? O médico disse que você precisa reduzir os seus níveis de estresse, ou vai ter um enfarto. Você vive dizendo que quer trabalhar menos, deixar a loja para outra pessoa cuidar de vez em quando para podermos passar mais tempo em Provence. Mas por acaso faz alguma coisa em relação a isso? Claro que não.

— Eu moro logo aqui na esquina — digo, tentando não demonstrar que entendo cada palavra que eles dizem. — Posso estar aqui a qualquer hora que o senhor quiser. Se, sabe como é, quiser passar mais tempo com a sua família.

O olhar de Madame Henri se prende ao meu.

— Talvez — ela murmura, em sua língua nativa — ela não seja tão burra, afinal.

— Por favor — digo, lutando contra a minha vontade de berrar: *Se eu fosse tão burra, será que estaria morando na Quinta Avenida?* Porque, é claro, quem julga as pessoas pela avenida em que moram *é* burro. — Seus vestidos são tão lindos... Quero abrir uma loja algum dia. Então, faz sentido eu querer aprender com o melhor. E tenho referências. Pode ligar para a gerente da última loja em que trabalhei...

— *Non* — Monsieur Henri diz. — *Non*, não estou interessado.

E ele empurra meu portfólio de volta para cima de mim.

— Quem é burro agora? — pergunta a mulher dele, azeda.

Mas Monsieur Henri (talvez por ter visto as lágrimas que de repente surgiram nos meus olhos... que, eu sei. Chorar! Em uma entrevista de emprego!) parece amolecer.

— Mademoiselle — ele diz e coloca a mão no meu ombro. — Não é que eu ache que você não tenha talento. É que nossa loja é pequena. E meus filhos agora estão na faculdade. Custa muito caro. Não tenho condições de pagar mais uma pessoa.

E daí ouço quatro palavras escorrerem da minha boca (como acontece com a baba quando eu durmo) que eu nunca imaginaria dizer, nem em um milhão de anos. E tenho vontade de me matar imediatamente depois de falar. Mas é tarde demais. Já saíram.

— Eu trabalho de graça.

Meu Deus! Não! O que eu estou dizendo?

Só que parece dar certo. Monsieur Henri parece intrigado. E a esposa dele sorri como se tivesse acabado de ganhar na loteria ou algo assim.

— Quer ser estagiária, é isto? — Monsieur Henri abaixa os óculos bifocais para me olhar mais de perto.

— Eu... eu... — Ai, meu Deus. Como é que vou sair desta? Principalmente porque não tenho bem certeza se quero escapar. — Acho que sim. E daí, quando o senhor vir como eu me empenho no trabalho, pode pensar em me promover para uma posição paga.

Certo. Assim parece melhor. É exatamente o que eu vou fazer. Vou trabalhar como louca para ele, vou me tornar indispensável. E daí, quando ele não puder mais ficar sem mim, vou ameaçar ir embora a menos que ele me pague.

Tenho bastante certeza de que esta não é a estratégia mais eficiente para conseguir emprego. Mas é a única opção que tenho no momento.

— Fechado — Monsieur Henri diz. Então ele tira os óculos e estende a mão para mim. — Bem-vinda.

— Hum. — Pego a mão dele e sinto calos nos dedos e na palma. — Obrigada.

A esse respeito, Madame Henri observa em francês desdenhoso:

— Há! Ela é mesmo burra no fim das contas!

Guia de Vestido de Noiva de Lizzie Nichols

Saiba escolher...
O comprimento da cauda do seu vestido de noiva!

Os três comprimentos básicos de cauda de vestido de noiva são:

Comprimento Cauda Curta
Mal toca o chão

Comprimento Capela
Arrasta-se no chão e se estende a cerca de 1,20m do vestido

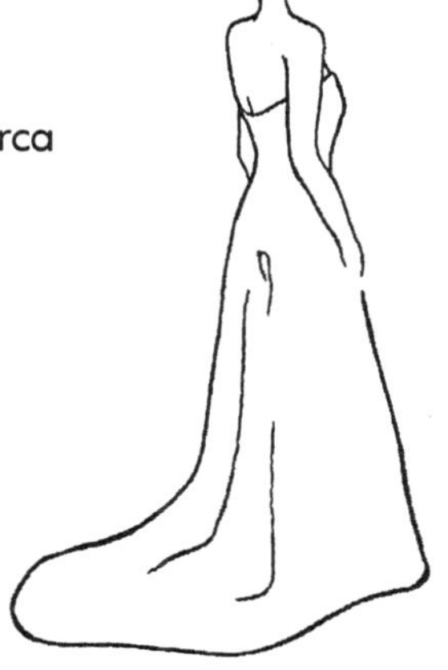

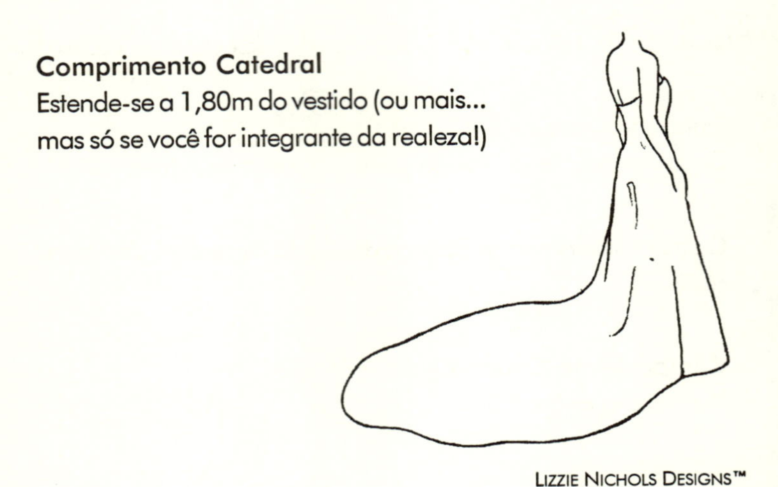
Comprimento Catedral
Estende-se a 1,80m do vestido (ou mais...
mas só se você for integrante da realeza!)
LIZZIE NICHOLS DESIGNS™

A melhor maneira de manter a palavra é não dá-la.

— Napoleão I (1769-1821), imperador francês

Estou chorando enquanto tiro medidas.

Não posso evitar. Estou completamente ferrada.

Eu não sabia que tinha alguém em casa...

Por isso eu me assusto quando Chaz sai do quarto com cara de sono, segurando um velho livro e diz:

— Cara, o que *você* está fazendo aqui?

Dou um gritinho e caio no chão, e a fita métrica sai voando.

— Está tudo bem com você? — Chaz estica a mão para segurar o meu braço, mas é tarde demais. Já estou estatelada no chão da sala dele.

Culpo o assoalho desnivelado. Juro.

— Não — soluço. — Eu não estou bem.

— Qual é o problema? — Chaz não está rindo. Mas com toda a certeza há uma curvinha ascendente no canto dos lábios dele.

— Não é engraçado — digo. A vida em Manhattan acabou completamente com o meu senso de humor. Ah, claro, está tudo lindo e maravilhoso quando eu e Luke estamos na cama, ou aninhados no sofá da mãe dele, assistindo a *Pants Off/Dance Off* na TV de plasma dela (que quando não está em uso fica espertamente escondida por uma tapeçaria genuína do século XVI com uma linda cena pastoril).

Mas no minuto em que ele sai pela porta para ir à aula (que é basicamente das nove às cinco todos os dias), fico sozinha e todas as minhas inseguranças voltam e percebo que estou tão próxima de vencer em Manhattan quanto Kathy Pennebaker esteve. A única diferença entre nós, de verdade, é que não tenho nenhum distúrbio de personalidade.

Que tenha sido diagnosticado clinicamente, pelo menos.

— Sinto muito — Chaz diz. Ele está tentando não sorrir ao olhar para mim. — Quer me dizer o que você está fazendo infiltrada no meu apartamento no meio da tarde? Luke não deixa você chorar no apartamento da mãe dele ou algo assim?

— Não. — Fico onde estou no chão. É bom chorar. Além do mais, Shari e Chaz mantêm a casa bem limpa, então nem me preocupo em sujar meu vestido ou algo assim. — Shari me deu a sua chave extra para eu poder entrar e tirar a medida para as capas e as cortinas que vou fazer para vocês.

— Você vai fazer capas e cortinas para nós? — Chaz parece agradecido. — Legal. — Ele não parece mais agradecido quando continuo chorando. — Ou talvez não seja legal. Se está fazendo você chorar.

— Eu não estou chorando por causa das capas — digo e estico a mão para enxugar os olhos com a parte de trás do pulso. — Estou chorando porque sou a maior fracassada.

— Certo. Vou precisar de uma bebida para isto aqui — Chaz diz e suspira. — Quer uma?

— Álcool não vai resolver nada — choramingo.

— Não — Chaz concorda. — Mas passei a tarde toda lendo Wittgenstein, então talvez isso faça com que eu me sinta menos suicida. Está dentro ou fora? Estou pensando em um gim-tônica.

— Estou d-dentro — soluço. — Quem sabe um pouco de gim seja do que preciso para me recompor. Parece que sempre funciona para a minha avó.

E é assim que, um pouco mais tarde, eu me vejo sentada ao lado de Chaz nos sofás debruados de dourado (as almofadas também são douradas. Se eu não soubesse que tinham vindo de um escritório de advocacia, juraria que aquela mobília tinha vindo de um restaurante chinês. Um refinado. Mas, mesmo assim...), contando a ele a verdade sórdida a respeito das minhas finanças.

— E agora — concluo, erguendo meu copo de bebida comprido, cujo conteúdo já foi quase todo consumido — eu tenho um emprego... não vou dizer que é o emprego dos meus sonhos nem nada, mas acho que posso aprender muito... mas não recebo nada, e não faço ideia de como vou arrumar o dinheiro do aluguel da semana que vem. Quero dizer, nem posso arrumar trabalhos temporários agora que estou sem nenhum dia livre porque tenho que estar na loja de Monsieur Henri. E você sabe como sou péssima para trabalhar em bares ou para servir comida. Sinceramente, a menos que eu venda minha coleção de roupas vintage, não sei como vou conseguir. Eu nem sei como vou ter dinheiro para pagar a passagem do metrô para voltar para casa. E *não posso* contar para Luke, simplesmente não posso, ele só vai me achar burra, assim como Madame Henri. E até parece que posso pedir dinheiro para os meus pais, eles não têm nada e, além do mais, sou adulta, devia me sustentar. Então, está claro que vou ter de dizer a Monsieur Henri que sinto muito, mas que cometi um erro, e daí vou ter que ir à agência de empregos temporários mais próxima e torcer para que eles tenham alguma coisa... *qualquer coisa*... para mim.

Respiro fundo, trêmula.

— Ou isso ou volto para Ann Arbor e torço para que o meu emprego na Vintage to Vavoom ainda esteja disponível. Só que, se eu fizer isso, todo mundo vai ficar dizendo que Lizzie Nichols tentou se dar bem em Nova York mas foi vencida, igualzinho à Kathy Pennebaker.

— É aquela que costumava roubar o namorado de todo mundo? — Chaz pergunta.

— É — respondo, pensando em como é bom que o namorado de Shari já conheça todas as pessoas e as referências importantes da nossa vida, de modo que não preciso explicar a ele, como acontece com Luke.

— Bom — ele diz. — Ninguém vai comparar você a ela. Ela tem um distúrbio de personalidade.

— Certo. Ela tem uma desculpa a mais para ter sido vencida por Nova York!

Chaz reflete sobre a questão.

— Ela também é a maior vagabunda. Só estou repetindo o que Shari disse.

Acho que estou ficando com enxaqueca.

— Será que podemos deixar Kathy Pennebaker fora disso?

— Foi você quem tocou no nome dela — Chaz observa.

O que estou fazendo aqui? O que ainda estou fazendo no sofá do namorado da minha melhor amiga, contando todos os meus problemas para ele? Pior ainda, ele é o melhor amigo do meu namorado.

— Se você contar para Luke — resmungo — qualquer coisa que eu disse para você aqui hoje, eu mato você. De verdade, estou falando sério. Eu... eu mato você.

— Eu acredito — Chaz diz, sério.

— Que bom. — Fico de pé, meio desequilibrada. Chaz não economizou no gim. — Preciso ir. Luke logo vai chegar em casa.

— Espere aí, moça — Chaz diz e me puxa de novo para o sofá pela parte de trás do meu cardigã bordado com contas.

— Ei — digo. — Isto aqui é cashimere, sabe?

— Acalme-se — Chaz diz. — Vou ajudar você.

Ergo as mãos com as palmas para fora, para afastá-lo.

— Ah, não — eu digo. — Eu não quero dinheiro emprestado, Chaz. Vou fazer isto sozinha, ou não vou fazer. Não vou encostar no seu dinheiro.

— É bom saber — diz Chaz, seco. — Porque eu não estava pensando em oferecer dinheiro nenhum para você. Estava pensando se você pode trabalhar só meio período na coisa dos vestidos de noiva. Tipo, só à tarde.

— Chaz — digo, e abaixo as mãos. — Eu não vou ser *paga* para fazer a coisa dos vestidos de noiva. Quando não se recebe, você pode muito bem escolher o seu horário.

— Certo — ele diz. — Então, você tem as manhãs livres?

— Infelizmente, tenho — respondo.

— Bom, acontece que a Pendergast, Loughlin e Flynn acabou de perder a recepcionista da manhã para uma companhia itinerante do musical *Tarzan*.

Fico olhando para ele.

— O escritório de advocacia do seu pai?

— É — Chaz diz. — Parece que a função de recepcionista lá exige tanto da pessoa, que precisa ser dividida em dois turnos, um das oito da manhã às duas da tarde e o outro das duas da tarde às oito da noite. O turno da tarde no momento está a cargo de uma moça com aspirações a modelo, que precisa das manhãs livres para ir a agências... ou para se recuperar da ressaca da noite anterior, cada um acredita no que quer. Mas estão procurando alguém para ficar com o turno da manhã. Então, se estiver mesmo falando sério em relação a arrumar emprego, talvez não seja uma alternativa ruim para você. Vai ter as tardes livres para Monsieur Sei-Lá-Quem, e não vai precisar vender sua coleção da Betty Boop, ou seja lá o que for. Só paga vinte paus por hora, mas tem benefícios como plano de saúde e férias...

Mas ele não consegue prosseguir, porque já me joguei em cima dele quando ouço as palavras "vinte paus por hora".

— Chaz, está falando sério?! — grito, agarrando a camiseta dele com força. — Você pode mesmo me indicar?

— Ai — Chaz diz. — Você está puxando os pelos do meu peito.

Eu o solto.

— Ai, meu Deus, Chaz! Se eu pudesse trabalhar a manhã toda e ir ao Monsieur Henri à tarde... talvez eu consiga. Pode ser que eu realmente consiga me dar bem em Nova York no final das contas! Não vou ter que vender as minhas coisas! Não vou ter que voltar para casa!

E, o mais importante, não vou ter que confessar para Luke o fracasso que sou.

— Vou ligar para Roberta do RH e marcar uma entrevista para você — Chaz diz. — Mas vou avisar, Lizzie. O trabalho não é fácil. Claro, você só vai transferir ligações. Mas o escritório de advocacia do meu pai é especializado em divórcios e planejamento matrimonial; em outras palavras, acordos pré-nupciais. Os clientes são muito exigentes, e os advogados são bem inflexíveis. As coisas às vezes ficam bem tensas. Eu sei, meu pai me fez trabalhar no setor de correspondência num verão, assim que terminei a escola, e foi um saco.

Eu mal estou ouvindo.

— Tem roupa certa de usar? Precisa usar meia-calça? Eu detesto meia-calça.

Chaz suspira.

— Roberta pode explicar tudo isso. Olhe, não pense que não ligo para os seus problemas, mas você sabe o que está acontecendo com Shari?

Isso chama a minha atenção.

— Com Shari? Não. Por quê? Do que você está falando?

— Não sei. — Por um instante, Chaz parece mais novo do que seus 26 anos. Ele é só três anos mais velho do que eu e Shari, mas, em tantos aspectos, ele é anos-luz mais velho do que isso. Pessoalmente, acho que é isso que acontece quando se mantém o filho no internato durante toda a pré-adolescência e a adolescência. Mas posso estar viajando. Não imagino ter um filho e despachá-lo de propósito, como os pais de Chaz fizeram, só porque ele era um pouco hiperativo. — Ela não consegue parar de falar da nova chefe dela.

— Da Pat? — Eu mesma já ouvi as histórias sobre ela *ad nauseum*. Toda vez que falo com Shari, parece que ela tem mais uma história sobre sua nova e intrépida chefe para contar.

Mas não é assim tão surpreendente, na verdade, o fato de Shari se impressionar com aquela mulher. Afinal de contas, ela teve papel ativo na recuperação da vida de centenas, talvez milhares, de mulheres, ao tirá-las de situações violentas em família e levá-las a ambientes novos e seguros.

— É — Chaz responde quando eu menciono isso. — Eu sei de tudo isso. E fico feliz que ela goste do trabalho e tudo o mais. É só que... a gente quase não se vê mais. Ela está sempre trabalhando. Não só no horário comercial, mas à noite e em alguns fins de semana também.

— Bem — começo. Infelizmente, já estou ficando sóbria. — Tenho certeza de que ela só está tentando fazer tudo que precisa. Pelo que ela me disse, a garota que ocupava a posição antes meio que deixou tudo na maior confusão. Ela me disse que demoraria meses até conseguir organizar as coisas.

— É — Chaz responde. — Ela também me disse isso.

— Então — respondo. — Você devia se orgulhar dela. Ela está ajudando a fazer diferença. — Ao contrário de mim. E, tenho vontade de completar, do Chaz, que só está trabalhando em seu Ph.D. afinal de contas. E, quando ele obtiver o grau, tem a intenção de dar aulas. E isso é admirável. Quero dizer, ele vai moldar mentes jovens e tudo o mais. Certamente é mais do que vou conseguir fazer algum dia.

Mas as garotas, elas se cansam...

Certo, preciso parar de pensar nisso o tempo todo.

— Eu *estou* orgulhoso dela — Chaz diz. — Só queria que ela não precisasse ajudar a fazer diferença durante tantas horas por dia, nada mais.

— Ah. — Eu sorrio para ele. — Você é um amor. Você ama a sua namorada.

Ele lança um olhar sarcástico para mim.

— Vai ver que você tem *mesmo* um distúrbio de personalidade — diz.

Dou uma risada e tento dar um tapa nele, mas ele desvia.

— E você e Luke? — Ele quer saber. — Quero dizer, além do segredo vergonhoso que você está escondendo dele, sobre a sua pobreza abjeta, como vocês dois estão se entendendo?

— Estamos ótimos — respondo. Penso em perguntar para ele o que fazer a respeito da mãe de Luke. O cara que ligou (aquele que tinha sotaque) deixou outro recado, parecia magoado pelo fato de Bibi não ter comparecido ao encontro. De novo, ele não deixou o nome, mas, de novo, mencionou o lugar de sempre e disse que estaria esperando.

Apaguei a mensagem antes que Luke chegasse da aula. Simplesmente me pareceu que não era o tipo de coisa que um homem ia gostar de ouvir. Sobre a própria mãe, quero dizer.

Claro que eu estava levando em conta o fato de não ter contado a coisa toda para Luke no minuto em que ele atravessou a porta como sinal da minha maturidade recém-adquirida e da minha capacidade de ficar de boca fechada.

O fato de eu não estar despejando tudo em cima de Chaz agora é uma prova ainda maior de minha incrível compostura nova-ioquina.

Em vez disso, digo a Chaz, para puxar papo:

— Ainda estou fazendo a coisa do bichinho da floresta, e parece que está funcionando.

Chaz fica olhando para mim sem entender nada:

— Está fazendo o quê?

E percebo, tarde demais, que me deixei levar a uma falsa noção de conforto pela natureza simpática dele... tanto que comecei a falar sobre algo que normalmente reservo unicamente para os ouvidos de Shari! Como assim eu estou falando sobre a minha teoria dos bichinhos da floresta para um HOMEM? Pior ainda do que simplesmente um homem: o *melhor amigo* do meu namorado?

— Hum, nada — respondo rapidinho. — As coisas estão ótimas com Luke.

— O que é a coisa dos bichinhos da floresta? — ele quer saber.

— Nada — repito. — É só... nada. É coisa de mulher. Não é importante.

Mas Chaz se recusa a deixar para lá.

— Tem a ver com sexo?

— Ai, meu Deus! — exclamo. — Não, não tem nada a ver com sexo! Meu Deus!

— Bom, então, o que é? Vamos lá, você pode me contar. Eu não conto para Luke.

— Ah, sei — respondo com uma risada. — Já ouvi isso antes...

Chaz parece magoado.

— O que é? Por acaso alguma vez eu contei os seus segredos para algum dos seus namorados?

Fico olhando para ele.

— Eu nunca tive um namorado antes. Pelo menos que não fosse gay ou que não quisesse se aproveitar do meu dinheiro. Na época em que eu tinha algum dinheiro, claro.

— Vamos lá, me conte — Chaz diz. — O que significa a coisa dos bichinhos da floresta? Juro que não conto para ninguém.

— É só que... — Não tenho escolha senão contar, ou ele nunca vai largar do meu pé. E, com a sorte que tenho, ele vai tocar no assunto na frente de Luke. — É só uma teoria que eu tenho, certo? Que os homens são iguais a bichinhos da floresta. E que, para atraí-los, a gente não pode fazer nenhum movimento brusco. É preciso ser sutil. É preciso manter a calma.

— Atraí-los para o quê? — Chaz pergunta; parece que ele não entendeu mesmo. — Você já está com Luke. Quero dizer, vocês dois estão morando juntos. Mas ainda não entendi por que você não pode contar para os seus pais que isto está acontecendo. Eles vão acabar descobrindo que você não está dividindo o apartamento com Shari. Você não acha que o fato de ter um endereço na Quinta Avenida vai deixá-los um *pouco* desconfiados?

Reviro os olhos.

— Chaz. Meus pais não fazem a mínima ideia do que é Quinta Avenida. Eles nunca estiveram em Nova York. E você sabe do que estou falando.

— Não, realmente não sei. Pode esclarecer?

— Você sabe — respondo. Porque ele obviamente nunca vai deixar para lá. — Fazer com que eles assumam compromisso.

— Fazer com que eles... — A compreensão se instala no rosto de Chaz. Compreensão combinada ao que parece ser uma dose saudável de pavor. — Você quer se *casar* com Luke?

Não tenho escolha além de pegar uma das almofadas douradas e jogar em cima dele, em um ataque de fúria.

— Não fale assim! — berro. — Qual é o problema? Eu amo Luke!

Desta vez, Chaz está estupefato demais para desviar. A almofada ricocheteia nele, quase derrubando seu copo de gim-tônica vazio, que já se equilibra de maneira precária no piso desnivelado.

— Você só conhece o cara há, tipo, três meses — exclama. — E já está pensando em *casamento*?

— Ah, e daí? — Não dá para acreditar que isto está acontecendo. De novo. Por que abri minha boca grande? Por que nunca consigo guardar *nada* para mim mesma? — Até parece que tem algum prazo para a gente decidir esse tipo de coisa. Às vezes, a gente simplesmente *sabe*, Chaz.

— É, mas... *Luke*? — Chaz balança a cabeça, descrente. Isto não é bom sinal. Levando em conta que Luke é o melhor amigo dele. E que ele provavelmente tem informações privilegiadas.

— O que *tem* Luke? — quero saber. Mas reconheço que, apesar de parecer tranquila em relação ao assunto (para os meus próprios ouvidos, pelo menos) meu coração estava começando a disparar. Do que ele estava falando? Por que estava com aquela expressão no rosto? Como se tivesse sentido o cheiro de uma coisa ruim?

— Olhe, não me leve a mal — diz Chaz. — Acho que Luke é um cara ótimo para ser amigo e tal. Mas eu não me casaria com ele.

— Ninguém está dizendo para você se casar — observo. — Aliás, na maioria dos estados, isso seria ilegal.

— Há, há — Chaz responde. E então, ele se fecha. — Ouça. Deixe para lá. Esqueça que eu falei alguma coisa. Continue fazendo a sua coisa dos bichinhos do bosque com ele ou sei lá o quê. Divirta-se.

— Da floresta — corrijo. Agora o meu coração não está apenas disparado. Parece que vai explodir para fora do peito. — Bichinho da floresta. E me explique o que você quis dizer. Por que você não se casaria com Luke? Quero dizer, além do fato de você não ser gay. — E do fato de ele não ter feito o pedido. Para mim, claro.

— Não sei. — Chaz parece pouco à vontade. — Quero dizer, casamento é uma coisa bem definitiva. Você tem que passar o resto da vida com a pessoa.

— Não necessariamente — respondo. — Acho que seu pai construiu uma carreira bem lucrativa provando que este nem sempre é o caso.

— Mas é o que quero dizer — Chaz responde. — Se você escolhe a pessoa errada, pode acabar tendo que gastar centenas de milhares de dólares. Isso se o escritório do meu pai for o seu representante, claro.

— Mas eu não acho que o Luke seja a pessoa errada — explico, com toda a paciência. — Para mim. E não estou dizendo que quero me casar com ele amanhã. Não sou idiota. Quero ter carreira estabelecida antes de começar a ter filhos e tudo o mais. E eu disse a ele que a coisa toda de morar juntos era só uma experiência. Só estou dizendo que, se as coisas derem certo, casar com Luke quando eu tiver uns 30 anos vai ser bem legal.

— Bom — Chaz diz. — Tudo bem, acho. Mas *só* estou dizendo que muita coisa pode acontecer nos próximos seis anos, antes de você chegar aos 30...

— Sete — o corrijo.

— ...e se vocês fossem cavalos, e se eu fosse apostador, não apostaria que o Luke seria vencedor. Nem que estaria no páreo, aliás.

Balanço a cabeça. Meu coração se acalmou. É óbvio que Chaz não faz a menor ideia do que está dizendo. Não apostaria no Luke? Como assim? Luke é a pessoa mais fantástica que já conheci. Que outro cara Chaz conhece que tenha decorado todas as músicas do álbum *Sticky Fingers*, dos Rolling Stones, e sempre cante no banheiro (afinado)? Que outro cara Chaz conhece que saiba pegar azeite, vinagre, um pouco de mostarda e um ovo e preparar o molho de salada mais delicioso que já experimentei? Que outro cara Chaz conhece que estivesse disposto a abrir mão de um salário lucrativo em um banco de investimento para voltar a estudar e se tornar médico, e *ajudar a curar criancinhas doentes*?

— Isso não é uma coisa muito legal para se dizer sobre o seu amigo — observo.

Chaz fica na defensiva.

— Não estou dizendo que ele seja má pessoa. Só estou dizendo que eu conheço Luke há muito mais tempo do que você, Lizzie, e ele sempre teve problema com... bom, vamos dizer que, quando as coisas ficam sérias, Luke tem o hábito de seguir em frente. Estou dizendo que ele parte para outra.

Fico passada.

— Por que ele desistiu da faculdade de medicina para trabalhar com investimentos e depois percebeu que tinha cometido um erro? As pessoas fazem isso, sabe, Chaz? As pessoas cometem erros.

— Você não comete — Chaz diz. — Quero dizer, você comete erros. Mas não desse tipo. Você sabe o que quer fazer desde o dia que nos conhecemos. Você também sabia que ia ser difícil, e que seria preciso muito sacrifício, e que você provavelmente não ganharia muito dinheiro de cara. Mas isso nunca deteve você. Você nunca desistiu do seu sonho, nem quando as coisas ficaram difíceis.

Fico olhando boquiaberta para ele.

— Chaz, você estava prestando atenção na conversa? Eu acabei de dizer que estou prestes a abrir mão do meu sonho.

— Você só disse que estava pensando em voltar para a casa dos seus pais e encontrar uma outra maneira de conseguir o que deseja, que não seja em Nova York. — Chaz me corrige. — É diferente. Ouça, Liz, não me leve a mal. *Não* estou dizendo que Luke seja uma pessoa ruim. Só estou dizendo que é melhor não...

— Apostar nele para cruzar a linha de chegada primeiro se ele fosse um cavalo e você fosse um apostador — termino a frase para ele, impaciente. — É, eu sei, ouvi da primeira vez. E entendo o que você está dizendo, acho. Mas você está falando do VELHO Luke. Não do Luke em que ele se transformou, agora que tem o meu apoio. As pessoas mudam, Chaz.

— Não tanto assim — Chaz diz.

— Mudam — respondo. — Claro que mudam. Tanto assim.

— Você pode me dar dados empíricos para embasar essa afirmação? — Chaz pede.

— Não — respondo. Agora estou realmente ficando impaciente. Às vezes, não sei como Shari aguenta Chaz. Ah, claro, ele é bonitinho, para quem gosta do tipo esportista. E ele a adora totalmente, e parece que é fantástico na cama (às vezes eu acho que Shari fala um pouco demais). Mas que história é essa de andar com boné virado para trás? E essa coisa de "*Você pode me dar dados empíricos para embasar essa afirmação*"?

— Então este argumento não é muito forte... — prossegue ele.

Como é mesmo aquela frase de Shakespeare? *Em primeiro lugar, vamos matar todos os advogados*? Devia ser: *Em primeiro lugar, vamos matar todos os alunos de pós-graduação que estão estudando para obter Ph.D. em filosofia*.

— Chaz! — interrompo. — Você quer me ajudar a medir as janelas para que eu possa ir para casa e começar a fazer suas cortinas ou o quê?

Ele dá uma olhada nas janelas. Estão cobertas com grades móveis horrorosas de metal, para impedir a entrada dos poucos usuários de crack que restaram na cidade, que parecem morar todos neste bairro, por algum motivo.

Elas são absolutamente pavorosas. Até um homem deve ser capaz de reparar nisso.

— Acho que sim — ele responde com ar desanimado. — Mas é mais divertido discutir com você.

— Bom, *eu* não estou me divertindo nem um pouco — informo a ele.

Ele sorri.

— Certo. Então vamos às cortinas. E, Lizzie...

Peguei a fita métrica e estou tirando os sapatos *para* subir no radiador e tirar as medidas.

— O que é?

— Sobre o emprego. No escritório do meu pai. Tem mais uma coisa.

— O quê?

— Você vai ter que ficar de boca fechada. Quero dizer, a respeito de quem você vir e o que ouvir por lá. Não se pode comentar sobre essas coisas. É um escritório de advocacia. E eles prometem aos clientes discrição total...

— Meu Deus, Chaz — digo, me irritando outra vez. — Sou capaz de ficar de boca fechada, sabia?

Ele só fica olhando para mim.

— Se for importante, eu *consigo* — insisto. — Tipo, se o meu salário depender disto.

— Talvez indicar você não seja a melhor da ideias... — diz Chaz, praticamente para si mesmo.

Jogo a fita métrica em cima dele.

Guia de Vestido de Noiva de Lizzie Nichols

É, eu sei. Todo mundo faz isso. Bem, e se todo mundo pulasse da ponte do Brooklyn, você também pularia?

Então, pare de deixar a alça do sutiã aparecer!

Não importa o quanto você pagou pelo seu segurador-de-melões, nenhum de nós precisa ser obrigado a olhar para ele (principalmente se as alças estiverem encardidas ou desfiando... PRINCIPALMENTE durante o seu casamento)!

Mantenha as suas alças no lugar pedindo ao seu especialista em vestidos de noiva que coloque um pedaço de tecido ou um tipo de costura para prender as alças do sutiã na parte do ombro da manga ou da alcinha do vestido. Então peça para que coloque um tipo de fecho para que elas fiquem bem presas.

Então é só fechar o gancho. Tudo vai ficar escondido... e você vai ficar elegante!

LIZZIE NICHOLS DESIGNS™

8

Se um norte-americano fosse condenado a restringir
sua vida a seus próprios assuntos, seria privado
de metade de sua existência.

— *Alexis de Tocqueville (1805-1859), político e historiador francês*

Nova York é um lugar estranho. As coisas aqui podem mudar num piscar de olhos. Acho que é isso que significa a expressão "um minuto nova-iorquino". Tudo simplesmente parece mais rápido aqui.

Tipo, você pode estar caminhando por uma rua que parece perfeitamente arborizada e agradável e, num quarteirão depois, de repente se ver em um bairro horroroso, cheio de lixo e todo pichado, que parece o cenário de um episódio de *Law and Order*. E a única coisa que você fez foi atravessar uma rua.

Então, acho que, levando isso em conta, eu não devia ter ficado tão surpresa pelo fato de que, em um período de 48 horas, passei de desempregada em Nova York a orgulhosa detentora de *dois* empregos.

A entrevista com a divisão de recursos humanos do escritório do pai de Chaz está indo bem. *Muito* bem. Na verdade, parece piada. A mulher de aparência atribulada em cujo escritório entro depois de esperar quase meia hora no lobby chique (trocaram os sofás debruados de dourado por modelos de couro marrom, que combinaram muito bem com os painéis de madeira escura nas paredes e o carpete verde) me faz uma ou duas perguntas agradáveis a respeito de como conheço Chaz (respondo: "Do alojamento em que morávamos na faculdade", sem mencionar que Shari e eu o conhecemos em uma noite de cinema ao ar livre patrocinada pelo governo estudantil do Alojamento McCracken, em que Chaz começou a circular um baseado, e por isso passamos a nos referir a ele como o Cara do Baseado... até que um dia a Shari o viu tomando café da manhã sozinho no refeitório, sentou-se do lado dele, perguntou seu nome e, naquela mesma noite, foram para a cama no quarto individual que ele ocupava no McCracken. Três vezes).

— Ótimo — responde Roberta, que está me entrevistando, aparentemente sem perceber que a história que contei está longe de ser completa. — Nós todos adoramos o Charles. No verão em que ele trabalhou aqui com a correspondência, fez a gente rir o tempo todo. Ele é tão engraçado...

É. Chaz é hilário.

— É mesmo uma pena — prossegue Roberta, um pouco melancólica — que o Charles não tenha escolhido estudar Direito. Ele tem a mesma mente brilhante do pai. Quando um dos dois começa a discutir uma questão... bom, saia da frente!

É, Chaz gosta mesmo de discutir questões.

— Então, Lizzie — Roberta diz em tom agradável. — Quando você pode começar?

Fico olhando para ela, boquiaberta.

— Está dizendo que consegui o emprego?

— Claro que sim. — Roberta olha para mim de um jeito estranho, como se qualquer outro desfecho fosse impensável. — Pode começar amanhã?

Se eu posso começar amanhã? Por acaso a minha conta tem o saldo disponível de 321 dólares? Por acaso meus cartões de crédito estão todos com o limite estourado? Por acaso estou devendo 1.500 dólares para a MasterCard?

— Posso começar amanhã, sim, *com certeza*!

Ah, Chaz, retiro tudo o que eu disse. Eu amo você. Pode dizer o que quiser sobre Luke. Pode ser pessimista o quanto quiser a respeito da imprudência de querer me casar com ele. Fico devendo esta, Chaz. Sério.

— Eu amo o seu namorado. — Ligo do celular para contar à Shari quando saio do arranha-céu na avenida Madison, onde o escritório da Pendergast, Loughlin e Flynn ocupa o 37º andar inteiro.

— É mesmo? — Shari parece, como sempre que ligo para ela no escritório ultimamente, um pouco atarantada. — Pode ficar com ele.

— Aceito — respondo. Estou na rua Cinquenta e Sete entre a Madison e a Quinta. Está fazendo um dia de outono tão bonito (quente o bastante para não precisar de casaco, e frio o suficiente para não suar), que resolvo ir caminhando até a loja de Monsieur Henri, que fica só a trinta quarteirões ao norte, em vez de pegar o metrô, o que me faz economizar estrondosos dois paus. Ei, cada pequena economia conta. — Chaz me arrumou emprego no escritório do pai dele.

— Emprego? — Ouço teclas de computador batendo. Shari está falando comigo e mandando e-mail ao mesmo tempo. Mas tudo bem. Eu me contento com pouco, de tão difícil que é falar com ela ultimamente. — Achei que você já tinha emprego. Na loja de vestidos de noiva.

— É — respondo, percebendo que não tinha sido assim tão sincera com os meus amigos a respeito do meu acordo com Monsieur Henri quanto deveria. — Na verdade, aquele é um trabalho não-remunerado...

— O QUÊ? — Percebo, pelo tom dela (e pelo fim do barulho de teclado), que agora toda a atenção de Shari está voltada para mim. — Você aceitou um emprego *não-remunerado*?

— Exato — respondo. É meio difícil caminhar depressa por uma rua tão movimentada como aquela em que estou agora e falar ao celular ao mesmo tempo. Tem pessoal de escritório demais correndo de volta para a empresa, camelôs oferecendo bolsas Prada falsificadas, turistas parando para olhar os prédios altos de boca aberta e sem-teto pedindo dinheiro, tanto que é difícil avançar, como se eu estivesse participando da corrida Indy 500 Speedway. — Bom, não é fácil arrumar um trabalho remunerado no ramo da moda nesta cidade quando a gente está apenas começando.

— Não acredito nisso — Shari diz, incrédula. — E o *Project Runway*?

— Shari — respondo. — Não vou participar de um *reality show*...

— Não, o que eu quero dizer é que... eles fazem parecer que é tão fácil...

— Bom — digo –, não é. De todo modo, quero que a gente se reúna para comemorar... você e eu e Chaz e Luke. O que vocês vão fazer hoje à noite?

— Ah — Shari diz. Ouço o barulho das teclas começar de novo, o que dificulta tudo levando em conta que há carros buzinando e gente falando alto à minha volta. E, no entanto, mesmo assim sou capaz de perceber que minha amiga não está prestando muita atenção em mim. — Não posso. Hoje à noite não. Isto aqui está uma loucura...

— Certo — digo. Compreendo que o novo emprego da Shari é a coisa mais importante do mundo para ela agora. E deve ser mesmo. Quero dizer, afinal de contas, ela está salvando a vida de mulheres. — Que tal amanhã à noite, então?

— Esta semana está difícil para mim, Lizzie — Shari diz. — Vou trabalhar até tarde quase toda noite.

— E no sábado? — pergunto, cheia de paciência. — Você não vai trabalhar no sábado, vai?

Uma pausa. Por um ou dois segundos, fico achando que Shari de fato está pensando em trabalhar no sábado à noite.

Mas então ela responde:

— Não, claro que não. Fica para sábado.

— Ótimo — digo. — Vamos para Chinatown. E depois para o Honey's. No sábado, os cantores de caraoquê sérios vão lá. E mais uma coisa, Shari...

— O que é, Lizzie? Preciso mesmo desligar, Pat está esperando...

— Eu sei. — Sempre tem alguém à espera de Shari ultimamente. — Mas eu queria perguntar... está tudo bem com você e Chaz? Porque ele me perguntou de você.

Toda a atenção dela se volta para mim mais uma vez.

— *O que* ele perguntou sobre mim? — Shari quer saber, de um jeito meio abrupto.

— Só quis saber se eu achava que estava tudo bem com você — respondo. — Acho que ele sente a sua falta tanto quanto eu. — Penso sobre a questão enquanto espero o sinal abrir para atravessar a rua. — Na verdade, acho que ele sente mais falta...

— Não é minha culpa — Shari explode — se estou ocupada demais ajudando vítimas de violência doméstica a encontrar um lugar seguro para viver em vez de ficar me preocupando com o meu namorado. Isto é parte do problema, sabe? Quero dizer, os homens pensam que o mundo inteiro gira ao redor deles. Então, quando a mulher que faz parte da vida deles tem sucesso, se destaca até no trabalho, eles naturalmente se sentem ameaçados, e acabam trocando por alguém que tem mais tempo para eles.

Para colocar a coisa de maneira direta, fico estupefata com esse discurso. Tão estupefata que chego a parar de caminhar por um segundo e um executivo com ar irritado dá um encontrão em mim por trás.

— E nem pede desculpas — o homem resmunga antes de seguir em frente apressado.

— Shari — digo ao telefone. — Chaz *não* se sente ameaçado pela sua nova carreira. Ele adora o fato de você adorar o seu trabalho. Ele só quer saber quando vocês vão se ver de novo. Chaz não vai abandonar você.

— Eu sei — Shari diz depois de uma pausa. — É só que... desculpe. Eu não quis descarregar tudo isso em cima de você. Só estou em um dia ruim. Esqueça que falei qualquer coisa.

— Shari. — Eu balanço a cabeça. — Isto parece mais sério do que apenas um dia ruim. Você e Chaz por acaso...

— Preciso desligar, Lizzie — Shari diz. — A gente se vê no sábado.

E então ela desliga.

Uau. Que negócio foi *esse*? É o que fico imaginando. Chaz e Shari sempre tiveram uma relação meio atribulada, cheia de discussões e até algumas brigas (sendo que a mais séria se derivou da decisão de Shari de matar e dissecar seu rato de laboratório, Mr. Jingles, mesmo depois de Chaz encontrar um rato substituto idêntico na PetSmart, pelo qual nenhum de nós tinha desenvolvido o tipo de afeto que sentíamos pelo Mr. Jingles).

Mas eles sempre faziam as pazes rápido (a exceção foram as duas semanas que se seguiram à morte do Mr. Jingles, em que

Chaz não falava com Shari). Aliás, o sexo fantástico de reconciliação é uma das razões para Shari arrumar tanta briga com Chaz, em primeiro lugar.

Então é isto que está acontecendo agora? Será que é só uma trama elaborada de Shari para injetar um pouco mais de animação no relacionamento?

Porque, como estou descobrindo por conta própria, não é fácil manter a chama acesa quando se mora junto. Coisinhas do dia a dia podem interferir totalmente na alegria do lar. Tipo de quem é a vez de lavar a louça, e quem fica com o controle remoto, e quem desligou o carregador de telefone de quem para ligar o secador e esqueceu de colocar o telefone na tomada de novo depois.

Esse tipo de coisa pode matar um romance.

Não que eu não adore cada minuto de morar com Luke. Quero dizer, do momento em que acordo e vejo o rosto sorridente da menina de Renoir em cima da minha cabeça até o instante em que caio no sono, escutando a respiração leve de Luke ao meu lado (ele sempre dorme antes de mim. Não sei como consegue. No minuto em que a cabeça dele encosta no travesseiro, ele se apaga como se fosse uma lâmpada. Talvez seja por causa da quantidade de coisas chatas que ele fica lendo na cama para o dever de casa das aulas de Princípios da Biologia e Química Geral), agradeço às minhas estrelas da sorte por ter tomado a decisão de sair da Inglaterra e ir para a França. Por que, se não, nunca teríamos nos conhecido, e eu não seria feliz como sou agora (tirando as preocupações com as finanças).

Mesmo assim, acho que é compreensível que Shari queira atiçar Chaz só para deixar as coisas um pouquinho mais agitadas. Porque já vi televisão com Chaz, e sei que é a maior chatice o jeito como ele fica mudando de canal o tempo todo em vez de deixar em algum programa mais ou menos interessante e consultar o guia da tela da TV para ver o que mais está passando, e isso é quase tão irritante quanto o fato de Luke considerar documentários com temas desconcertantes como o Holocausto adequados para se assistir em uma sexta-feira divertida em casa.

Mas acabo não tendo tempo para me preocupar com Shari e Chaz (e nem com a aversão de Luke por comédias românticas), porque, assim que eu chego à loja de Monsieur Henri à tarde e toco a campainha (ele não me deu a chave, e provavelmente não vai dar, imagino, antes de eu mostrar que sou capaz de fazer alguma coisa além de ponto de cruz), deparo com um verdadeiro caos.

Uma senhora com cabelo armado e o tipo de roupa colorida que a classifica como "ponte e túnel" (alguém que mora fora de Manhattan, de modo que precisa atravessar uma ponte ou um túnel para chegar aqui) tem nas mãos uma caixa branca gigantesca e grita:

— Olhe! Olhe só para isto!

Enquanto isso, uma moça que só pode ser filha dela (apesar de estar vestida com mais estilo, de preto, e com o cabelo liso) está em pé ao seu lado, com um ar tristonho e nem um pouco rebelde.

Monsieur Henri, enquanto isso, vai dizendo:

— Madame, eu sei. Esta não é a primeira vez. Vejo isto com frequência.

Tento não atrapalhar, e vou para o lado de Madame Henri, que observa o desdobramento do drama por trás de uma porta cortinada que leva à oficina de costura nos fundos da loja.

— O que está acontecendo? — pergunto.

Ela balança a cabeça.

— Elas escolheram o Maurice. — É a única coisa que ela oferece como resposta.

E isso, claro, não quer dizer nada para mim. Eu ainda não faço a menor ideia de quem seja Maurice.

Mas então Monsieur Henri coloca as mãos dentro da caixa e tira de lá, com cuidado, um vestido branco de mangas compridas com ar virginal e aparência frágil, como se fosse feito de gaze.

Pelo menos, tinha sido branco algum dia. A renda agora tinha um tom de amarelo nojento.

— Ele prometeu! — disse a mulher. — Ele prometeu que a caixa de conservação evitaria que o tecido ficasse amarelado!

— Claro que prometeu — responde Monsieur Henri em tom seco. — E daí a senhora levou de volta para ele olhar, e ele disse que ficou desta cor porque a senhora rompeu o lacre de preservação.

— Isso mesmo! — O queixo da mulher treme de tão aborrecida que ela está. — É, foi exatamente o que ele disse! Disse que a culpa era minha, por ter deixado entrar ar na caixa!

Solto um som de protesto involuntário. Monsieur Henri olha na minha direção. Fico vermelha imediatamente e dou um passinho rápido para trás.

Mas Monsieur Henri olha fixamente para mim com seus olhos azuis, e não desvia de jeito nenhum.

— Mademoiselle? — pergunta. — Gostaria de dizer alguma coisa?

— Não — respondo rápido, ciente de que Madame Henri lança farpas pelos olhos na minha direção. — Quero dizer, na verdade, não.

— Acho que quer, sim. — Os olhos de Monsieur Henri estão muito brilhantes. Ele não consegue enxergar nada de perto sem os óculos. Mas, de longe, percebe os mínimos detalhes. — Vá em frente. Diga o que tem a dizer.

— É só que... — começo, relutante, com medo de dizer algo de que ele não vá gostar. — Guardar tecidos em um recipiente lacrado pode estragá-los, principalmente se entrar umidade. O material pode ficar mofado.

Vejo que Monsieur Henri parece contente. Isso me dá coragem para prosseguir.

— Nenhuma das roupas históricas do Met é conservada em salas sem ar — continuo. — E estão todas muito bem. É importante manter tecidos antigos longe do sol direto... mas o rompimento do lacre de uma caixa de conservação não poderia ter causado o amarelamento deste vestido. Isso foi causado por limpeza inapropriada antes do armazenamento. O mais provável é que o vestido nem tenha sido lavado, e que todas as manchas de champanhe ou de transpiração tenham sido deixadas no tecido.

O sorriso que Monsieur Henri tem estampado no rosto quando eu termino meu discurso é reluzente o bastante para fazer a esposa prender a respiração...

...e lançar um olhar de surpresa para mim. Fica claro que ela está reavaliando o comentário de "burra" que fez sobre mim no começo da semana.

— Mas como pode? — a mulher pergunta, com a testa franzida. — Se o vestido foi lavado antes de ser guardado...

— Meu Deus, mãe — a moça interrompe, em um tom desgostoso. — Será que você não entende? Aquele tal de Maurice não lavou o vestido. Só enfiou aí dentro, fechou a caixa e devolveu, *dizendo* que tinha lavado.

— E disse para a senhora nunca abrir a caixa — Monsieur Henri completa. — Que o rompimento do lacre faria o material amarelar... e invalidaria a garantia de devolução do dinheiro. — Monsieur Henri estala a língua em sinal de reprovação e olha para o vestido que tem nas mãos. E, devo dizer, aquele não era o vestido mais bonito que já vi. Tudo bem, também não era feio.

Mas se a razão por que a mulher mais velha rompeu o lacre da caixa em que o vestido foi guardado para que a *filha* pudesse usar no casamento dela, bom, ela teria uma grande surpresa. Porque eu não conseguia imaginar a Senhorita Cabelo Liso usando aquela coisa de gola alta e aparência vitoriana, nem por todas as Suzy Perettes do mundo.

— Já vi isso milhares de vezes — Monsieur Henri diz com tristeza. — É uma pena.

A mulher mais velha parece preocupadíssima.

— Está estragado? — É o que ela quer saber. — Dá para recuperar?

— Não sei — Monsieur Henri responde, cheio de dúvidas. Dá para notar que ele está enrolando as duas. O vestido só precisa ficar de molho em um bom vinagre branco e depois, talvez, ser lavado com água fria e um pouco de OxiClean.

— Nossa, que droga — diz a Cabelo Liso, antes que Monsieur Henri possa falar qualquer outra coisa. — Acho que vou ter que arrumar um vestido novo.

— Não vamos comprar um vestido novo para você, Jennifer — a Cabelão explode. — Este vestido serviu para mim, e serviu para todas as suas irmãs. Serve para você também!

Jennifer parece pronta a se rebelar. Monsieur Henri não precisa colocar os óculos para perceber isto. Ele hesita, e está claro que não sabe o que fazer. Madame Henri limpa a garganta.

Mas eu me intrometo antes que ela possa dizer qualquer coisa.

— Podemos remover as manchas. Mas este não é o problema, certo?

Jennifer olha para mim desconfiada. Para falar a verdade, todo mundo olha assim para mim.

— Elizabeth — Monsieur Henri diz, usando meu primeiro nome pela primeira vez desde que nos conhecemos (e também em um tom todo meloso que sei que é falso). Obviamente, ele está com vontade de me matar. — Não há problema algum.

— Sim, há um problema — digo, em tom tão falso quanto o dele. — Quero dizer, olhe para esse vestido, e olhe para Jennifer. — Todo mundo na loja olha para o vestido e depois para Jennifer, que se apruma um pouco e fica mexendo nas pontas do cabelo. — Estão vendo o problema agora?

— Não — a mãe de Jennifer responde sem hesitar.

— Este vestido provavelmente ficou lindo na senhora... — Faço uma pausa e olho com ar questionador para a mãe de Jennifer, que responde:

— Sra. Harris.

— Certo — digo. — Sra. Harris. Porque a senhora é uma mulher bem torneada, com um porte de realeza. Mas olhe só para Jennifer. Ela é do tipo mignon. Um vestido assim, com tanto tecido, vai fazer com que ela desapareça.

Jennifer aperta os olhos e dispara contra a mãe:

— Está vendo? — ela diz por entre os dentes. — Eu disse para você.

— Ah, hum — Monsieur Henri balbucia, pouco à vontade, ainda com cara de quem gostaria de me matar. — Quero deixar claro que Mademoiselle Elizabeth não é, hum, do ponto de vista técnico, funcionária da...

— Mas o vestido poderia ser reformado com facilidade para combinar com as proporções de Jennifer — continuo, apontando para a gola alta. — Basta abrir um pouco este pedaço aqui, colocar um decote em forma de coração e talvez tirar um pouco das mangas...

— De jeito nenhum — diz a Sra. Harris. — É uma cerimônia católica.

— Então podemos apertar as mangas — prossigo, com suavidade. — Para que fiquem mais justas. Uma moça com o corpo bonito como o dela não deve escondê-lo. Principalmente no dia em que vai querer estar mais bonita do que nunca.

Jennifer ficou escutando tudo isso com muita atenção. Dá para ver porque ela parou de mexer no cabelo.

— É — ela diz. — Está vendo, mãe, foi o que eu *disse*.

— Não sei — murmura a Sra. Harris, mordendo o lábio inferior. — As suas irmãs...

— Você é a mais nova? — pergunto a Jennifer, que concorda. — É, foi o que pensei. Também sou. É difícil ser a mais nova e sempre receber as coisas velhas das irmãs. A gente chega a um ponto em que parece que vai morrer se não tiver algo novo... qualquer coisa... que seja só sua.

— *Exatamente*! — Jennifer explode.

— Mas, no caso do vestido de noiva da sua mãe, você *pode* usá-lo — digo — e continuar com a tradição da família ao se casar com ele... é só fazer alguns pequenos ajustes para que ele fique com a sua cara. E podemos facilmente fazer isto aqui...

— É o que eu quero — Jennifer diz, e se volta para a mãe. — O que ela disse. É o que eu quero.

A Sra. Harris olha do vestido para a filha e refaz o trajeto. Então solta uma risadinha e diz:

— Certo! Qualquer coisa que você quiser! Se for mais barato do que um vestido novo...

— Ah — Madame Henri dá um passo a frente para responder. — Vai ser, sim, é claro. Se a moça puder me acompanhar até o provador, podemos começar a tirar as medidas para as alterações agora mesmo...

Jennifer joga o cabelo para trás e, sem dizer mais nada, segue Madame Henri até o provador.

— Ah — a Sra. Harris exclama, depois de olhar no relógio. — Preciso colocar dinheiro no parquímetro, já que vamos demorar. Com licença...

Ela sai correndo da loja. Assim que a porta se fecha atrás dela, Monsieur Henri se vira para mim e, apontando para o vestido amarelado que ainda tem nas mãos, diz com hesitação:

— Você foi muito eficiente com a, hum, cliente.

— Ah — respondo, com modéstia. — Bom, esta foi fácil. Eu sei exatamente como ela estava se sentindo. Eu também tenho irmãs mais velhas.

— Percebo. — Monsieur Henri olha para mim com ar tenaz. — Bom, estou interessado em saber se você trabalha tão bem com a agulha quanto usa a boca.

— Espere só para ver — respondo e tiro o vestido das mãos dele. — Espere só.

Guia de Vestido de Noiva de Lizzie Nichols

Se você for grande na parte superior do corpo ou tiver silhueta do tipo ampulheta, tenho uma coisa a lhe dizer: tomara que caia!

Eu sei o que você está pensando... Usar um tomara que caia em um casamento? Mas esse visual já deixou de ser considerado pouco modesto na maior parte das igrejas!

E com o suporte adequado no corpete, esse modelo pode ser extremamente vantajoso para uma noiva grande na parte de cima, principalmente se a saia for evasê. Golas em V também são fantásticas para mulheres avantajadas no alto do corpo, assim como modelos sem ombro e com decote ovalado.

Lembre-se apenas de que, quanto mais alta a gola, maiores parecem os seios!

LIZZIE NICHOLS DESIGNS™

Nada viaja mais rápido que a luz, com exceção, talvez, das más notícias, que seguem regras próprias.

— Douglas Adams (1952-2001), escritor e dramaturgo radiofônico britânico

— Recepcionista?

Isso é o que Luke diz quando dou a notícia. Pela primeira vez, ele chegou em casa antes de mim e está fazendo o jantar (*coq au vin*). Uma das diversas vantagens de ter um namorado meio francês é o fato de o repertório culinário dele se estender além do macarrão com queijo.

— É isso mesmo — respondo. Estou sentada em uma banqueta forrada de veludo na frente do balcão de granito que fica na divisão entre a cozinha e as salas de estar e de jantar.

— Mas... — Luke serve uma taça de cabernet sauvignon para cada um de nós e passa meu copo pela abertura. — Você não é... sei lá. Um pouco qualificada demais para ser recepcionista?

— Claro que sou — respondo. — Mas assim vou poder pagar as contas e continuar fazendo o que adoro fazer... durante uma parte do dia, pelo menos. Já que não tive sorte em encontrar algum emprego remunerado no ramo da moda.

— Só faz um mês — Luke diz. — Vai ver que você precisa dar mais um pouco de tempo para a sua busca de emprego.

— Hum. — Como é que eu posso explicar isto para ele sem revelar que estou completamente dura? — Bom, estou dando. Se aparecer alguma coisa melhor, é claro que posso pedir demissão.

Só que não quero. Não sair da loja de Monsieur Henri, pelo menos. Porque estou começando a gostar de lá. Principalmente agora que eu sei quem é Maurice: um "especialista certificado em vestidos de noiva" rival, que tem não apenas uma, mas quatro lojas na cidade, e que vem roubando a clientela de Monsieur Henri com a promessa do uso de uma nova substância química que acaba com as manchas de bolo e de vinho (tal substância não existe) e que cobra caríssimo das clientes até pela mais simples das alterações, e paga mal a seus representantes e funcionários (só que não sei como alguém pode pagar pior do que Monsieur Henri).

Pior ainda, Maurice anda falando mal de Monsieur Henri, dizendo a todas as noivas da cidade que Jean Henri vai se aposentar e se mudar para Provence, e que pode sumir a qualquer momento devido à falência de sua empresa (e isso parece ser verdade, a julgar pelas conversas particulares do casal Henri que, mesmo que eles não percebam, entendo perfeitamente. Bom, quase tudo).

Como se tudo isso já não fosse bem ruim, o casal Henri ouviu um boato de que Maurice planeja abrir mais uma loja... NA MESMA RUA DA LOJA DELES! Com o toldo vermelhão e o tapete combinando que são a marca registrada dele (é verdade!) na entrada. Assim, o casal Henri não vai ter como concorrer... não com a vitrine sutil, ainda que de muito bom gosto, e a fachada modesta de um prédio de tijolinhos que eles têm.

Não, mesmo que o Costume Institute me ligue amanhã, pretendo ficar com Monsieur Henri. Já estou envolvida demais para ir embora.

— Bem — diz Luke, parecendo um pouco duvidoso. — Se assim você fica feliz...

— Fico, sim — respondo. Daí, limpo a garganta. — Sabe, Luke, nem todo mundo se adapta a um emprego em horário comercial tradicional. Não há nada de errado em aceitar um emprego que talvez esteja abaixo das suas qualificações se serve para pagar as contas e permite que você faça aquilo que realmente ama no tempo livre. Desde que você possa fazer aquilo que ama e não passe o tempo todo assistindo à televisão.

— É um bom argumento — Luke responde. — Experimente isto aqui e me diga o que acha. — Ele estende uma colher com um pouco de caldo do *coq au vin*. Eu me inclino por cima do balcão para experimentar.

— Delicioso — respondo e fico achando que o meu coração simplesmente vai transbordar de alegria. Tenho um namorado que me ama... e que cozinha superbem. Tenho um emprego que adoro. E tenho um jeito de pagar o aluguel do apartamento maravilhoso em que eu moro.

Nova York até que não está sendo tão ruim assim, no fim das contas. Talvez eu não vá me transformar na próxima Kathy Pennebaker de Ann Arbor.

— Ah, tem uma coisa — digo. — Vamos sair no sábado à noite com Chaz e Shari. Para comemorar meu emprego novo. E porque faz um tempão que a gente não se vê. Tudo bem?

— Para mim, parece ótimo — responde Luke, mexendo a comida.

— E sabe do que mais? — Continuo debruçada sobre o balcão. — Acho que realmente devemos tentar fazer com que seja divertido. Porque acho que Chaz e Shari estão com alguns problemas.

— Você também sentiu? — Luke balança a cabeça. — Ultimamente Chaz tem me parecido péssimo.

— É mesmo? — Ergo as sobrancelhas. Não posso dizer exatamente que Chaz tenha me parecido triste quando a gente se viu. Mas talvez eu estivesse ocupada demais enxugando os olhos para perceber. — Uau. Bom, tenho certeza de que não é nada de mais. Assim que Shari se acostumar com o emprego novo, vai ficar tudo bem.

— Talvez — Luke responde.

— Como assim, talvez? — pergunto. — O que você sabe que eu não sei?

— Nada — responde Luke, todo inocente. Inocente *demais*. Mas ele está sorrindo, então sei que, seja lá o que for, não pode ser assim tão ruim.

— O que é? — Agora eu estou rindo. — Pode me contar.

— Não posso contar para você — Luke diz. — Chaz me fez jurar que eu não contaria. Para *você*, principalmente.

— Isso não é justo — digo e faço bico. — Eu não conto para ninguém. Juro.

— Chaz me avisou que você diria isso. — Luke está sorrindo, então sei que essa coisa que ele não pode me contar não é ruim.

— Por favor — choramingo.

E daí, sem mais nem menos, sei o que é. Simplesmente sei o que é. Ou, pelo menos, acho que sei.

— Ai, meu Deus — exclamo. — Ele vai pedir a mão dela em casamento!

Luke fica olhando para mim sem entender nada por cima do frango que ferve na panela.

— O quê?

— Chaz! Ele vai pedir a mão de Shari em casamento, não vai? Ai, meu Deus, que coisa maravilhosa!

E não acredito que não percebi antes. É *claro* que era isso que estava acontecendo. Foi por isso que Chaz me fez aquelas perguntas sobre Shari quando eu estava na casa deles no outro dia.

Ele estava sentindo o terreno para ver se ela tinha dito alguma coisa a respeito de como estava sendo morar com ele!

Porque ele quer fazer com que isso se torne permanente!

— Ah, Luke! — Tenho que me segurar no balcão para não cair da banqueta, porque estou praticamente tonta, de tão animada que fiquei. — Que coisa fantástica! E já sei qual vai ser o melhor vestido para ela... é parecido com um bustiê, sabe, mas com mangas que deixam os ombros de fora, meio soltinhas, de seda dupioni, com botõezinhos perolados nas costas, bem justo na cintura, e daí se abrindo em uma saia totalmente elegante... sem armação, disso ela não vai gostar. Ah, e sabe, talvez ela nem goste da saia que se abre. Acho que devo fazer mais... pronto, aqui, é disso que estou falando.

Pego um bloquinho da mãe dele que está solto por ali (em cima de cada página, está escrito Bibi de Villiers, em letra cursiva) e rabisco o modelo em que estou pensando com uma caneta do banco do qual nós dois somos clientes.

— Está vendo? Algo assim. — Estendo o esboço e vejo que ele está olhando para mim com uma expressão que mistura pavor e curiosidade.

— O que é? — pergunto, chocada com a expressão dele. — Você não gostou? Acho que vai ficar fofo. Em tom de marfim? Com cauda removível?

— Chaz não vai pedir Shari em *casamento* — diz Luke, meio sorrindo, meio de rosto franzido. Ele obviamente não sabe qual é a melhor reação, então demonstra as duas.

— Não vai? — Largo o bloquinho e fico olhando para o meu esboço. — Tem certeza?

— *Absoluta* — Luke responde. Agora ele está com um sorriso enorme. — Não acredito que você pensou numa coisa dessas!

— Bom. — Estou tão arrasada que não consigo esconder. — Por que não? Eles estão juntos há um tempão...

— Certo — Luke responde. — Mas ele só tem 26 anos. E ainda está estudando!

— Ele está fazendo *pós-graduação* — observo. — E eles estão *morando* juntos.

— Nós também estamos — Luke diz e solta uma risada. — Mas não vamos nos casar em um futuro próximo.

Forço uma risada para acompanhá-lo, mas, na verdade, não vejo nada de engraçado na situação. Não, pode ser que não haja casamento para nós em um futuro próximo. Mas a *possibilidade* ainda existe, certo?

Certo?

Mas é claro que eu não faço essa pergunta em voz alta. Porque ainda estou aplicando o método dos bichinhos da floresta com ele.

— Chaz e Shari se conhecem há muito mais tempo do que nós. — É o que eu me contento em dizer. — Não seria a coisa mais estranha do mundo se ficassem noivos.

— Acho que não. — Luke reconhece... mas meio de má vontade. — Mesmo assim, não vejo nenhum dos dois como o tipo de pessoa que se casa.

— Qual é o tipo de pessoa que se casa? — pergunto... e meio que começo a me odiar enquanto as palavras ainda estão saindo da minha boca. Porque fica totalmente óbvio com esta conversa que casamento é a última coisa que passa pela cabeça de Luke.

E é ridículo o fato de estar na minha cabeça. Quero dizer, tenho tantas outras coisas com que me preocupar além de me casar. Como por exemplo fazer meu nome no campo profissional que eu escolhi. Ou pelo menos conseguir um *emprego remunerado* no campo profissional que escolhi.

Além do mais, eu devia estar levando as coisas bem devagar. Nós estamos morando juntos só para ver como é. Como Shari disse. Não faz muito tempo que Luke e eu nos conhecemos...

Mas não consigo evitar... talvez porque o campo profissional que escolhi tenha tudo a ver com providenciar o vestido mais perfeito possível para mulheres que têm alguém disposto a assumir um compromisso com elas.

E não consigo parar de pensar que, se eu conseguisse colocar ordem na minha vida amorosa, teria mais tempo para me concentrar na carreira.

Então, de verdade, a única razão por que quero me casar (ou pelo menos ficar noiva) é para poder melhorar no trabalho.

Além do fato de que Luke é... bom, Luke de Villiers, o cara mais gostoso e mais legal que conheço. E ele me escolheu... a mim.

— Você sabe do que estou falando — diz Luke. — O tipo de pessoa que se casa. Gente que não tem mais nada na vida. Que vai lá e simplesmente se casa, porque não tem mais nada para fazer.

Fico olhando para ele, estupefata.

— Não conheço ninguém assim — respondo. — Não conheço ninguém que tenha se casado só porque não tinha mais nada na vida.

— Ah é? — Luke me olha torto. — E as suas irmãs? Olha, não quero ofender nem nada, porque a minha prima Vicky é igual. Mas pelo que você disse...

— Ah — respondo. Eu tinha me esquecido de Rose e de Sarah. Que na verdade se casaram porque ficaram grávidas. Parece que ninguém na minha casa ouviu falar em sexo seguro. Exceto eu. — É verdade.

— Eu conheço muitos casais assim. — Luke me garante. — Sabe como é, da faculdade... gente que simplesmente não tem vida, então se prende a alguém... seja pelo dinheiro, pela estabilidade, ou simplesmente porque é o que acham que devem fazer assim que terminam os estudos. E pode acreditar... essa gente é insuportável.

— É — respondo. — Tenho certeza de que sim. Mas... algumas dessas pessoas devem estar apaixonadas de verdade.

— Provavelmente acham que estão — Luke responde. — Mas, quando se é jovem assim, como é que as pessoas sabem o que é amor?

— Hum — respondo. — Como eu sei que amo você?

— Ah. — Ele estende o braço para tocar minha bochecha e sorri para mim com ternura. — Você é uma graça. Mas não estou falando de nós. Ops, quase esqueci. — Ele ergue a taça. — Ao novo emprego.

— Ah — respondo, um pouco surpresa. O meu emprego novo é a última coisa na minha cabeça no momento. — Obrigada.

Brindamos.

Não estou falando de nós, foi o que ele disse. Isso já é alguma coisa, não é mesmo? O fato de ele acreditar que nós somos diferentes. Porque nós *somos* diferentes.

— Quer arrumar a mesa? — Luke pergunta e experimenta o *coq au vin* (que enche o apartamento com um cheiro tão delicioso que desconfio que a Sra. Erickson, do 5B, logo vai bater na porta para pedir um pouquinho). — Acho que isto aqui vai ficar pronto em um ou dois minutos.

— Claro — respondo. Então, com uma despreocupação dissimilada, pulo da banqueta e vou até a caixa no aparador onde a Sra. de Villiers guarda os talheres (que são de prata. E precisam ser lavados à mão depois de usados e guardados em invólucros especiais antimanchas forrados de tecido) para poder arrumar a mesa. — Então, se ele não vai pedir a mão dela em casamento, o que é?

— O que é o quê? — Luke quer saber.

— O que Chaz disse para você não me contar — respondo.

— Ah. — Luke ri. — Você promete que não vai dizer nada para Shari?

Assinto.

— Ele está pensando em dar um gato de presente-surpresa para ela. Do abrigo de animais. Sabe como é. Para os dois. Afinal, Shari adora animais.

Fico olhando para ele, meio perplexa. Porque Shari não adora animais. É Chaz que adora. Chaz deve estar pensando em arrumar um gato para si mesmo. O que não é nenhuma surpresa. Quero dizer, ele fica sozinho por tanto tempo, com Shari trabalhando sem parar, que provavelmente só está em busca de companhia. Eu meio que sei como ele se sente, com Luke estudando o dia inteiro.

Mas não digo isso em voz alta. Em vez disso, sorrio e digo:

— Ah.

— Lembre-se de que você não pode contar para ela — avisa Luke. — Você vai estragar a surpresa.

— Ah, não se preocupe — minto. — Não vou contar para ela.

Porque você é *obrigada* a contar para a sua melhor amiga quando o namorado dela está pensando em dar um bicho de estimação de surpresa para ela. Qualquer outro plano de ação é impensável.

Nossa. Mas os homens são *mesmo* esquisitos.

Guia de Vestido de Noiva de Lizzie Nichols

Saiba escolher...

A gola de vestido de noiva perfeita para você!

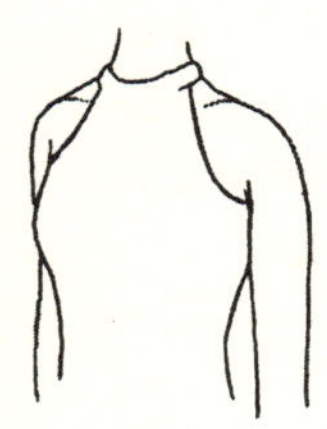

Frente única — este corte apresenta faixas de tecido que se unem na nuca. Fica ótimo em mulheres que têm ombros bonitos, mas geralmente deixa as costas expostas, o que dificulta o uso de sutiã.

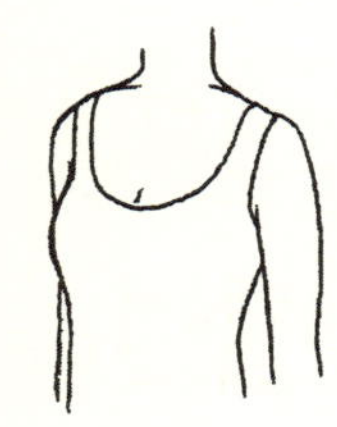

Decote redondo — Decote em formato de U, geralmente da mesma altura na parte da frente e na de trás. Cai bem em praticamente todo tipo de pessoa!

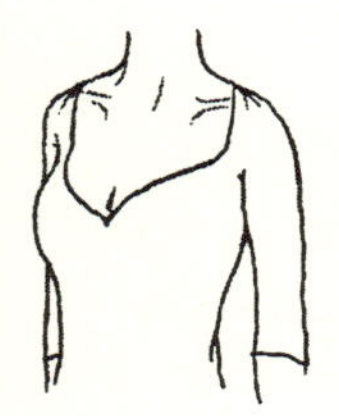

Decote coração — Este tipo de gola é mais cavado na frente e mais alto na parte de trás.

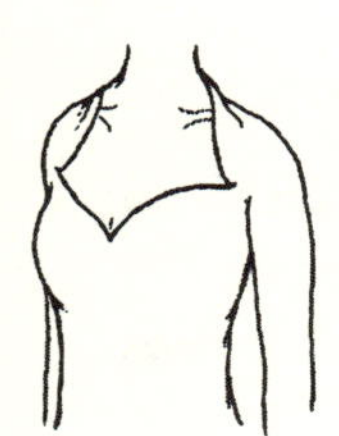

Decote princesa — Esta é uma versão mais acentuada do decote coração.

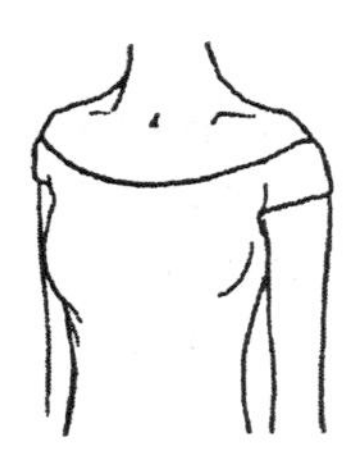

Decote ombro a ombro — Este estilo apresenta mangas pequenas ou faixas que na verdade ficam um pouco abaixo dos ombros, deixando-os, juntamente com a clavícula, expostos. Este visual não é o ideal para noivas com ombros largos, mas funciona bem para noivas curvilíneas com seios de tamanho grande ou médio.

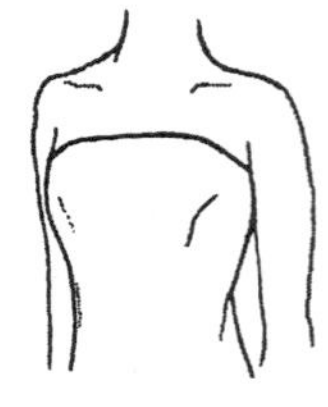

Tomara que caia — Este corpete justinho não tem alças nem mangas. Noivas mais cheinhas ou de ombros largos geralmente ficam melhores com este modelo.

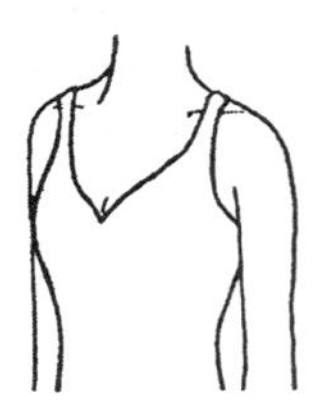

Decote em V — É exatamente o que o nome diz! Este decote forma um V na frente e serve para amenizar o efeito de seios grandes.

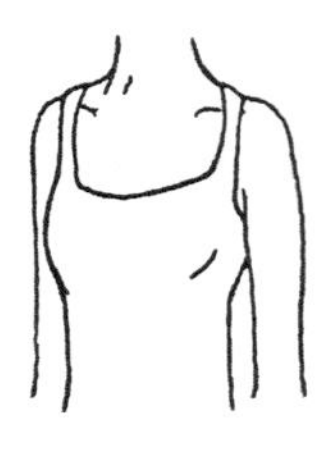

Decote quadrado — Mais uma vez, é exatamente o que o nome diz. O decote quadrado cai bem em quase todo mundo!

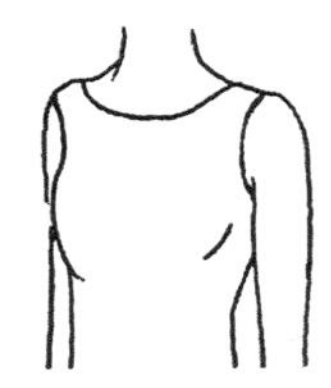

Gola canoa — Este visual bem aberto no pescoço segue a clavícula até a ponta dos ombros, onde a parte da frente e a de trás se encontram.

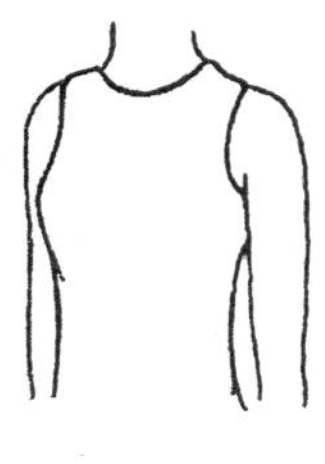

Gola careca — Redondo e alto, este tipo de decote cai bem em noivas com seios pequenos; serve também para as que se casam em igrejas que, por razões de modéstia, preferem que a área dos ombros e da clavícula não fique exposta.

Decote assimétrico — Este tipo de recorte, com um lado diferente do outro, geralmente dificulta o uso de sutiã. A menos que o seu estilista consiga criar algum tipo de suporte embutido, será necessário usar sutiã sem alça ou não usar sutiã com esse estilo... e será que esta é mesmo a primeira impressão que você quer passar aos seus futuros sogros?

LIZZIE NICHOLS DESIGNS™

10

Silêncio, indiferença e falta de ação foram
os principais aliados de Hitler.

— *Immanuel Jakobovits (1921-1999), rabino*

Oficialmente, o escritório de advocacia Pendergast, Loughlin e Flynn só começa a funcionar às nove da manhã.

Extraoficialmente, os telefones começam a tocar às oito em ponto. E é por isso que precisam que as recepcionistas cheguem cedo, prontas para transferir ligações.

Estou na cadeira giratória de couro preto (com rodinhas) chique, atrás do balcão da recepção, tentando absorver o que Tiffany, a recepcionista da tarde, está me explicando. (É sério, o nome dela é Tiffany. Achei que ela estivesse inventando, mas quando saiu para pegar café para nós na cozinha toda moderna nos fundos, dei uma olhada nas gavetas dos dois lados da mesa e vi que, além de umas vinte cores diferentes de esmalte e umas trinta amostras de batom, ela enfiou todos os contracheques dela ali dentro, e li um, e dizia, bem ali, em rosa e preto, "Tiffany Dawn Sawyer".)

— Certo — Tiffany diz.

Ela supostamente é modelo quando não está trabalhando na recepção da Pendergast, Loughlin e Flynn, e acredito nisso, porque a pele dela é clara e lisa como porcelana, o cabelo, na altura dos ombros, é brilhante e parece uma cortina de ouro acobreado, ela tem 1,80m e parece pesar uns 55 quilos (principalmente depois do café da manhã enorme como o que ela está saboreando no momento, por cortesia da cozinha da Pendergast, Loughlin e Flynn, um café e um pacote de balas de cereja).

— Então, tipo, quando você atender um telefonema — Tiffany explica, batendo delicadamente os cílios dos olhos maquiados, que estão pesados porque, como explicou para mim, bebeu "mojitos além da conta" ontem à noite e "ainda está acabada" —, pergunta quem é, e daí pede para esperar, e daí aperta o botão de transferir, e daí digita o ramal da pessoa, e daí, quando a pessoa atender, você diz quem está ligando, aperta enviar e, se a pessoa disser que não quer falar com a pessoa que está ligando, ou se não atende, você aperta o botão da linha em que a pessoa que ligou está e anota o recado.

Tiffany respira fundo e então conclui, com seriedade:

— Eu sei que é complicado demais. Foi por isso que me pediram para chegar mais cedo hoje para ficar aqui com você e ter certeza de que entendeu tudo. Então, tipo, não entre em pânico nem nada.

Examino a lista de ramais em páginas frente e verso que a Roberta do RH fez a gentileza de imprimir em tamanho de bolso e plastificar, de modo que não dá para sujar nem rasgar. Há mais de cem nomes na lista.

— Transferir, digitar o ramal, dizer quem está ligando, enviar ou anotar o recado — digo. — Certo.

Os olhos azuis cristalinos de Tiffany se arregalam de surpresa.

— Ótimo. Você entendeu. Meu Deus. Eu demorei quase uma semana para decorar.

— Bem, é difícil — respondo, sem intenção de magoá-la. Tiffany já me contou a história de sua vida: saiu de casa no estado do Dakota do Norte logo depois de se formar no ensino médio e se mudou para a cidade grande para ser modelo; nos quatro anos que se passaram desde então, fez alguns trabalhos impressos, incluindo o catálogo anual de outono da loja de departamentos Nordstrom; mora com um fotógrafo que conheceu em um bar, que prometeu conseguir mais trabalhos em mídia impressa e é "tipo, casado, mas, tipo, ela é a maior vaca. Só que ele não pode se divorciar dela porque ele é, tipo, da Argentina, e o serviço de imigração está de olho nele, então, tipo, ele precisa fingir que é tudo de verdade por mais um tempo. Enquanto ele continuar pagando o apartamento da mulher em Chelsea, ela vai fingir que eles continuam juntos, mas na verdade ela mora com o personal trainer. Mas, assim que ele conseguir o *green card*, vai estar tudo acabado. Daí ele vai se casar comigo". Ela também me contou que não gosta do sabor de uva... e eu não quero fazer com que ela se sinta mal porque só fez o ensino médio e eu tenho diploma de faculdade (bem, praticamente), de modo que é natural que eu aprenda as coisas um pouco mais rápido do que ela.

— Aaaah, tem uma ligação — Tiffany diz quando o telefone toca baixinho. As campainhas dos telefones no escritório da Pendergast, Loughlin e Flynn são ajustadas em volume bem baixo para não incomodar os sócios (que, de acordo com Tiffany, são extremamente irritadiços, devido ao trabalho que se estende por longas horas e que é muito estafante) nem os clientes, que são extremamente irritadiços devido aos preços altíssimos que pagam por hora para obter auxílio legal da Pendergast, Loughlin e Flynn. — Então, atenda do jeito que expliquei.

Pego o fone e digo, cheia de confiança:

— Pendergast, Loughlin e Flynn, em que posso ajudar?

— Quem diabos está falando? — O homem do outro lado da linha exige saber.

— Aqui é Lizzie — respondo, no tom mais agradável possível, levando em conta o jeito como ele falou.

— Você é a substituta?

— Não, senhor — respondo. — Sou a nova recepcionista da manhã. Como posso ajudar?

— Quero falar com Jack. — É a resposta mal-educada.

— Claro — digo, examinando enlouquecida a minha listinha plastificada. Jack? Qual será Jack? — A quem devo anunciar? — pergunto enquanto enrolo até achar o nome Jack.

— Jesus Cristo! — berra o homem na outra ponta da linha. — Aqui é a porra do Peter Loughlin, puta que o pariu!

— Claro, senhor — respondo. — Por favor, aguarde.

— Puta merda, não me...

Aperto o botão da espera com dedos trêmulos e então me viro para Tiffany, que está cochilando na cadeira dela, com os cílios longos, negros e reluzentes repousando, perfeitos, sobre as bochechas.

— É Peter Loughlin! — exclamo e a acordo. — Ele quer falar com alguém chamado Jack! Disse um monte de palavrões para mim! Acho que está louco da vida, eu o coloquei na espera...

Tiffany salta como se fosse um universitário diante de uma pizza, arrancando o fone da minha mão:

— Merda, merda, merda — ela balbucia por entre os dentes antes de se debruçar por cima de mim, apertar o botão da espera e dizer, em um tom agradabilíssimo: — Olá, Sr. Loughlin, sou eu, Tiffany... É, eu sei. Bom, ela é nova... Pode deixar... Claro que sim. Pronto, pode falar.

Então os dedos compridos e de unhas benfeitas dela voam por cima do teclado, e a ligação (e a porra do Peter Loughlin) já era.

— Desculpe — digo, trêmula, quando Tiffany coloca o fone no gancho. — Só que não consegui encontrar ninguém chamado Jack na lista!

— Vaca idiota! — Tiffany diz, pega uma caneta esferográfica e começa a rabiscar alguma coisa na lista que Roberta me deu.

Quando me devolve o papel, vê minha expressão assustada e ri.

— Não estou falando de você. Aquela piranha, Roberta. Ela se acha o máximo só porque estudou em uma universidade toda refinada. Tipo, e daí? Mesmo assim o emprego dela se resume a ficar marcando as férias dos outros. Um macaco poderia fazer isso. Grandes merdas.

Fico olhando sem entender a mudança que Tiffany fez na lista. Ela riscou o nome "John" que se segue do sobrenome "Flynn" e escreveu "Jack" por cima. Como ela usou uma caneta esferográfica para escrever por cima do plástico, mal dá para ler a troca.

— O nome verdadeiro de John Flynn é Jack? — pergunto.

— Não. É John. Mas ele se refere a si mesmo como Jack, e todo mundo faz o mesmo. — Tiffany garante. — Não sei por que Roberta colocou o nome verdadeiro dele em vez do jeito como as pessoas usam. Talvez ela queira ferrar você. Roberta morre totalmente de inveja das mulheres mais bonitas do que ela. Sabe como é, ela parece um ogro com cara de cavalo.

— Ah, você está aqui! — Roberta exclama ao abrir a porta de vidro que dá para o lobby dos elevadores e entrar na área da recepção. Ela está usando um trench coat (pelo forro, dá para ver que é da Burberry) e carrega uma pasta. Para alguém que só "marca as férias dos outros", parece muito uma executiva. — Está tudo bem? Tiffany está mostrando o caminho das pedras para você?

— Está — respondo e lanço um olhar de pânico para Tiffany. E se Roberta ouviu o que ela disse sobre parecer um ogro com cara de cavalo?

Mas Tiffany não parece nem um pouco preocupada. Ela tirou uma lixa de unhas de uma das várias gavetas onde enfiou seus pertences e está ajeitando as unhas de gel.

— Como estão as coisas nesta manhã, Roberta? — Tiffany pergunta em tom doce, enquanto faz as unhas.

— Estou ótima, Tiffany. — Roberta, agora que olhei bem, de fato se parece um pouco com um cavalo. O rosto dela é muito comprido, e os dentes são enormes. E ela é meio baixinha e tem uma postura horrível, o que a deixa com um certo ar de ogro, para dizer a verdade. — Muito obrigada por nos ajudar hoje e fazer horário duplo para treinar Lizzie. Nós realmente ficamos muito agradecidos.

— Depois das 14h vou receber cinquenta por cento a mais, certo? — Tiffany quer saber.

— Claro que sim — Roberta responde e seu sorriso se desfaz perceptivelmente. — Exatamente como combinamos.

Tiffany dá de ombros.

— Então, tudo bem — ela responde com uma voz melosa.

O sorriso de Roberta se aperta ainda mais.

— Ótimo — ela diz. — Lizzie, se você...

O telefone toca. Salto para atender.

— Pendergast, Loughlin e Flynn — digo. — Em que posso ajudar?

— Aqui é da parte de Leon Finkle, para falar com Marjorie Pierce — ronrona uma voz de mulher.

— Um instante, por favor — digo e aperto o botão de transferir. Então, absolutamente consciente de que Roberta observa cada movimento meu, encontro o ramal de Marjorie Pierce na minha listinha, aperto os números e digo, quando uma voz atende do outro lado: — Leon Finkle quer falar com Marjorie Pierce.

— Eu atendo — a voz diz.

Aperto enviar e observo enquanto a luzinha vermelha ao lado do botão de transferir se apaga. Pronto. Coloco o fone no gancho.

— Muito bem — diz Roberta, parecendo impressionada. — Tiffany demorou semanas para aprender isso.

O olhar que Tiffany lança para Roberta poderia ter congelado o cappuccino mais quente do mundo.

— Não tive um treinamento tão bom quanto o da Lizzie — ela responde, com frieza.

Roberta lança mais um sorriso forçado para nós e diz:

— Bom, continue assim. E, Lizzie, preciso que você passe na minha sala antes de ir embora para preencher alguns formulários do seu seguro-saúde.

— Pode deixar — respondo e, como o telefone está tocando de novo, dou um pulo para atender. — Pendergast, Loughlin e Flynn — digo.

— Jack Flynn, por favor — diz uma voz na outra ponta da linha. — Aqui é Terry O'Malley.

— Um momento, por favor — digo e aperto o botão de transferir.

— Que vaca idiota da porra — Tiffany resmunga por entre os dentes enquanto chupa uma bala.

— É Terry O'Malley para o Sr. Flynn — digo quando uma mulher atende no ramal do Sr. Flynn.

— A vagina dela tem teias de aranha por falta de uso — Tiffany diz.

— Passe a ligação, por favor — me responde mulher.

Aperto enviar.

— Sabe que ela teve a coragem de me dizer para não pintar as unhas no balcão? — Tiffany está revirando os olhos na direção em que Roberta acabou de desaparecer. — Disse que não era profissional.

Eu me abstenho de observar que também não acho muito profissional pintar as unhas no meio do expediente em um escritório de advocacia.

O telefone toca de novo e eu atendo.

— Pendergast, Loughlin e Flynn — digo. — Com quem deseja falar?

— Com você — Luke diz. — Só liguei para desejar sorte no seu primeiro dia.

— Ah. — Eu sinto as minhas pernas moles, como sempre acontece quando ouço a voz dele. — Oi.

Já me recuperei da coisa de ontem à noite. Daquele negócio de ele dizer que pessoas da nossa idade são jovens demais para saber o que é o amor. Porque ele disse que não estava falando de nós. Obviamente, só estava fazendo uma generalização. A maior parte das pessoas da nossa idade provavelmente não sabe o que é amor. Tiffany, por exemplo, provavelmente não sabe o que é amor verdadeiro.

Além do mais, depois do jantar, ele ilustrou com *muita* competência que sabe o que é o amor. Bom, pelo menos fazer amor.

— Como estão as coisas? — Luke quer saber.

— Ótimas — eu respondo. — Simplesmente ótimas.

— Você não pode falar porque tem alguém do seu lado, certo? — E essa, é claro, é uma das razões por que amo tanto Luke. Por ele ser tão perceptivo. Em relação à maior parte das coisas, pelo menos.

— Isso mesmo — respondo.

— Tudo bem, a minha primeira aula vai mesmo começar daqui a pouco — ele diz. — Só queria saber como estavam as coisas.

Enquanto ele fala, a porta de vidro da recepção se abre e uma moça loira com o corpo meio compacto entra. Ela está de jeans e usa uma malha branca de gola alta que não lhe cai nada bem, junto com um par de botas Timberland. Realmente, ninguém espera ver muitas botas desse tipo no escritório da Pendergast, Loughlin e Flynn. Por algum motivo, parece que eu conheço esta mulher de algum lugar, mas não sei de onde.

No entanto, reparo que Tiffany ergueu os olhos das unhas em que estava passando esmalte e ficou de queixo caído.

— Hum, preciso desligar — digo ao Luke. — Tchau.

Desligo. A moça está se aproximando do balcão da recepção. Vejo que ela é bonita, tem uma cara de norte-americana comum e saudável, apesar de usar muito pouca maquiagem e parecer não se importar que uma camada de gordura da barriga escape por cima do cós do jeans de cintura baixa demais, em vez de estar bem guardada dentro do cós de um jeans com cintura um pouco mais alta, que cairia melhor nela.

— Oi — a mulher diz para mim. — Sou Jill Higgins. Tenho reunião marcada para as nove horas com o Sr. Pendergast.

— Claro que sim — digo e examino rapidamente minha listinha para procurar o ramal do pai de Chaz. — Sente-se um pouco e eu vou avisar que a senhora chegou.

— Obrigada — a mulher responde com um sorriso que revela muitos dentes branquinhos e saudáveis. Enquanto ela se encaminha para um dos sofás de couro para se sentar, digito o número do ramal do Sr. Pendergast.

— Jill Higgins está aqui para a reunião das nove horas com o Sr. Pendergast — digo para Esther, a bonita assistente quarentona do Sr. Pendergast; ela parou para se apresentar a mim quando chegou para trabalhar.

— Merda — Esther responde. — Ele ainda não chegou. Já vou aí

Eu desligo no momento em que Tiffany cutuca o meu ombro.

— Você sabe quem é? — sussurra ela e aponta com a cabeça para a mulher no sofá.

— Sei — sussurro em resposta. — Ela disse o nome dela. É Jill Higgins.

— É, mas, tipo, você sabe quem é Jill Higgins? — Tiffany quer saber.

Dou de ombros. O rosto da mulher me parece conhecido, mas tenho certeza de que ela não é atriz nem de TV nem de cinema, porque parece comum demais.

— Não — sussurro de volta.

— Ela só vai, tipo, se casar com o solteiro mais rico de Nova York. — Tiffany sibila por entre os dentes. — John MacDowell, sabe? A família dele tem mais imóveis em Manhattan do que a Igreja Católica. E a Igreja *costumava* ter mais propriedades do que qualquer um na cidade...

Eu giro na cadeira para olhar Jill Higgins com interesse renovado.

— A moça que trabalha no zoológico? — sussurro quando me lembro da coluna social que li a respeito dela. — A que deu um jeito nas costas quando pegou uma foca no colo?

— Exatamente — Tiffany responde. — A família MacDowell está tentando fazer com que ela assine um acordo pré-nupcial. Basicamente, estão dando um jeito de ela não ficar com, tipo, nenhum centavo, a menos que dê um herdeiro a eles. Mas o noivo quer ter certeza de que os direitos dela estejam garantidos, então contratou a Pendergast, Loughlin e Flynn para representá-la.

— Ah! — Fico estupefata com o que aquilo envolve. Jill Higgins parece tão normal! Como é que alguém pode ser tão maldoso a ponto de pensar que ela pode ser uma aproveitadora? — Que amor da parte dele. Quero dizer, do John MacDowell, por contratar advogados para ela.

Tiffany resmunga.

— É, sei. Ele só deve estar fazendo isso para que depois, quando tudo, tipo, desandar, ela não possa dizer que foi enganada.

Isso me parece uma visão muito cética. Mas, bem, o que eu sei? Este é só meu primeiro dia. Tiffany trabalha aqui há *dois* anos, que é o maior tempo que qualquer recepcionista ficou na Pendergast, Loughlin e Flynn até agora.

— Você sabe qual é o apelido que colocaram nela? — Tiffany sussurra.

— Quem?

— A imprensa. Sabe como os jornalistas chamam Jill?

Olho para ela sem entender nada.

— Não chamam de Jill?

— Não. Chamam de "Elefante Marinho". Porque ela trabalha com focas e tem essa barriga.

Eu faço uma careta.

— Que maldade!

— E também — Tiffany prossegue, claramente se deleitando — porque ela começou a chorar quando um jornalista perguntou para ela se fica insegura de saber que tantas mulheres por aí, muito mais bonitas, estão loucas para colocar as mãos no noivo dela.

— Mas que horror! — Dou uma olhada em Jill. Ela parece surpreendentemente calma para alguém que está lidando com tudo isso. Só Deus sabe como eu reagiria na mesma situação. A imprensa provavelmente me chamaria de Catarata do Niágara. Porque nunca paro de chorar.

— Srta. Higgins! — Esther entra no lobby, bem-arrumada com um tailleur de *pied-de-poule*. — Como vai? Quer entrar? O Sr. Pendergast está um pouco atrasado, mas posso lhe oferecer um café. Com creme *e* açúcar, certo?

Jill Higgins sorri e se levanta.

— Isso mesmo — diz e segue Esther pelo corredor. — Que gentileza a sua se lembrar!

Quando ela está a uma distância suficiente para não escutar mais, Tiffany solta uma gargalhada de desdém e volta a pintar as unhas.

— Sabe, o tal de MacDowell pode ser rico e tudo o mais. E, certo, tudo bem, ela pode largar o emprego de ficar jogando peixe para aquelas focas nojentas. Mas eu não me casaria com alguém daquela família por menos de vinte milhões. E ela vai ter sorte se ficar com algumas centenas de milhares.

— Ah — respondo, pensando que Tiffany deve ser modelo *e* atriz, de tanta inclinação que tem para o drama. — Eles não podem ser assim *tão* péssimos...

— Está brincando? — Tiffany revira os olhos. — A mãe de John MacDowell é tão mandona que não está deixando a garota planejar nenhum detalhezinho do próprio casamento. Mas acho que faz sentido, porque ela é do Iowa ou qualquer coisa do tipo. Mas, mesmo assim... a Elefante Marinho não pode nem escolher o próprio vestido de noiva! Vão obrigá-la a vestir alguma monstruosidade que eles têm mofando na mansão há um milhão de anos. Dizem que é "tradição" das noivas MacDowell usar aquilo... mas, se quer saber a minha opinião, só estão tentando fazer com que ela fique tão horrorosa a ponto de o noivo pensar melhor e desistir dela para se casar com alguma piranha da alta sociedade que a mamãe escolheu a dedo para ele.

Meus ouvidos se atiçam ao escutar isso. Não a parte da moça de alta sociedade que a mãe de John MacDowell escolheu para se casar com ele, mas a outra parte.

— É mesmo? E quem ela está usando como especialista em vestidos de noiva? Você sabe?

Tiffany fica olhando para mim sem entender nada.

— Quem ela está usando como o quê?

— Como especialista em vestidos de noiva — respondo. — Quero dizer, ela *tem* um profissional assim... certo?

— Não faço a menor ideia do que você está falando — Tiffany diz. — O que é um especialista em vestidos de noiva?

Mas, nesse momento, as portas da recepção se abrem de novo e um homem que reconheço como o pai de Chaz entra (ele é basicamente uma versão mais velha e mais grisalha de Chaz, e sem o boné virado para trás). Ele para quando me vê.

— Lizzie? — pergunta.

— Oi, Sr. Pendergast — digo, animada. — Como está hoje?

— Bom, eu estou ótimo, agora que vi você — responde o Sr. Pendergast com um sorriso. — Estou mesmo muito feliz por você ter se juntado a nós aqui no escritório. Chaz não conseguia parar de falar bem de você no outro dia, quando conversamos.

Este é um elogio enorme, levando em conta que Chaz, até onde eu sei, faz de tudo para não ter que falar com os pais. O fato de ter ligado para eles por minha causa é suficiente para fazer meus olhos se encherem de lágrimas. Ele realmente é o cara mais legal do mundo. Tirando Luke, é claro...

— Muito obrigada, Sr. Pendergast — respondo —, estou muito feliz por estar aqui. Foi muita gentileza da sua parte...

Mas, nesse instante, o telefone toca.

— Bom, o dever chama — diz o Sr. Pendergast com uma piscadela. — Nós nos falamos mais tarde.

— Claro — respondo. — E a Srta. Higgins já chegou...

— Ótimo, ótimo — o Sr. Pendergast vai dizendo enquanto se encaminha para a sala dele às pressas.

Tiro o telefone do gancho.

— Pendergast, Loughlin e Flynn — digo. — Em que posso ajudar?

Depois de encaminhar a ligação com sucesso para a pessoa correta, olho para Tiffany.

— Estou morrendo de fome — ela diz. — Quer fazer um pedido no Burger Heaven lá de baixo?

— Ainda não são nem dez horas — observo.

— Tanto faz, estou com uma ressaca tão grande que queria morrer. Preciso colocar um pouco de gordura no estômago senão vou vomitar.

— Quer saber? — digo a Tiffany. — Acho de verdade que estou pegando o jeito disto aqui. Pode sair se quiser.

Mas Tiffany não aproveita a deixa.

— E perder meu pagamento de cinquenta por cento a mais? Não, obrigada. Vou pedir um cheeseburger duplo. Quer um também?

Suspiro... e concordo. Porque parece que o dia vai ser longo. E a verdade é que estou vendo que vou precisar de proteína.

Guia de Vestido de Noiva de Lizzie Nichols

Certo, moças de corpo avantajado, não pensem que me esqueci de vocês! Os estilistas podem ter esquecido — muitos criadores de roupas parecem ter medo das pessoas que usam tamanho 46 ou maior.

Mas, realmente, não há necessidade para isso, porque mulheres grandes PODEM ficar lindas em um vestido de noiva... se escolherem direito! A melhor opção é um corpete justo com saia evasê.

Saias volumosas estão proibidas para as noivas cheinhas, já que deixam quadris largos ainda mais largos — e o mesmo vale para saias do tipo tubinho ou lápis. Mas uma saia evasê, que cai suavemente sobre os contornos, é um ótimo visual para uma moça mais carnuda. Vestidos tomara que caia geralmente não são recomendados, já que exigem corpete muito justo, que pode ficar mal em quem tem barriga pronunciada. Mas isso varia de acordo com o formato do corpo.

Noivas de tamanho grande, mais do que quaisquer outras, podem se beneficiar da ajuda de um especialista certificado em vestidos de noiva, já que nós realmente podemos ajudá-las a encontrar um estilo que seja ao mesmo tempo bonito e apropriado para esse dia tão especial.

LIZZIE NICHOLS DESIGNS™

11

Para descobrir as falhas de uma mulher,
elogie-a para suas amigas.

— *Benjamin Franklin (1706-1790), inventor norte-americano*

O anão está cantando "Don't Cry Out Loud".

— Não sei quanto aos outros — Chaz diz —, mas acho esta performance excepcionalmente comovente. Dou nota oito.

— Sete — Luke diz. — Acho o fato de ele estar chorando *de verdade* meio desconcertante.

— Eu dou dez — digo, segurando minhas próprias lágrimas. Não sei se é o fato de todas as músicas de Melissa Manchester me deixarem um pouco nostálgica ou se é porque esta canção específica está sendo cantada de maneira tão pungente por um anão às lágrimas, vestido igual ao Frodo de *O Senhor dos Anéis*, com um cajado de Gandalf. Talvez sejam os três Tsingtaos que tomei no jantar e os dois Amaretto sours que virei depois disso, aqui. Mas não consigo me segurar.

No entanto, não se pode dizer o mesmo da minha amiga Shari. Ela está cutucando o rótulo da sua Bud Light, com ar distraído... foi assim que passou quase a noite inteira.

— Ei — digo, dando uma cotovelada de leve nela. — Vamos lá. Que nota você dá para esta apresentação?

— Hum. — Shari afasta o cabelo escuro e ondulado dos olhos e dá uma olhada no homem que está no palquinho no fundo do bar. — Sei lá. Seis.

— Que malvada — diz Chaz, balançando a cabeça. — Olhe só para ele. Está se matando de cantar.

— O problema é exatamente este — Shari responde. — Ele está levando a sério demais. É só *caraoquê*.

— Caraoquê é uma forma de arte em muitas culturas — Chaz explica. — E, como tal, deveria ser levado a sério.

— Mas não em um buraco em Midtown chamado Honey's.

O tom de voz de Shari mudou. Chaz só está fazendo uma brincadeira, mas ela parece aborrecida de verdade.

Mas, bem, ela parece estar assim desde que chegou com Chaz ao restaurante tailandês no centro, onde nos encontramos para jantar. Shari discorda de tudo o que Chaz diz, ou então o ignora. Ela até deu bronca nele por ter pedido comida de mais... como se isso fosse *possível*.

— Deve ser só estresse — falei para Luke quando nós dois estávamos caminhando um pouco atrás de Chaz e de Shari na direção da Canal Street, desviando dos miúdos de peixe que tinham sido jogados na sarjeta pelos mercados chineses dos dois lados da rua. — Você sabe o quanto ela tem trabalhado ultimamente.

— Você também tem trabalhado bastante. — Foi a resposta de Luke. — E não está agindo como a maior bab...

— Ei, calma aí — interrompi. — Fala sério. O trabalho dela é um tanto mais estressante do que o meu. Ela lida com mulheres cuja *vida* está ameaçada. A única coisa que está em jogo para as mulheres com quem eu trabalho é se a bunda delas vai parecer grande ou não no dia do casamento.

— Isso também pode ser estressante — insiste Luke insistiu com uma lealdade comovente. — Você não deve se menosprezar.

Mas a verdade é que eu não acho que Shari esteja incomodada por causa do estresse no trabalho. Porque, se fosse só isso, as deliciosas pilhas de pad thai e de satay de carne que acabamos de comer (isso sem mencionar toda a cerveja que tomamos) teriam ajudado. Mas não ajudaram. Ela continua tão ranzinza agora, depois do jantar, quanto estava antes. Ela nem queria vir ao Honey's. Queria ir direto para casa dormir. Chaz praticamente a obrigou a entrar no táxi com a gente, em vez de pegar outro para o apartamento deles.

— Eu simplesmente não entendo — Chaz nos disse quando Shari pediu licença para ir ao banheiro no meio do jantar. — Sei que ela está infeliz. Mas quando pergunto o que há de errado, ela diz que está tudo bem e que devo deixá-la em paz.

— É a mesma coisa que ela diz para mim — respondi, com um suspiro.

— Talvez sejam hormônios — Luke sugeriu. E isso, levando em conta tanta biologia que ele tem estudado, não era uma coisa tão absurda assim de se dizer.

— Durante seis semanas? — Chaz balança a cabeça. — Porque já está durando todo esse tempo. Desde que ela começou naquele emprego... e foi morar comigo.

Engoli em seco. A culpa era toda minha. Eu sabia disso. Se eu tivesse ido morar com Shari, como havia prometido, em vez de largá-la para ir morar com Luke, nada disso teria acontecido...

— Se você acha que pode se sair melhor — diz Chaz, empurrando o catálogo de músicas para o outro lado da mesa —, por que não vai lá tentar?

Shari olha para a pasta preta à sua frente.

— Não canto em caraoquês — responde com frieza.

— Hum, não é bem o que eu lembro — diz Luke, agitando as sobrancelhas. — Pelo menos, em certo casamento no qual estive...

— Aquela foi uma ocasião especial — responde Shari, ríspida. — Eu só estava tentando ajudar a nossa Boca Grande.

Fico olhando para ela, estupefata. *Boca Grande*? Quero dizer, eu sei que é verdade e tal... mas estou melhorando. De verdade. Eu não falei para NINGUÉM sobre ter conhecido Jill Higgins. E consegui não falar para Luke que o amante da mãe dele (se é que o cara é mesmo isso... mas estou cada vez mais desconfiada de que seja) ligou para o apartamento *mais uma vez*. Sou um verdadeiro cofre de informações incendiárias!

Mas resolvo dar um desconto para Shari. Porque realmente a deixei na mão e tudo o mais.

— Vamos lá, Shari — digo, esticando a mão para pegar a pasta. — Vou encontrar alguma coisa divertida para cantar. O que acha?

— Estou fora — responde ela. — Estou cansada demais.

— Nunca se está cansada demais para caraoquê — Chaz diz. — Você só precisa subir lá e ler a letra em uma tela.

— *Estou cansada demais* — Shari repete, dessa vez com mais determinação.

— Olhem — Luke diz. — Alguém precisa ir lá cantar alguma coisa. Senão, o Frodo vai interpretar mais uma balada. E daí vou ter que cortar os pulsos.

Comecei a folhear a pasta.

— Eu vou — digo. — Não posso deixar o meu namorado cometer suicídio.

— Obrigado, querida — diz Luke, piscando para mim. — É muita gentileza da sua parte.

Encontrei a música que quero e estou preenchendo a tirinha de papel que a gente deve dar à garçonete quando quer cantar.

— Se eu fizer isso — digo —, vocês também vão ter que cantar uma. Estou falando de vocês, Luke e Chaz.

Chaz lança um olhar solene para Luke.

— "Wanted Dead or Alive"?

— Não — responde Luke, balançando a cabeça com veemência. — De jeito nenhum.

— Vamos lá — digo. — Se eu vou cantar, vocês também vão...

— Não. — Agora Luke está rindo. — Não canto em caraoquê.

— Vai ter que cantar — digo, séria. — Por que, se não cantar, vamos ser submetidos a mais disso aí. — Faço um sinal com a cabeça para um grupo de garotas bêbadas de vinte e poucos anos dando risadinhas e usando colares com pênis iluminados, obviamente fazendo uma despedida de solteira... como se o fato de estarem berrando "Summer Lovin", de *Grease*, em um único microfone já não fosse evidência suficiente.

— Estão esculhambando o caraoquê — concorda Chaz, pronunciando a palavra com o sotaque japonês adequado.

— Mais uma rodada? — Quer saber a garçonete, que usa um vestido chinês de seda vermelha adorável, com uma barra de metal não tão adorável assim no lábio inferior.

— Mais quatro — digo e entrego duas tirinhas de papel para ela. — E duas canções, por favor.

— Eu não quero — diz Shari, e ergue a garrafa dela, que ainda está quase cheia. — Estou bem.

A garçonete assente e pega meus papéis com as músicas.

— Mais três, então — ela diz e se afasta.

— Como assim, *duas* músicas? — Luke pergunta para mim, desconfiado. — Você não...

— Quero ouvir você cantando que é um caubói — digo com os olhos arregalados, toda inocente. — E que cavalga em um garanhão de aço...

A boca de Luke se contorce em uma risada suprimida.

— *Você...*

Ele tenta me acertar, mas eu me encolho para o lado de Shari, que diz:

— Parem com isso.

— Você tem que me salvar — digo a ela.

— Estou falando sério — ela responde. — Parem com isso.

— Ah, vamos lá, Shari — digo, rindo. O que há de errado com ela? Antes, ela adorava se divertir em barezinhos. — Cante comigo.

— Você é chata demais — ela diz.

— Cante comigo — imploro. — Em nome dos velhos tempos.

— Sai da frente — Shari diz e me empurra para a ponta do banco em que estamos sentadas. — Preciso fazer xixi.

— Não vou sair — respondo — a menos que você cante comigo.

Shari despeja a cerveja dela em cima da minha cabeça.

Mais tarde, no banheiro, ela pede desculpas. De um jeito abjeto.

— Falando sério — diz, fungando enquanto me observa enfiar a cabeça embaixo do secador de mãos. — Sinto muito, muito mesmo. Não sei o que deu em mim.

— Tudo bem. — Mal consigo escutá-la com o barulho do aparelho (sem falar nos uivos das solteiras no palco). — É sério.

— Não — Shari diz. — Não está tudo bem. Sou uma pessoa horrível.

— Você não é uma pessoa horrível. — digo. — Fui estúpida.

— Bem. — Ela está apoiada no aquecedor. O banheiro feminino do Honey's não tem o que se chamaria de decoração chique. Tem uma pia e uma privada, e as paredes foram cobertas com uma tinta bege cor de vômito que não consegue esconder muito bem as camadas de rabiscos por baixo dela. — Você *estava* sendo estúpida. Mas não mais do que o normal. Fui eu que me transformei na maior vaca. É sério, não sei qual é o meu problema.

— É por causa do trabalho? — pergunto. O secador de mãos está resolvendo o problema do meu cabelo molhado. Mas não está ajudando muito com o cheiro de cerveja que emana do meu minivestido Vicky Vaughn Junior. Isso eu vou ter que resolver quando chegou em casa, com o frasco de produto antiodor Febreze.

— Não é o trabalho — diz Shari, tristonha. — Estou amando o meu trabalho.

— Está? — Não consigo esconder a minha surpresa. Parece que Shari passa o tempo todo reclamando do horário e da carga de trabalho dela.

— Estou — diz. — Esse é o problema. Prefiro ficar lá a ficar em casa, em qualquer dia.

Abro minha bolsa com duas abas Meyers da década de 1970 (de um vinil maravilhoso verde-limão, que custou só 35 dólares com o meu desconto de funcionária da Vintage to Vavoom) para procurar alguma coisa... qualquer coisa... que eu pudesse borrifar em mim mesma para amenizar o cheiro de cerveja.

— É porque você gosta demais do seu trabalho? — Pergunto com cuidado. — Ou é porque você não ama mais o Chaz?

O rosto de Shari se contorce todo. Ela o cobre com as mãos para esconder as lágrimas.

— Ah, Shari. — Meu coração está apertado. Eu me afasto do secador de mãos para dar um abraço nela. Através da porta, escuto o tum-tum-tum do baixo enquanto as solteiras cantam *...it's up to you, New York, New York*.

— Não sei o que aconteceu — Shari soluça. — Só que, sempre que estou com ele, me sinto sufocada. E mesmo quando ele não está por perto... parece que está em cima de mim.

Estou tentando ser compreensiva. Porque é assim que as melhores amigas agem.

Mas conheço Chaz há muito tempo. E ele nunca foi do tipo de sufocar nem de ficar em cima. Aliás, seria difícil encontrar um sujeito mais fácil de conviver. Quero dizer, menos quando ele começa a falar sem parar sobre Kierkegaard.

— Como assim? — pergunto. — Como é que ele está sufocando você?

— Bem, tipo, ele fica me ligando o tempo todo no trabalho — responde Shari, enxugando as lágrimas com fúria. Ela detesta chorar... e, por isso, não é muito comum acontecer. — Às vezes, até duas vezes por dia!

Fico olhando para ela.

— Ligar para alguém duas vezes por dia no trabalho não é tanto assim — digo. — Quero dizer, eu ligo para você essa quantidade de vezes. Para falar a verdade, bem mais do que isso. — Nem comento quantas vezes por dia mando e-mails para ela, agora que passo tantas horas em uma mesa de trabalho com um computador de verdade, no qual eu supostamente devia registrar anotações e recados para os advogados para os quais trabalho.

— Isso é diferente — ela diz. — Além do mais, não é só isso. Quero dizer, tem a coisa toda do gato. — O fato de eu ter revelado a Shari que Chaz estava pensando em adicionar um amiguinho de quatro patas ao domicílio dos dois resultou em ela ser "diagnosticada" com uma alergia a pelos anteriormente desconhecida, e na triste conclusão de que ela nunca poderia, infelizmente, viver em uma casa ou apartamento com qualquer coisa peluda. — Tem também o fato de que, quando chego em casa do trabalho, ele quer saber como foi o meu dia! Depois de já termos conversado sobre isso ao telefone.

Eu paro de abraçá-la.

— Shari — digo —, Luke e eu nos falamos um milhão de vezes por dia. — Este é um leve exagero. Mas não importa. — E nós sempre perguntamos um para o outro como foi o dia quando chegamos em casa.

— É — Shari diz. — Mas aposto que Luke não passa o dia inteiro, enquanto você está fora, sem fazer nada no apartamento, só lendo Wittgenstein, fazendo compras, limpando a casa e assando cookies de aveia.

Meu queixo cai.

— Chaz faz compras, limpa a casa e assa cookies de aveia enquanto você está no trabalho?

— É — responde Shari. — E lava a roupa. Dá para acreditar? Ele lava a roupa enquanto estou no trabalho! E dobra tudo em quadrados perfeitos! Até as minhas calcinhas!

Agora estou olhando para Shari com desconfiança. Alguma coisa está errada. Muito errada.

— Shari — digo —, você está escutando o que está dizendo? Está brava com o seu namorado porque ele sempre liga para você, limpa a casa, vai ao supermercado, assa cookies e lava a sua roupa. Percebe que acabou de descrever o homem mais perfeito do mundo?

Shari desdenha de mim.

— Ele pode parecer o homem perfeito para algumas pessoas, mas não é para mim. Sabe como seria o homem perfeito para mim? Seria um homem que ficasse menos perto de mim. Ah, e ouça só isso: ele fica querendo transar. *Todos os dias*. Quero dizer, tudo bem quando a gente estava na França. Mas nós estávamos de *férias*. Agora temos responsabilidades... bem, pelo menos um de nós tem. Quem é que tem tempo de transar *todo dia*? Às vezes ele até quer duas vezes por dia, de manhã e de novo à noite. Eu não aguento, Lizzie. Simplesmente... é demais. Ai, meu Deus... você acredita que eu disse isso?

Fiquei contente por ela ter perguntado, porque a resposta é não. Shari sempre foi mais agressiva (e aventureira) do ponto de vista sexual do que eu. Parece que a mesa finalmente virou. Preciso me segurar para não soltar que eu e Luke transamos com frequência duas vezes por dia... e que acho ótimo.

— Mas você e Chaz costumavam, hum, fazer essa quantidade de vezes — digo. — Quero dizer, quando vocês começaram a namorar. E você gostava. O que mudou?

— Esse é o problema — Shari diz. Ela parece incomodada de verdade. — Não sei! Meu Deus, mas que conselheira eu sou, se não consigo nem resolver os meus próprios problemas? Como é que vou ajudar as pessoas com os delas?

— Às vezes é mais fácil ajudar outras pessoas com os problemas delas do que lidar com os seus próprios — respondo em um tom que espero ser acalentador. — Você conversou com Chaz sobre essas coisas? Talvez se você dissesse para ele por que está incomodada...

— Ah, certo — responde ela, sarcástica. — Você quer que eu diga para o meu namorado que ele é perfeito demais?

— Bem — digo. — Você não tem que colocar as coisas bem desse jeito. Mas talvez se você...

— Lizzie, estou perfeitamente ciente de que pareço uma louca. Tem alguma coisa errada comigo, eu sei.

— Não — exclamo. — Shari, é só que... é difícil. Na verdade, a culpa é minha. Talvez vocês não estivessem prontos para morar juntos. Eu não devia ter abandonado você como abandonei para morar com Luke. Mereci levar uma garrafa de cerveja na cabeça. Mereço coisa muito pior do que isso...

— Ah, Lizzie — diz Shari, olhando para mim com os olhos escuros mais uma vez cheios de lágrimas. — Você não entende? Não tem nada a ver com você. Sou eu, tem alguma coisa errada *comigo*. Ou pelo menos com meu namoro com Chaz. A verdade é que... eu não sei de mais nada, Lizzie.

Fico olhando para ela.

— Não sabe o quê?

— Olhe só para você e Luke, como vocês dois são perfeitos juntos...

— Não somos perfeitos — interrompo rapidamente. Não quero lembrá-la da coisa dos bichinhos da floresta. Ou de que eu tenho bastante certeza de que a mãe de Luke está tendo (ou estava tendo, de todo modo) um caso, e que não contei para ele. — Falando sério, Shari. Nós...

— Mas vocês dois parecem tão felizes juntos — Shari diz. — Como eu e Chaz éramos... mas, por algum motivo, acabou.

— Ah, Shari. — Mordo meu lábio inferior, esforçando-me loucamente para pensar na coisa certa a dizer. — Quem sabe se vocês fizessem terapia de casal...

— Não sei — Shari diz. Ela parece não ter esperança, e fala como se não tivesse mesmo. — Nem sei se valeria a pena.

— Shari! — Não dá para acreditar que ela é capaz de dizer uma coisa dessas. Sobre Chaz, ninguém menos!

— Lizzie? — Alguém está batendo na porta. Uma voz de mulher chama o meu nome de novo. — É sua vez!

Percebo que é a garçonete e que a minha canção está pronta para ser tocada... e cantada.

— Ah, não — digo. — Shari, eu... não sei o que dizer. Realmente acho que talvez você e Chaz simplesmente estejam passando por uma fase estranha neste momento. Quero dizer, ele é ótimo, e sei que ama você de verdade... tenho certeza de que as coisas vão melhorar com o tempo.

— Não vão — responde Shari. — Mas obrigada por me deixar desabafar com você. Literalmente. Desculpe pela cerveja.

— Tudo bem — digo. — De certo modo, até que foi refrescante. Estava ficando muito quente lá.

— Você vem ou não? — pergunta a garçonete.

— Estou indo — grito. Então, apelo para Shari: — Você canta comigo?

— De jeito nenhum — responde ela com um sorriso.

E é assim que me vejo sozinha no palco do Honey's, cantando para as solteiras bêbadas que me vaiam, o anão que me olha com ódio por roubar o tempo dele sob os refletores e Chaz, Shari e Luke, a respeito de moças que estão cansadas de tudo que é velho... e que as pessoas devem ser carinhosas com elas.

E, infelizmente, parece que Chaz já exercitou esse conselho... com resultados menos do que satisfatórios.

Guia de Vestido de Noiva de Lizzie Nichols

Provas

Garantir que seu vestido sirva perfeitamente é uma das diversas funções do seu especialista certificado em vestidos de noiva. Para ajudar, você pode levar à prova o sapato, o adereço de cabeça e o tipo de lingerie que você pretende usar no seu dia especial. É comum a noiva não experimentar o vestido com o sutiã ou o sapato que ela pretende usar no casamento, e então descobre que a alça fica aparecendo e que o vestido está comprido ou curto demais!

Também é importante estar bem no peso desejado para o dia do casamento na hora da primeira prova. Claro que os vestidos podem ser ajustados... mas quanto menos a costureira precisar mexer neles, melhor. E nem pense em ter que aumentar... porque isso é totalmente diferente, você nem vai querer saber.

Geralmente, são necessárias apenas duas provas, mas é claro que você pode marcar mais se precisar... desde que não espere demais! Nem mesmo o mais brilhante dos especialistas certificados em vestidos de noiva pode fazer milagres da noite para o dia. Planeje a sua última prova para mais ou menos três semanas antes do casamento — e pare de comer doces!

LIZZIE NICHOLS DESIGNS™

Um boato que não tenha uma perna sobre a qual se firmar vai encontrar alguma outra maneira de circular.

— John Tudor (1954-), jogador de beisebol norte-americano

— Então, o que você vai fazer no Dia de Ação de Graças? — Tiffany quer saber.

Apesar de o turno dela só começar às duas, Tiffany tem chegado todo dia ao meio-dia e ficado comigo na recepção até eu ir para casa... às vezes ela até traz almoço para nós duas ficarmos mordiscando sorrateiramente por baixo da mesa, já que é proibido comer na área da recepção ("Altamente antiprofissional", foi o que Roberta disse no dia em que me pegou comendo um pacote de pipoca de microondas que eu tinha conseguido na cozinha do escritório, toda inocente).

No começo, achei que era só uma mania esquisita de Tiffany (estou falando desse negócio de chegar mais cedo). Até o dia em que Daryl, o "supervisor de fax e fotocópia" (ele é responsável por garantir que todos os aparelhos de fax e todas as impressoras do escritório estejam com tinta, papel e em bom funcionamento, e também por entregar os faxes imediatamente a seus donos), disse para mim que eu só podia agradecer a mim mesma pela nova e melhorada ética de trabalho de Tiffany.

— Ela gosta de andar com você — disse ele. — Acha você engraçada. E não tem nenhum amigo, além daquele namorado canalha.

Fiquei tocada, mas surpresa ao ouvir isso. A verdade é que eu e Tiffany temos muito pouco em comum (tirando a cadeira de escritório em que sentamos, e o amor pela moda, é claro), e a boca suja dela às vezes é um tanto chocante. E eu nunca, por exemplo, me encontrei com ela fora do trabalho... o que não é nem um pouco surpreendente, já que nossos turnos são completamente diferentes. Mas não é exatamente o que eu chamaria de conexão verdadeira.

Por outro lado, nós duas com frequência levamos broncas aos berros da porra do Peter Loughlin. E isso deixa marcas para sempre na vida de uma pessoa e talvez tenha cimentado a nossa amizade.

Mesmo assim, quando Tiffany me faz a pergunta sobre o Dia de Ação de Graças, fico com medo. Fico com medo de que vá dar continuidade a ela me convidando para comemorar o feriado em uma refeição com ela e o "namorado canalha" (assim chamado pelo Daryl simplesmente, na minha opinião pelo menos, por impedir que Tiffany esteja disponível para sair com ele).

E tenho certeza de que seria divertido e tudo o mais, só que não é algo para que Luke esteja pronto: ser submetido às minhas colegas de trabalho. Até agora, consegui mantê-lo a uma distância segura de Monsieur e Madame Henri, e do pessoal bacana da Pendergast, Loughlin e Flynn.

E levando em conta que ainda não contei para a minha família que estamos morando juntos, pode-se dizer que também o mantenho afastado deles.

— Os pais de Luke vão estar aqui — digo, e é verdade.

— Mesmo? — Tiffany ergue os olhos da unha que está lixando. — Eles vêm lá da França?

— Hum, não, de Houston — digo, depois de uma breve pausa em que atendo, respondo e transfiro uma ligação para Jack Flynn. — Eles só passam uma parte do ano na França e o resto em Houston, onde Luke morava. Eles vêm para cá no Dia de Ação de Graças para a mãe dele fazer umas compras de fim de ano e para o pai dele ver alguns musicais da Broadway.

— Então, eles vão levar vocês para algum jantar de Dia de Ação de Graças? — Tiffany parece impressionada. — Que legal.

— Hum — digo. — Não exatamente. Quero dizer, eu é que vou preparar o jantar. Eu e Luke. Para eles dois, Shari e Chaz.

Tiffany fica olhando para mim.

— Você já preparou um peru alguma vez? — ela quer saber.

— Não — respondo. — Mas tenho certeza de que não vai ser difícil. Luke cozinha muito bem, de verdade. E eu imprimi um monte de receitas do site da Food Network.

— Ah, sei — Tiffany responde com a voz cheia de sarcasmo. — Isso vai dar muito certo.

Mas não permito que a negatividade dela me desanime. Tenho certeza de que vai dar tudo certo no Dia de Ação de Graças. Não só os pais de Luke vão se divertir muito (nós vamos deixar eles dormirem na nossa cama, já que tecnicamente é a cama da mãe dele), como também Chaz e Shari. Aliás, se tudo correr como planejado, Chaz e Shari vão ficar tão comovidos com o exemplo da felicidade amorosa que Luke e eu (e os pais dele) vamos dar, que vão voltar a se dar bem.

Tenho certeza que sim. Tenho mais do que certeza. Tenho certeza *absoluta*.

— Sua família deve estar com saudade de você — diz Tiffany como quem não quer nada. — Eles estão bravos porque você não vai passar o Dia de Ação de Graças em casa?

— Não — respondo, olhando para o relógio. Quatro minutos para eu sair... e para me livrar de Tiffany durante mais um dia inteiro. Não que ela me incomode tanto assim, é só que... bom, ela é meio cansativa. — Vou passar o Natal na casa dos meus pais.

— Ah é? Luke vai com você?

— Não. — Agora estou precisando esconder o meu aborrecimento. Os pais de Luke passam o Natal e o Ano-novo no *château* deles na França. Convidaram Luke para ir com eles este ano.

Ah, sim, fiquei decepcionada com isso. Não que ele não tenha me convidado para ir junto. Ele convidou. Apesar de ter precedido o convite com as palavras: "Desconfio que você vá querer passar as festas com a sua própria família, mas..."

Só que, na verdade, a desconfiança dele estava errada.

Mas não completamente. Eu queria MESMO passar as festas com a minha família... *e* com Luke. Eu queria que ele fosse a Ann Arbor comigo para conhecer meus pais. Essa também não me pareceu uma expectativa absurda. Afinal de contas, eu já conhecia a família dele. A mim parecia que, se Luke realmente quisesse que a nossa relação durasse, ele iria querer conhecer a minha família.

Mas quando perguntei a ele se gostaria ir até lá comigo, Luke fez uma careta e disse: "Ah, sabe, eu ia adorar. Mas, sabe como é, já comprei a passagem para a França. Consegui um preço excelente. E não pode ser transferida nem reembolsada. Mas posso ver se ainda consigo comprar para você, se quiser ir comigo..."

Mas a verdade é que eu só vou ter três dias de folga na Pendergast, Loughlin e Flynn (a loja de Monsieur Henri vai fechar durante toda a semana entre o Natal e o Ano-novo), e isso não me dá tempo suficiente para ir até a França e voltar. Mas, para a minha sorte, tenho tempo bastante para visitar Ann Arbor. Quando eu voltar, vou ter que ficar no trabalho (e em casa) sozinha até Luke voltar, depois do Ano-novo.

É isso mesmo. *Depois* do Ano-novo. Vou comemorar sozinha a virada de ano aqui em Manhattan enquanto ele estará festejando no sul da França. Feliz Ano-novo para mim!

Não que eu tenha compartilhado qualquer dessas informações com Tiffany. Não era da conta dela. Além do mais, sei o que ela iria dizer. Que o namorado *dela* tinha ido conhecer os pais *dela* no primeiro ano depois que eles começaram a namorar.

— Bem — Tiffany está soltando um suspiro profundo —, acho que Raoul e eu só vamos ficar em casa e pedir uma comida ou algo assim. Afinal, nenhum de nós dois cozinha.

Não vou convidar Tiffany e o namorado para se juntar a nós no nosso jantar do Dia de Ação de Graças. Vamos ser só eu, Luke, os pais dele e Chaz e Shari. Vai ser uma refeição agradável e civilizada, como as que fazíamos durante o verão em Château Mirac.

Uma e cinquenta e nove. Estou pertinho de cair fora.

— O restaurante chinês perto da nossa casa faz bolinhos de peru no Dia de Ação de Graças — continua Tiffany. — É muito bom. Mas é claro que sinto falta de batata doce. E de torta de noz-pecã.

— Tem muitos restaurantes no meu bairro que vão servir refeições com três e até quatro pratos de Dia de Ação de Graças — continuo, bem animada. — Por que vocês não fazem uma reserva em um deles?

— Não é a mesma coisa que comer na casa de alguém — diz Tiffany. — Restaurantes são tão frios... Para o Dia de Ação de Graças, a gente quer aconchego. Não tem nada de aconchegante em um *restaurante*.

— Bem — digo. — São duas horas. Acabou. Vou embora.

Eu me levanto.

— Tenho certeza de que você consegue encontrar um restaurante que entregue comida no Dia de Ação de Graças.

— É — Tiffany responde com um suspiro e se levanta para ocupar a minha cadeira. — Mas não é a mesma coisa que uma refeição feita em casa.

— Isso é verdade — concordo. *Não faça isto*, é o que estou dizendo para mim mesma. *Não caia no truque. Nada de convidá-la por pena*. — Preciso ir andando...

— É — Tiffany diz, sem olhar para mim. — Boa sorte com a coisa dos vestidos de noiva.

Já estou com o pé para fora do escritório, com o casaco pendurado no braço, quando me sinto atraída para trás, como se uma força me puxasse.

— Tiffany. — Ouço minha boca dizer, apesar de o meu cérebro estar berrando *Nããããão*!

Ela ergue os olhos da tela de computador que, sei, ela está usando para conferir o horóscopo.

— O que foi?

— Você e Raoul querem jantar com a gente no Dia de Ação de Graças? — *Nããããão!*

Tiffany sabe muito bem fingir indiferença. Ela realmente seria uma ótima atriz.

— Não sei — responde ela, dando de ombros. — Vou ter que falar com Raoul. Mas, tipo... talvez.

— Bem — respondo. — Então me avise. Tchau.

Fico me xingando durante todo o trajeto de elevador até o lobby. Qual é o meu *problema*? Por que a convidei? Ela não sabe cozinhar, então até parece que vai levar alguma coisa.

E com certeza não vai poder contribuir em nada para a conversa da mesa. Tiffany Sawyer só sabe falar sobre o escarpin mais novo da Prada e qual celebridade de Hollywood está indo para a cama com o filho de qual produtor...

E nem conheço esse tal de Raoul, o namorado (casado!) dela. Vai saber como *ele* é. Pelo que Daryl diz, não é assim nada de mais (apesar de a opinião do Daryl ser obviamente tendenciosa).

Ah, por que deixo a minha boca grande me meter nessas coisas?

Mas tento me animar com a ideia de que Raoul pode se recusar a passar o Dia de Ação de Graças na casa de uma completa desconhecida.

Mas, levando em conta que a desconhecida completa tem um apartamento na Quinta Avenida, parecia improvável. Estou descobrindo que ter um endereço na Quinta Avenida é parecido com morar em Beverly Hills ou algo assim; os nova-iorquinos (até os estrangeiros) são loucos por imóveis... talvez porque haja tão poucos disponíveis que, quando há algum, o preço é proibitivo.

Então, sempre que digo às pessoas onde eu moro, os olhos delas se arregalam um pouco. E isso sem nem mencionar o Renoir.

Ah, bom, estou sendo gentil. Tiffany também não tem mais ninguém, já que não é muito próxima dos pais ultraconservadores, que não aprovam o relacionamento dela com Raoul. E Deus sabe que é muito improvável que Roberta a convide para jantar algum dia desses. Com isso, vou ganhar alguns pontos no carma, e realmente estou precisando, levando em conta a quantidade de problemas em que me meto por causa da minha boca grande...

...fato mais do que confirmado quando as portas do elevador se abrem no lobby, saio e vejo um rosto conhecido no balcão da segurança. É Jill Higgins, subindo para mais uma reunião com o pai de Chaz. Hoje ela está usando o conjunto habitual de jeans, suéter e botas Timberland (apesar de o jornal *Post* ter feito uma página dupla com as roupas dela neste fim de semana, em que tinha uma boneca daquelas de recortar de Jill com vários modelos para trocar, incluindo o uniforme do zoológico e um vestido de noiva cafona).

Hesito. Tenho pensado muito sobre Jill (praticamente todos os dias). Ah, é meio difícil não pensar, levando em conta que sempre parece haver alguma reportagem ou outra sobre a Elefante Marinho nos jornais sensacionalistas locais. Parece que os nova-iorquinos não conseguem acreditar que um homem tão rico quanto o John MacDowell possa se apaixonar por uma mulher que não tem uma beleza estereotipada como a da... bem, Tiffany.

E o fato de que Jill trabalha (e trabalha com *focas*, ainda por cima) parece tê-la transformado em um alvo ainda maior para a língua afiada da sociedade de Nova York. Parece que ela vai ser a primeira MacDowell da história a ter um emprego (isso sem contar trabalho voluntário para instituições beneficentes).

E o fato de Jill dizer que pretende continuar trabalhando com as focas depois do casamento deixou as matronas da Quinta Avenida (eu sei, é a minha própria rua!) apavoradas.

Tudo isso me deixou preocupada. De verdade. E, tudo bem, não tão preocupada quanto estou com Shari e Chaz (naturalmente). Mas, mesmo assim. Não consigo parar de pensar sobre o que Tiffany me contou no meu primeiro dia de trabalho: que a família de John MacDowell vai obrigar a coitada a usar algum vestido de noiva antiquíssimo que está na família há um milhão de anos para seu grande dia.

Estou disposta a apostar que o vestido antiquíssimo é no máximo tamanho 36.

E o tamanho de Jill é 44 ou 42, no mínimo.

Como é que ela vai caber em um vestido assim? E ela vai ter que caber... ela *tem* que usar aquele vestido. A coisa toda sobre o vestido... obviamente é um desafio lançado pela mãe do noivo. Parece que a Sra. MacDowell está dizendo: "Faça isto ou nunca vai se encaixar na nossa família."

Jill precisa se mostrar à altura, ou nunca vai parar de ser infernizada pelos parentes postiços. E a imprensa certamente nunca vai parar de chamá-la de Elefante Marinho.

E, tudo bem, talvez eu esteja exagerando. Mas, pelo que li (e pelo que sei, por trabalhar na Pendergast, Loughlin e Flynn), não estou assim tão longe da verdade.

Então, o que ela vai fazer? Precisa levar aquele vestido para *alguém* alterar... mas quem? Será que alguém vai compreender a gravidade da situação? Será que alguém vai dizer a verdade a ela? Que não há como espremer um corpo 42 em um vestido 36 sem usar um monte de enxertos horrorosos?

Ai, meu Deus, só de pensar em enxertos fico toda arrepiada.

E enquanto estou lá, observando Jill mostrar a carteira de motorista para que o segurança possa lhe fazer um crachá, percebo que quero ser contratada para o serviço. Sei que parece loucura. Mas não quero que nenhuma outra pessoa trabalhe no vestido de Jill. Não é por que tenho medo de que ela caia nas mãos de um picareta como o Maurice... apesar de isso ser verdade.

Mas é porque quero que fique linda no dia do seu casamento. Quero que a família de John fique boquiaberta ao vê-la entrar na igreja, de tão linda que vai estar. Quero fazer a sogra dela engolir aquele vestido. Quero que a imprensa de Nova York se retrate do "Elefante Marinho" e troque por "Sereia".

E sei que posso fazer isso acontecer. Simplesmente sei. Por acaso Jennifer Harris não está *adorando* o que fiz até agora (sob o olhar zeloso de Monsieur Henri, é claro) com o vestido de noiva da mãe dela? Até a mãe dela, meio de má-vontade, concordou, na última prova da filha, que o vestido está "melhor" na Jennifer do que em qualquer das outras meninas.

Só tem uma razão para isso: meu trabalho esforçado.

Quero fazer a mesma coisa por Jill. E ela deu um mau jeito nas costas *pegando uma foca* no colo! Uma moça assim merece ter os melhores especialistas certificados em vestidos de noiva trabalhando para ela.

Tudo bem, ainda não tenho a minha certificação exatamente. Mas, na verdade, é só questão de tempo...

Mas, como? Como é que vou informar a Jill que estou à disposição se ela precisar? Não posso dar um cartão de visita para ela (ah, sim. Mandei fazer cartões de visita com o endereço de Monsieur Henri e o número do meu celular) sem manter o nível de "profissionalismo discreto" que Roberta me disse que a Pendergast, Loughlin e Flynn espera dos funcionários. Tenho certeza de que algo assim faria com que eu fosse demitida... e ainda preciso deste trabalho.

Mas não tanto assim. Percebo imediatamente quando Jill se aproxima da catraca e avisto o pior deslize da moda de todos: calcinha marcando. Ai, meu Deus! Marca de calcinha! Alguém precisa ajudá-la!

E, por Deus, esse alguém tem que ser eu. E, afinal de contas, o que é mais importante? Ter dinheiro para pagar o aluguel ou ajudar esta coitada desta moça acima do peso a estar o mais linda possível no dia do seu casamento? Não precisa pensar muito para responder. Simplesmente vou me aproximar e oferecer meus serviços. Não estamos no escritório agora, este é meu tempo livre. E talvez ela nem se lembre onde me viu antes. Ninguém nunca se lembra das recepcionistas...

— Com licença...

Ah! Tarde demais! Ela está passando pela catraca. Droga! Deixei que ela escapasse.

Tudo bem. Não, de verdade, não faz mal. Da próxima vez eu a alcanço. Isso se *houver* a próxima vez...

Tem que haver uma próxima vez.

— Então. — Um sujeito desengonçado usando calça de veludo cotelê cinza que avistei perto da banca de revistas do lobby vem se aproximando de mim.

Maravilha. É disso que preciso. Levar cantada de mais um cara que pensa que sou alguma tosca do meio-oeste por causa das minhas roupas, e que vou cair no papo dele de que é fotógrafo de uma agência de modelos e quer que eu vá até o estúdio dele para fazer umas fotos. Porque vai me transformar em estrela. Bocejo.

— Com licença — digo e me viro na direção da porta do lobby. — Não estou interessada.

É por isso, é claro, que os nova-iorquinos têm reputação de ser mal-educados. Mas não é nossa culpa! São caras como este que fazem com que os nova-iorquinos desconfiem tanto de qualquer desconhecido que tenta falar com eles na rua!

— Espere. — O Calça de Veludo Cotelê Cinza está me seguindo. Ai, não! — Era para Jill Higgins que você estava acenando agora há pouco?

Paro. Não consigo evitar. As palavras "Jill Higgins" têm um efeito mágico sobre mim. Realmente quero colocar as mãos no vestido de noiva dela.

— Estava — respondo. Quem *é* esse cara? Com certeza não parece um pervertido... mas, bem, como é que vou saber qual é a aparência de um pervertido?

— Então você é amiga dela? — O Calça de Veludo Cotelê Cinza quer saber.

— Não — respondo. E, de repente, assim sem mais nem menos, me dou conta de quem ele é. É surpreendente a maneira como a gente endurece depois de apenas alguns meses em Manhattan. — Em que jornal você trabalha?

— No *New York Journal* — ele responde sem rodeios, tira um PDA de um bolso e liga. — Você sabe o que ela veio fazer aqui? Há muitos escritórios de advocacia neste prédio. Ela estava indo a algum deles? Por acaso você sabe qual... e por quê?

Sinto o meu rosto ficando totalmente vermelho. Não por eu estar envergonhada de ter dito algo indiscreto. Porque, pelo menos desta vez, eu não disse. Meu rosto está ficando vermelho porque eu estou brava.

— Repórteres... — Tenho vontade de bater nele. De verdade. — Vocês deviam ter vergonha! Ficam seguindo aquela coitada, chamando-a de "Elefante Marinho"... Que direito vocês têm de julgá-la? Hein? Por que você se acha tão melhor do que ela?

— Relaxe — diz o Calça de Veludo Cotelê Cinza, com uma expressão entediada. — Mas por que você tem tanta pena dela? Daqui a uns dois meses, ela vai ser mais rica do que o Trump...

— Saia de perto de mim! — berro. — E saia deste prédio, antes que eu avise a segurança!

— Certo, certo. — O Calça de Veludo Cotelê Cinza se afasta, balbuciando um palavrão muito feio.

Mas não estou nem aí.

E, só para garantir que ele não vai se aproximar de Jill quando ela sair, marcho até o balcão da segurança, aponto o Calça de Veludo Cotelê Cinza para Mike e Raphael e os informo que ele é um tarado. Na última vez em que vi o Calça de Veludo Cotelê Cinza, ele estava sendo expulso do prédio por dois homens de cassetete na mão.

Há momentos em que ter uma boca grande e nenhum problema para contar mentiras deslavadas é bem prático.

Guia de Vestido de Noiva de Lizzie Nichols

A última coisa que qualquer mulher deseja no dia do casamento é ir parar no horário nobre da televisão — sabe como é, em um daqueles momentos em que a noiva escorrega e dá início a um efeito dominó em que todo mundo começa a cair no chão, até que a última pessoa desaba de cara no bolo de casamento, tipo alguma coisa de Videocassetadas (só que não tem absolutamente nada de engraçado em um bolo destruído).

Por isso, não se esqueça de amaciar os sapatos antes do grande dia... não só para evitar bolhas, mas também para não escorregar. Sapatos femininos costumam ter sola escorregadia. Você pode evitar a perda de equilíbrio em um momento inoportuno colocando adesivos antiderrapantes na sola (na parte de fora, não na de dentro, boba).

Se esquecer de comprar os adesivos, não se preocupe. Use a lâmina de uma faca com cuidado (para não cortar os dedos) para fazer entalhes na sola do sapato, em formato de grelha, e assim vai evitar escorregões em qualquer superfície (menos gelo. Mas se você for se casar em cima do gelo, seus problemas serão outros).

LIZZIE NICHOLS DESIGNS™

13

A fofoca está morrendo porque as pessoas se incomodam cada vez menos em falar sobre algo que não seja elas mesmas.

— *Mason Cooley (1927-2002), aforista norte-americano*

Quando finalmente consigo chegar à loja de Monsieur Henri naquela tarde, já não estou mais apavorada por ter convidado Tiffany e o namorado dela para o jantar. Foi a coisa certa a fazer. O Dia de Ação de Graças tem a ver com a família, e Tiffany com certeza faz parte da minha.

Bem, da minha família do trabalho, pelo menos. Claro que ela sabe ser irritante... até agora, só liberou uma gaveta no balcão da recepção para mim, e deixa doces meio mastigados e melados por *todo lado*. Além do mais, sempre apaga os sites de vestido de casamento que coloco nos favoritos do computador que a gente divide.

Mas ela também está sendo bem legal comigo. Deixa todas as suas revistas de moda por lá para eu ler (já que não posso me dar ao luxo de comprar para mim), e quase sempre tem uma dica de beleza para me dar (como, por exemplo, o fato de que vaselina tem o mesmo efeito sobre a pele seca que os hidratantes mais caros, ou que passar desodorante na virilha depois da depilação evita pelos encravados).

E isso é bem mais do que posso dizer de Madame Henri. Não a coisa do desodorante (claro que nunca cheguei perto dela e dei aquela cheirada), mas sobre o fato de ser legal comigo. Ah, claro, ela me tolera.

Mas isso só porque fico com uma boa parte da carga de trabalho do marido dela, permitindo que ele passe mais tempo em casa... o que não posso afirmar que o deixa inteiramente feliz.

Quando entro pela porta naquela tarde, aliás, Monsieur Henri e a esposa estão no meio de uma discussão violenta (só que é em francês, é claro, de modo que Jennifer Harris e a mãe dela, que estão lá para a última prova do vestido, não entendem).

— Precisamos fazer isto — está dizendo Madame Henri, enlouquecida. — Não sei como vamos conseguir de outra maneira. Maurice sugou todos os nossos serviços com aqueles anúncios de jornal. E quando ele abrir a loja nova aqui na rua... bom, não preciso nem dizer que vai ser o último prego no nosso caixão!

— Vamos esperar — responde o marido. — As coisas podem melhorar.

Então, ao reparar que cheguei, ele diz, em inglês:

— Ah, Mademoiselle Elizabeth! Então, o que acha?

Como se ele precisasse perguntar. Estou lá olhando para Jennifer Harris, que saiu do provador com o vestido e está...

Bem, parecida com um anjo.

— Adorei — Jennifer diz.

E qualquer pessoa poderia ver por quê. O vestido (que agora tem decote do tipo princesa e mangas de renda que cobrem os pulsos, com uma laçada que passa pelo dedo médio para mantê-la no lugar) ficou fantástico.

Mas é a própria Jennifer que está mais linda do que nunca. Ela está reluzente.

Claro que está reluzente porque arrasei no vestido dela.

Mas isso não vem ao caso.

— Você está com os sapatos que vai usar na cerimônia? — pergunto, com a última discussão entre Monsieur e Madame Henri já esquecida quando me aproximo para afofar a saia dela. Adicionei uma faixa de renda (para combinar com as mangas) na cintura, de modo que o visual ficou mais para renascentista. E isso combina muito bem com o pescoço longo dela e com o cabelo bem liso.

— Claro que sim — Jennifer responde. — Você me disse que era para usar, lembra?

A bainha está na altura perfeita (tocando no chão bem de leve). Ela parece uma princesa. Mais ainda, uma princesa de conto de fadas.

— As irmãs dela vão me matar quando a virem — a Sra. Harris diz... mas não de um jeito desagradável. — Porque ela está muito mais bonita do que qualquer uma delas.

— Mãe! — Jennifer sabe que está fantástica, então pode se dar ao luxo de ser gentil. — Você sabe que não é verdade.

Mas o fato de não conseguir tirar os olhos do próprio reflexo prova que ela sabe que *é* verdade.

Satisfeita com os resultados do meu trabalho (e de Monsieur Henri também. Afinal de contas, ele forneceu a renda), ajudo Jennifer a tirar o vestido e o embalo para ela enquanto a mãe paga a conta nada insignificante (que, apesar de tudo, foi bem menos do que se elas tivessem comprado um vestido novo, mesmo que tivessem procurado a Kleinfeld... credo!).

Entreguei a Jennifer o vestido protegido por uma capa de roupa e dei instruções sobre como tirar qualquer amassado com vapor (pendurar no banheiro e ligar o chuveiro com a água bem quente). Digo a ela para NÃO USAR FERRO DE PASSAR, independentemente do que aconteça. Jennifer está tão arrebatada com a maneira como ficou linda no vestido que só responde que tudo bem, meio tonta, e sai em direção ao local onde a mãe estacionou o carro sem proferir mais nenhuma palavra.

A mãe dela, no entanto, é mais cuidadosa. Para ao meu lado depois de pagar Monsieur Henri, dá um apertão na minha mão e diz, olhando bem nos meus olhos:

— Lizzie, obrigada.

— Ah, não tem de quê, Sra. Harris. — Só estou um pouco acanhada. É estranho receber um agradecimento por fazer algo que se ama e que se faria de qualquer maneira, independentemente de receber para isso ou não (que, nesse caso, é não).

Mas quando a Sra. Harris tira a mão dela da minha, vejo que eu estava enganada, porque ela me entregou uma nota discretamente.

Eu me lembro imediatamente do fundo de reserva de emergência da minha avó (que ainda está na minha bolsa) e olho surpresa para os dois zeros que seguem o número um na nota que a Sra. Harris me deu.

— Ah, não posso aceitar — começo a dizer.

Mas a Sra. Harris já saiu pela porta, prometendo que vai falar a respeito de Monsieur Henri para todas as amigas que têm filhas em idade de se casar.

— E vou me assegurar de que todas elas passem longe daquele Maurice horroroso! — É a última coisa que diz antes de sair.

No segundo em que ela deixa a loja, Madame Henri volta a falar grosso com o marido.

— E como se as coisas já não estivessem bem ruins, seus filhos ficaram no apartamento de novo ontem à noite!

— São seus filhos também — Monsieur Henri observa.

— Não — corrige Madame Henri. — Não são mais. Se eles só vêm para cá para ir a clubes e depois sujar o meu apartamento perfeitamente limpo... e eles sabem muito bem que não têm nada que ficar lá... são os *seus* filhos. Porque você não os educa.

— O que você quer que eu faça? — ele pergunta. — Quero que eles tenham as vantagens que não tive quando era jovem!

— Eles já tiveram vantagem de mais — diz Madame Henri, de modo enfático. — Agora já está na hora de se virarem sozinhos. Deixe que saibam como é a vida real, como é ter que ganhar o próprio dinheiro.

— Você sabe que não é fácil — Monsieur Henri diz.

Isso ele acertou. Olho para a nota de 100 dólares na minha mão. É o primeiro dinheiro "extra" que ganho desde que cheguei a esta cidade. Tudo aqui é tão caro! Parece que, assim que recebo meu pagamento, já fico sem nada de novo... vai tudo primeiro para o aluguel, depois para a companhia elétrica, depois para a comida, depois para a TV a cabo (porque não posso viver sem o canal Style) e no fim, se sobra alguma coisa, é para pagar a minha conta de celular.

— Bem — diz Henri Madame, com uma fungada. — Vou mandar trocar as fechaduras do apartamento. E vou ficar com a chave da loja. Escondida.

E os impostos da FICA? Parece que o FICA (*Federal Insurance Contributions Act*, a lei das contribuições de seguro federal; ou segundo Tiffany: *Fucking Idiots taking my Cash Assets*, Idiotas da Porra Levando Todo o meu Dinheiro) come uma parte maior do meu pagamento do que qualquer outra coisa.

— Quanto é que *isso* vai me custar? — Monsieur Henri quer saber.

— Seja lá quanto custe, vale a pena — Madame Henri declara. — Se significar que aqueles porcos não vão entrar em casa. Você tinha que ver o que encontrei no cesto de lixo do quarto. Uma camisinha! Usada!

É impossível fingir que eu não entendo francês ao escutar isso. Não posso deixar de fazer careta... principalmente quando Madame Henri exibe um saco plástico de lixo que supostamente encerra a evidência de sua afirmação.

— Eca! — exclamo.

Quando os dois Henri olham para mim com curiosidade, rapidamente franzo o nariz e digo:

— Esse saco de lixo está fedendo. — Porque é verdade, fede mesmo. — Quer que eu leve para fora?

— Hum, quero, obrigada — diz Henri Madame depois de hesitar por um instante. — É o lixo do nosso apartamento, no andar de cima.

Pego o saco com as pontas dos dedos.

— Vocês são donos do apartamento no andar de cima? — Isso é novidade para mim. Eu não sabia que eles eram donos de todo o prédio de tijolinhos em que a loja se localiza. E eu achava que eles moravam em Nova Jersey. Com certeza parece que eles vivem reclamando do trajeto de lá até aqui.

Monsieur Henri assente.

— Somos. Usamos o segundo andar como depósito. O último é um pequeno apartamento. Às vezes durmo lá quando preciso ficar trabalhando até tarde em um vestido... — Algo que não tem acontecido, até onde sei, há muito e muito tempo. Os negócios não andam assim tão bons a ponto de qualquer um de nós precisar fazer hora extra. — Se não, fica vazio. Nossos filhos usam de vez em quando...

— Sem permissão! — Madame Henri exclama em inglês. — Eu queria alugar para ajudar com os custos da loja... e para impedir que os porcos dos meus filhos achem que podem dormir lá sempre que perdem o trem para casa depois de uma noite de extravagâncias. Mas este bobo aqui não gosta da ideia!

— Não sei — Monsieur Henri diz, com cara de que as extravagâncias dos filhos não o incomodam tanto assim. — Não quero a responsabilidade de ter um inquilino. E imagine só se algum louco alugar, hein? Tipo essas coisas que vemos nos jornais? Uma pessoa com um monte de gatos que se recusa a sair? Não quero isso.

A resposta de Madame Henri é sacudir o punho fechado na frente do marido. Dou um sorriso e me esgueiro para fora, para depositar o saco de lixo na lata ao lado da entrada. É estranho saber de um apartamento que fica lá vazio enquanto tanta gente em Nova York procura lugar para morar... bom, só não fica vazio quando é usado como alojamento ocasional por dois garotos que gostam de cair na balada.

— Mademoiselle Elizabeth — Madame Henri diz quando eu retorno. — Será que conhece alguém interessado em alugar um pequeno apartamento prático?

— Não conheço ninguém — respondo. — Mas, se souber de alguém, aviso.

— Não pode ser qualquer um — insiste Monsieur Henri. — A pessoa precisa ter referências...

— E estar disposta a pagar dois mil dólares por mês — Madame Henri completa.

— Dois mil? — Monsieur Henri exclama em francês. — Isso é um roubo, mulher! Está louca?

— Dois mil dólares por mês por um lindo apartamento de um quarto é perfeitamente razoável! — retruca ela, também em francês. — Sabe quanto estão cobrando por uma quitinete? O dobro disso!

— Em prédios que têm piscina na cobertura! — Monsieur Henri desdenha. — E isso, o nosso com certeza não tem!

E os dois não param mais, um atacando o outro. Mas não me incomodo. A essa altura, já passei tempo suficiente com eles para saber que são assim. Quer dizer, eles passam o dia inteiro discutindo...

...mas já vi Madame Henri mexer do cabelo do marido de maneira extremamente amorosa, ao mesmo tempo em que o acusa de cultivar hábitos alimentares nada saudáveis de propósito, só para morrer primeiro e se livrar dela.

E Monsieur Henri vive olhando para as pernas da mulher ao mesmo tempo em que diz como as reclamações dela o enlouquecem.

Uma vez peguei os dois se beijando na sala dos fundos.

Casais. Eles são meio loucos, cada um a seu modo, acho.

Espero que quando Luke e eu estivermos com a idade de Monsieur e Madame Henri, sejamos igualzinhos a eles.

Menos a coisa da empresa perto da falência e dos filhos degenerados, claro.

Guia de Vestido de Noiva de Lizzie Nichols

Bolsa para todos os imprevistos!

Você já ficou pensando no que uma noiva deve levar consigo no dia do casamento? Bom, estou aqui para desvendar o mistério:

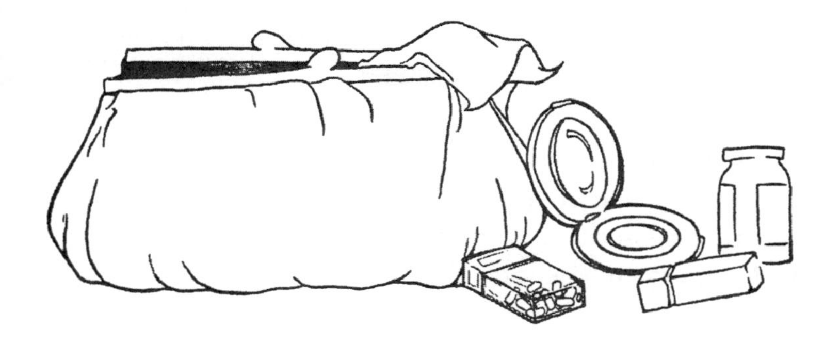

— Batom, pó compacto (para controlar o brilho) e corretivo (para o caso de manchas)
Mesmo que a sua maquiagem seja feita por um profissional, coloque esses itens em uma bolsinha. Você vai precisar deles, principalmente entre os brindes na recepção (noivas, sejam sutis com os retoques na maquiagem à mesa... peça licença e saia para qualquer coisa além de uma olhadinha rápida no espelho do pó compacto).

— Balinhas de menta
Acredite, você vai precisar delas.

— Remédios

Se você tem tendência a enxaqueca, pode saber que vai sofrer disso no dia do seu casamento. As enxaquecas com frequência são causadas por estresse, e o que existe de mais estressante além de se comprometer para a vida toda com o seu amor na frente de centenas de amigos e familiares? Assegure-se de que está levando seu remédio de enxaqueca consigo no seu dia especial, e também qualquer outro tipo de medicação útil, incluindo aspirina, relaxantes musculares (pegue leve com estes), calmantes leves e remédios homeopáticos, como óleos de aromaterapia.

— Desodorante

Se você sua mais do que o normal, principalmente quando está estressada ou sente calor, leve um tubinho em miniatura para emergências. Você não vai se arrepender.

— Produtos de higiene feminina

Acontece. Algumas de nós vamos estar menstruadas bem no dia do casamento. Se as datas coincidirem, use proteção de toda maneira, só por precaução, e leve algumas unidades extras para ficar ainda mais segura.

E, é claro:

— Lencinhos de papel

Você sabe que vai chorar — ou, pelo menos, alguém perto de você vai. Então, vá preparada.

14

Uma das minhas fontes de felicidade é nunca desejar ter nenhum tipo de conhecimento sobre os assuntos dos outros.

— Dolley Madison (1768-1849), primeira-dama dos Estados Unidos

Estou totalmente arrependida de ter concordado em deixar os pais de Luke ficarem no apartamento durante o feriado de Ação de Graças.

E, tudo bem, sei que o apartamento é da mãe dele. E sei que é superlegal da parte dela deixar a gente morar nele sem pagar aluguel (bom, no caso de Luke).

E sei que nós todos nos demos muito bem quando estávamos em Château Mirac, o lar ancestral da família De Villiers na França, durante o verão.

Mas uma coisa é compartilhar um castelo com os pais do seu namorado.

É bem diferente dividir um apartamento de um quarto com eles... e ao mesmo tempo prometer preparar um jantar de

Ação de Graças tradicional quando, na verdade, você nunca cozinhou tanto assim.

A gravidade da situação só se abateu sobre mim quando Carlos, o porteiro, interfonou para avisar que os pais de Luke haviam chegado. Uma hora antes do que estávamos esperando, e enquanto eu estava ocupada separando vários buquês de frésias e de íris que dei de presente para mim mesma (e também para a Sra. Erickson do 5B), da sessão de flores da Eli, compradas com parte dos 100 dólares da Sra. Harris. Não há nada mais acolhedor do que um vaso de flores frescas para receber visitas... e também não há presente melhor para alguém que a ajudou, como a Sra. Erickson fez ao me recomendar Monsieur Henri.

Mas quando as flores são compradas a granel e ainda precisam ser arranjadas, e estão jogadas em pilhas bagunçadas enquanto você procura vasos, fica meio difícil sentir o efeito acolhedor. Principalmente se você ainda está de moletom depois de voltar das compras (que ainda estão em sacos no chão da cozinha) e o seu namorado ainda não chegou da faculdade, e o porteiro interfona para informar que os seus "convidados" chegaram...

— Pode mandar subir — digo a Carlos pelo interfone. O que mais eu podia dizer?

Então começo a correr de um lado para o outro feito uma louca, tentando arrumar tudo. O apartamento não está assim *tão* ruim (sou meio obcecada por arrumação), mas todos os toques fofos que eu queria dar antes de os pais de Luke chegarem (uma bandeja com coquetéis recém-preparados — Kir Royal, que é o preferido deles; tigelinhas com castanhas; uma bandeja com queijos sortidos) vão ter que ser abandonados enquanto enfio a roupa suja em um cesto, passo uma escova rápida no cabelo, coloco na boca um pouco de brilho labial e abro a porta.

— Oláááááá! — exclamo e reparo que o Sr. e a Sra. de Villiers parecem... bem, mais *velhos* do que na última vez que os vi. Mas quem não fica assim depois de uma viagem de avião? — Vocês chegaram mais cedo!

— Não tinha trânsito no caminho do aeroporto — a Sra. de Villiers fala arrastado com seu sotaque texano e me dá um beijo em cada bochecha, como é o costume dela. — Para sair da cidade, sim. Mas, para entrar? Não. — O olhar dela percorre todo o apartamento, absorve os sacos de compra, a ausência de coquetéis e o meu moletom. — Desculpe por termos chegado mais cedo.

— Ah, não tem problema — digo em tom despreocupado. — Mesmo. Mas Luke ainda não chegou da aula...

— Então simplesmente vamos ter que começar a comemorar sem ele — Monsieur de Villiers e revela uma garrafa de champanhe gelado que conseguiu arrumar em algum ponto do trajeto do aeroporto até aqui.

— Comemorar? — Fico olhando para ele sem entender nada. — Tem alguma coisa para comemorar?

— Sempre tem alguma coisa para comemorar — responde ele. — Mas, neste caso, é o fato de o Beaujolais Nouveau ter sido lançado.

A mulher dele está puxando uma mala de rodinhas da Armani.

— Onde posso estacionar isto aqui? — ela quer saber.

— Ah, no seu quarto, é claro — digo e me apresso em pegar as taças de champanhe. — Luke e eu vamos ficar com o sofá.

Monsieur de Villiers faz uma careta quando a rolha da garrafa que ele está abrindo estoura.

— Eu disse que era melhor ficarmos em um hotel — diz para a mulher. — Agora os coitados vão ficar com lesões na lombar por dormirem em um sofá-cama.

— Ah, não — digo. — O sofá está ótimo! Luke e eu nos sentimos tão agradecidos a vocês dois por...

— É um sofá-cama ótimo! — insiste a Sra. de Villiers, a caminho do quarto. — Reconheço que não é o mais confortável do mundo, mas ninguém vai ficar com lesão na lombar!

Fico tentando imaginar como seria esta conversa se fossem os meus pais, e não consigo. Meus pais ainda não sabem que Luke e eu estamos morando juntos, e tenho toda a intenção de deixar as coisas assim... pelo menos até anunciarmos o noivado. Aliás, isso se algum dia ficarmos noivos. Não que eles tenham algum problema moral com pessoas que moram juntas antes de se casar. Eles simplesmente são contra eu morar com alguém que conheço há poucos meses.

E isso realmente diz muito a respeito de como eles confiam na minha capacidade de avaliar as pessoas.

Se bem que, examinando bem alguns dos meus ex, acho que eles talvez tenham certa razão.

— Tudo bem — garanto a Monsieur de Villiers. — De verdade.

— Bem — a Sra. de Villiers largou a mala dela no quarto e voltou —, fico feliz por ver que você está se sentindo em casa aqui.

Percebo que ela está falando da minha arara da Bed Bath & Beyond... e da minha coleção de vestidos vintage.

E que ela parece... *surpresa* em relação a isso.

E não necessariamente de maneira positiva.

— Ah — digo. — É. Sinto muito. Sei que as minhas roupas ocupam muito espaço. Espero que não se incomode...

— Claro que não! — responde a Sra. de Villiers com uma ênfase exagerada. — Fico feliz por você estar aproveitando o espaço. Foi uma máquina de costura que eu vi na minha penteadeira?

Ai. Meu. Deus.

— Hum, foi sim... bom, sabe como é, preciso de uma mesa para usá-la, e a sua penteadeira tem a altura exata... — Ela me odeia. Dá para ver. Ela me odeia totalmente. — Posso tirar se for necessário. Sem problemas...

— De jeito nenhum — a Sra. de Villiers responde com um sorriso que, bom, é um pouquinho forçado. — Guillaume, vou aceitar um pouco desse champanhe. Aliás, pode ser muito.

— Vou lá tirar — digo. — A máquina de costura. Desculpe, devia ter pensado nisso antes. Claro que a senhora precisa de um lugar para se maquiar...

— Não seja boba — a Sra. de Villiers diz. — Pode tirar depois. Sente-se aqui agora mesmo e tome um champanhe conosco. Guillaume e eu queremos saber tudo sobre o seu novo emprego. Jean-Luc disse que você está trabalhando em um escritório de advocacia! Deve ser muito emocionante. Eu não fazia ideia de que você se interessava por Direito.

— Hum — digo ao aceitar a taça que Monsieur de Villiers me oferece. — Não me interesso... — Por que não tirei a máquina de costura dali ontem à noite, quando me ocorreu que talvez a Sra. de Villiers não apreciaria vê-la ali bem no meio da penteadeira dela? *Por quê?*

— Está trabalhando como estagiária? — a Sra. de Villiers quer saber.

— Hum, não — respondo. E o que eu vou fazer com todas as coisas que coloquei no banheiro? Tem uma tonelada de produtos de beleza lá. Tentei entulhar tudo na nécessaire de plástico que usava na faculdade, mas desde que comecei a trabalhar com uma modelo, a quantidade de produtos cresceu muito, já que Tiffany não para de me dar amostras, e algumas são fantásticas. Tipo, qualquer coisa da Kiehl's, marca da qual confesso nunca ter ouvido falar antes de me mudar para cá. Mas agora estou viciada no protetor labial deles.

Mas onde eu ia colocar essas coisas se não fosse no banheiro? Só tem um banheiro... e é onde as nécessaires ficam...

— Trabalho administrativo? — pergunta a Sra. de Villiers.

— Não — respondo. — Sou recepcionista. Quer que eu tire as minhas coisas do banheiro? Porque posso fazer isso sem problema nenhum. Sinto muito se parece que as minhas coisas estão espalhadas por todo lado, eu sei que é muita coisa, mas posso mesmo tirar tudo da frente...

— Não se preocupe com isso — a Sra. de Villiers diz. Ela terminou sua primeira taça de champanhe e a estica na direção do marido para a segunda dose. — Quando é que Jean-Luc vai chegar em casa?

Ai, meu Deus. Que horror. Ela já está querendo saber quando Luke vai chegar. Quero saber a mesma coisa. Alguém precisa nos salvar deste silêncio desagradável... ah, espere, Monsieur de Villiers está ligando a TV. Graças a Deus. Vamos poder assistir ao noticiário ou algo assim...

— Ah, Guillaume, desligue isso — a esposa dele diz. — Estamos aqui para fazer uma visita, não para assistir à CNN.

— Só quero ver a previsão do tempo. — Monsieur de Villiers insiste.

— Você pode olhar lá para fora para ver como está o tempo — a mulher desdenha. — Está frio. Estamos em novembro. O que acha que vai acontecer?

Ai, meu Deus. Isto aqui é uma tortura. Eu vou morrer, simplesmente estou pressentindo. Vi a expressão de decepção no rosto dela quando eu disse que sou apenas uma recepcionista na firma do pai de Chaz. Por que ela fez aquela careta? Porque não consegue imaginar o filho namorando uma simples recepcionista. É verdade que a última namorada dele trabalhava em um banco de investimentos. Mas ela era mais velha do que eu uns dois anos! Mas tanto faz, ela tinha pós-graduação em administração! Eu me formei em artes. O que alguém poderia esperar?

Ai, meu Deus. Lá vem o silêncio desagradável. Nããããão... Certo, pense em alguma coisa para dizer. Qualquer coisa. Essas são pessoas inteligentes, intelectuais. Eu devia ser capaz de conversar com elas sobre qualquer coisa... absolutamente qualquer coisa...

Ah! Já sei...

— Sra. de Villiers, simplesmente adoro o seu Renoir — digo. — Aquele que está pendurado em cima da cama, sabe?

— Ah. — A mãe de Luke parece contente. — Aquela coisinha? Obrigada. É, ela é adorável, não é mesmo?

— Eu adoro — digo de coração. — Onde o conseguiu?

— Ah. — A Sra. de Villiers olha na direção da janela que dá vista para a Quinta Avenida, com um brilho distante nos olhos. — Foi um presente de alguém. Há muito tempo.

Não preciso ser telepata para saber que o "alguém" mencionado pela Sra. de Villiers tinha que ser um namorado. *Tinha* que ser. De que outra maneira explicar o jeito como ela ficou, parecendo devanear?

Poderia ser, não poderia?, aquele homem que fica ligando para o apartamento e perguntando por ela?

— Hum — respondo. Porque não sei mais *o que* dizer. O pai de Luke parece nem se dar conta, fica mudando de canal da New York 1 para a CNN. — Que belo presente.

A coisa mais cara que alguém já me deu foi um iPod. E foram meus pais.

— É — a Sra. de Villiers diz com um sorriso enigmático enquanto bebe seu champanhe. — Não é mesmo?

— Olhe. — Monsieur de Villiers aponta para a televisão. — Está vendo? Vai nevar amanhã.

— Bem, não precisamos nos preocupar com isto — diz a mulher dele. — Não temos nenhum lugar para ir. Vamos ficar aqui bem quietinhos e aconchegados.

Ai, meu Deus, é verdade. Vamos ficar fechados em casa o dia inteiro, eu cozinhando (com a ajuda de Luke, espero) e os pais dele. Deus. Sei lá. O que eles vão fazer? Assistir ao desfile da Macy's do Dia de Ação de Graças? Aos jogos de futebol americano? Por algum motivo, eles não me parecem ser o tipo de gente que assiste a desfiles nem a jogos de futebol americano.

E isso significa que eles só vão ficar aqui sem fazer nada. O dia inteiro. Lentamente sugando a minha alma com seus comentários aparentemente bem-intencionados, mas que no fundo são cortantes... *Você realmente devia pensar em fazer estágio em Direito, Lizzie. Assim ganharia muito mais dinheiro do que como uma simples recepcionista. O quê? Especialista certificado em vestidos de noiva?*

Nunca ouvi falar dessa carreira. Bom, é verdade que você fez maravilhas com o meu vestido de casamento. Mas isso não é exatamente uma carreira para alguém que tem diploma universitário. Quero dizer, assim não vai ser só uma costureira de alto nível? Não se preocupa em estar desperdiçando todo o dinheiro que seus pais gastaram na sua educação?

Não! Porque a minha educação foi de graça! Porque meu pai trabalha na faculdade em que estudei, e ensino gratuito para os filhos é um dos benefícios que ele recebe!

Ai, meu Deus. Por que nós todos nos demos tão bem na França, e agora não temos nada a dizer um ao outro aqui?

Eu sei por quê. Porque eles acharam que eu era só um casinho de verão de Luke. Agora está claro que sou mais do que isso, e eles não estão nada felizes com a situação. Eu sei. Simplesmente sei.

— Vocês devem estar morrendo de fome depois de uma viagem de avião tão longa — digo e me levanto de um pulo, determinada a não me deixar afundar no desespero. — Deixem-me preparar alguma coisa para comer.

— Não, não — Monsieur de Villiers diz. — Vamos levar você e Jean-Luc para jantar fora hoje. Fizemos reserva. Não é mesmo, Bibi?

— Sim — a Sra. de Villiers diz. — No Nobu. Você sabe como Jean-Luc adora sushi. Achamos que seria exatamente o que ele está precisando para se animar depois de tanto estudo.

— Certo — digo, desesperada, porque estou louca para não estar mais no mesmo aposento que eles. — Eu, hum, acabei de chegar do supermercado. Comprei uns queijos. Deixem-me servir um pouco para vocês. Assim podemos comer alguma coisa antes de Luke chegar e daí saímos para o restaurante...

— Não tenha trabalho por nossa causa — Monsieur de Villiers, abanando a mão em um gesto de dispensa. — Nós mesmos podemos pegar alguma coisa para comer!

Ai, meu Deus. Eles não vão nem me deixar dar uma de anfitriã. Mas acho que isso é compreensível, já que este apartamento nem é meu mesmo.

Mas eles também não precisam ficar esfregando isso na minha cara.

O telefone toca e me tira de minhas reflexões com um sobressalto. Não é o meu celular, é o telefone do apartamento, que está na lista com o nome de Bibi de Villiers. Desde que me mudei para cá, só tem uma pessoa que liga para este número.

O homem que deixa recados decepcionados para Bibi! Os recados que nunca passei para Luke.

Nem para a mãe dele.

— Hum, deve ser para você — digo a ela. — Luke e eu não usamos o seu número, temos os nossos celulares.

A Sra. de Villiers parece surpresa, mas contente.

— Quem pode ser? — pergunta, levantando-se e se dirigindo ao telefone. — Eu não disse a ninguém que estaria na cidade. Queria estar livre para fazer compras sem interrupções. Sabe como é.

Na verdade, eu sabia, sim. Não há nada mais irritante do que amigos que querem marcar um almoço com você quando o fim de semana está todo reservado para compras.

— Alô? — diz a Sra. de Villiers, depois de tirar o telefone do gancho e remover o brinco de pressão da orelha direita.

E eu achava que minha mãe era a única mulher do mundo sem orelhas furadas.

Percebo no mesmo instante que é O Sujeito Que Anda Deixando Todos Aqueles Recados. Dá para ver pela expressão surpresa e ao mesmo tempo satisfeita no rosto adorável da Sra. de Villiers. E também pelo olhar rápido e preocupado que ela lança para as costas do marido antes de falar com um suspiro:

— Ah, querido, quanta gentileza da sua parte ligar. É mesmo? Não, eu não estou aqui. Não, estive na França, e depois voltei para Houston. Sim, é *claro* que com Guillaume, bobo.

Hummm. Então O Sujeito Que Anda Deixando Todos Aqueles Recados sabe que ela é casada.

O que estou pensando? É *claro* que ele sabe. É por isso que só liga para o telefone particular dela.

Uau. Não dá para acreditar que a mãe de Luke esteja traindo o pai dele. Ou pelo menos estava, acho. Coisa que na época não era necessariamente traição, porque eles estavam separados, e no processo de se divorciar. Eles só voltaram há alguns meses, durante o verão... por minha causa.

A questão é que, agora que o verão acabou e a vida voltou ao normal (se é que se pode chamar de vida normal o fato de se ter três casas, incluindo um castelo na França, uma mansão em Houston e um apartamento na Quinta Avenida em Manhattan), será que o amor renovado deles vai sobreviver?

— Sexta-feira? Ah, querido, eu adoraria, mas você sabe que reservei o dia para fazer compras. É, o dia todo. Bem, acho que posso. Ah, mas como você é insistente. Não, eu realmente admiro isso em um homem. Certo. Então fica para sexta-feira. Tchauzinho.

É. Vai ver que não.

A Sra. de Villiers desliga o telefone e volta a colocar o brinco. Ela está sorrindo de um jeito bem satisfeito.

— Quem era, *chérie*? — o pai de Luke pergunta.

— Ah, ninguém — a Sra. de Villiers diz em tom despreocupado. Despreocupado *demais*.

Naquele instante, ouço a chave de Luke na porta. E quase desmorono de alívio.

— Vocês chegaram! — exclama ele quando entra e vê os pais. — Estão adiantados!

— Ah! — Monsieur de Villiers parece contente. — Ele chegou!

— Jean-Luc! — A mãe abre os braços. — Venha dar um beijo na sua mãe!

Luke atravessa a sala para dar um abraço na mãe, depois dá um beijo em cada bochecha do pai. Então ele se aproxima de mim, me dá um beijo (na boca, não nas bochechas), e sussurra:

— Desculpe por eu ter me atrasado. O metrô estava muito cheio. O que perdi? Preciso saber de alguma coisa?

— Ah — digo. — Não exatamente.

Afinal, o que mais eu posso dizer? *Os seus pais não me deixam oferecer nada para eles comerem, acham que não sou boa o suficiente para você, o jantar de amanhã vai ser um desastre e, aliás, acho que a sua mãe está tendo um caso?*

Posso ter a boca grande, mas estou aprendendo a me controlar.

Guia de Vestido de Noiva de Lizzie Nichols

Mas o que vai coroar a sua glória?

As noivas têm várias opções quando se trata de adorno de cabeça para o dia especial. Enquanto algumas optam por deixar a cabeça sem nada, outras escolhem um véu, uma guirlanda de flores ou uma tiara — às vezes, as três opções juntas!

Existem tantos adornos de cabeça diferentes quanto existem noivas diferentes. Entre os meus preferidos estão:

Guirlanda de flores: Nada é tão "noiva" como flores... e um círculo de botões de rosa branca e raminhos verdes nunca sai de moda.

Tiara: Já não é exclusividade da realeza! Muitas noivas escolhem colocar um enfeite com diamantes (ou strass) para brilhar.

Faixa: Pode ser de tudo, desde uma faixa fina até um pente bem ornamentado para segurar tanto o cabelo quanto o véu no lugar.

Coque: Este enfeite circular fica preso ao penteado, e o véu sai dele.

Coroa: Por que enganar a si mesma? Se uma tirara funciona, por que não escolher algo maior e melhor?

Redinha: Deu certo para a sua avó. Uma redinha decorada pode ser ajustada na parte de trás da cabeça, segurando o cabelo.

Gorro de Julieta: Igual ao modelo que Julieta usava na peça famosa — um gorrinho que se ajusta bem em cima da cabeça, geralmente decorado com pequenas pérolas.

E, é claro, uma novidade que anda fazendo muito sucesso:

Chapéu de caubói: As noivas do interior não querem nem saber de se casar sem um destes!

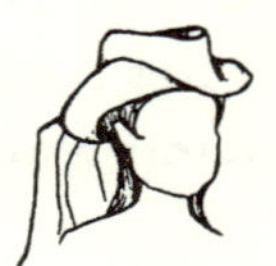

Qual fica melhor em você? Bem, experimentar para descobrir é metade da diversão!

LIZZIE NICHOLS DESIGNS™

15

A ideia que um puritano faz do inferno é um lugar onde cada pessoa só pode cuidar da própria vida.

— *Wendell Phillips (1811-1884), abolicionista norte-americano*

Falta uma hora para o peru ficar pronto, e acho que está tudo sob controle.

Não, é sério.

Para começar, a Sra. Erickson me revelou um segredinho de Nova York: no açougue do bairro, vendem perus pré-cozidos. Depois que a sua ave encomendada chega em casa, só precisa enfiar no forno para dourar, regando de vez em quando... e fica com aparência (e cheiro) de que você passou o dia todo se matando na cozinha.

E foi muito fácil mostrar a todos os De Villiers (até para Luke) que tinha sido exatamente isso o que fiz. Só precisei me levantar antes de todos eles (o que não foi problema nenhum, já que todos dormem como pedras) e ir de fininho até o apartamento da Sra. Erickson. Mandei entregar o peru na casa dela, e ela prometeu guardar para mim até que eu pudesse buscar.

Quando peguei (com o saquinho de miúdos que veio junto para o molho), levei para o apartamento da Sra. de Villiers e joguei fora todo o invólucro revelador. Perfeito.

Luke acordou um pouco mais tarde e começou a preparar a contribuição dele para a refeição: cebolas e couves-de-bruxelas assadas com alho, e a Sra. de Villiers insistiu em contribuir com um acompanhamento de batata doce (felizmente, sem marshmallow. Eu adoro isso, mas Chaz e Shari já estão trazendo três tipos de torta, porque gosto de abóbora, Chaz gosta de morango com ruibarbo e Shari gosta de noz-pecã, e isso mais do que basta no quesito doces).

Monsieur de Villiers contribuiu reunindo todos os vinhos dele e colocando na ordem em que deseja que sejam consumidos.

Então, de modo geral, está tudo de acordo com os planos. Os convidados estão chegando. Tiffany (resplandecente com um macacão de camurça que uma vez fez Roberta mandá-la para casa por usá-lo no escritório) apareceu com Raoul, que acabou se revelando um homem normal e bem agradável de uns 30 anos, muito bem-educado (ele trouxe consigo uma garrafa do Beaujolais que anima tanto Monsieur de Villiers. Parece que ele entende de vinho, ainda que mais das variedades produzidas na Argentina).

Então os dois começaram a falar sobre uvas e solo, enquanto a Sra. de Villiers arrumava a mesa, dobrando cada guardanapo de pano com muito cuidado, de modo a formar um leque, e usando três garfos do faqueiro de prata dela para cada um, colocando-os com cuidado extra, um ao lado do outro... talvez devido aos Bloody Marys que Luke insistiu em preparar para os pais (e não deixou nenhum copo esvaziar) desde que eles acordaram. ("De que outra maneira", ele me perguntou, bem baixinho, "nós todos vamos conseguir nos dar bem o dia todo em um espaço tão pequeno?")

Mas parece que os pais dele nem se incomodam. Quando tirei a máquina de costura do lugar onde estava, a mãe de Luke ficou feliz da vida. Mas isso pode ter alguma coisa a ver com o fato de que Luke está tomando o maior cuidado para nós duas não voltarmos a ficar sozinhas.

E tudo bem. Na verdade tenho que trabalhar amanhã (os sócios vão ter a sexta-feira depois do Dia de Ação de Graças livre nos escritórios de advocacia movimentados, mas as recepcionistas certamente não), então vai ser tarefa de Luke entreter os pais. A mãe dele, é claro, já fez outros planos (sobre os quais não informou a ninguém). Luke e o pai estão pensando em visitar museus...

...onde vamos passar o dia todo no sábado, antes de ir juntos ao teatro, para meu primeiro musical da Broadway: a Sra. de Villiers tem quatro entradas para *Spamalot*. Felizmente eles vão embora no domingo, quando acho que a minha tolerância para dividir um apartamento de um quarto com os pais do meu namorado vai estar totalmente esgotada.

Tiffany, no entanto, parece completamente entusiasmada com os De Villiers... na verdade, está fascinada por eles. Ela vem para a cozinha o tempo todo, fingindo que está me ajudando a cuidar do peru, chega do meu lado e fica perguntando coisas do tipo:

— Então... aquele velho? É verdade que ele é príncipe?

Amaldiçoo o dia em que falei sobre a coisa da realeza com Tiffany. Falando sério, não sei onde estava com a cabeça. Contar um segredo para ela é igual a falar uma coisa para um papagaio. Só uma tonta acharia que ela não contaria para ninguém.

— Hum, é — digo, irritada. — Mas, lembre-se, eu já disse. A França não reconhece mais seus antigos monarcas (ou sei lá o quê). E, sabe como é. Existem tipo uns mil príncipes. Acho que na verdade eles são condes.

Tiffany, como de costume, ignora a minha resposta completamente.

— Então Luke também é príncipe. — Ela está observando Luke do outro lado do balcão enquanto ele arranja uma bandeja de petiscos (coquetel de camarão e legumes crus) na mesinha de centro na frente do sofá, onde o pai dele e Raoul conversam animadamente sobre vinhos. — Cara, você arrasou no quesito namorado.

Agora estou incomodada. Não só porque são quase cinco horas e pedi a Chaz e Shari que estivessem aqui às quatro e não há sinal deles. E isso não é assim tão estranho, porque está nevando lá fora e parece que a menor nevezinha que cai paralisa Nova York inteira... ainda mais quando todo mundo está de folga porque é feriado.

Mesmo assim, não é do feitio de Shari não ligar. Nem me deixar assim na mão com os meus futuros sogros (assim espero), sem minha melhor amiga para me animar.

Mas Tiffany parece estar se esforçando, mesmo que de maneira inconsciente.

— Não é por isso que gosto dele — sussurro para ela. — Você sabe disso.

— Certo — diz Tiffany com voz cansada. — Eu sei, eu sei. É por causa da coisa de ser médico. Ele vai salvar a vida das criancinhas. Blá-blá-blá.

— Bom — digo. — Não é só por isso. Mas, sim, isso faz parte. Isso e a coisa de ele ser o melhor namorado que já existiu.

— É — diz Tiffany, esticando a mão para pegar um pedaço de queijo da cestinha que coloquei no balcão, pronta para ir para a mesa assim que Chaz e Shari chegarem... seja lá quando for. — Mas, sabe como é, os médicos hoje em dia já não ganham mais muito dinheiro. Por causa dos planos de saúde. Quero dizer, a menos que eles façam cirurgias plásticas.

— É — respondo, levemente incomodada. — Mas Luke não está fazendo isso por causa de dinheiro. Ele trabalhava em um banco de investimentos. Mas desistiu porque percebeu que salvar vidas é mais importante do que ganhar dinheiro.

Tiffany mastiga o queijo fazendo muito barulho.

— Isso depende da vida de quem estamos falando — diz. — Tipo, algumas vidas valem mais do que outras. Estou mentindo?

— Bem — não sei como responder a isso —, mas não faz diferença se ele vai ganhar dinheiro ou não. Porque pretendo ganhar dinheiro suficiente para nós dois.

Tiffany de fato parece se interessar quando digo isso.

— Mesmo? Fazendo o quê?

— Desenhando vestidos de noiva — explico. — Você sabe. — Ajudaria se ela prestasse atenção de vez em quando. — Ou, devo dizer, com recuperação de vestidos. E reformas.

Tiffany fica olhando para mim.

— Quer dizer, tipo a Vera Wang?

— Tipo — respondo. Acho que não vale a pena explicar.

— Não sabia que você tinha estudado moda — diz Tiffany.

— Não estudei — respondo. — Mas me formei em história da moda na Universidade de Michigan.

Tiffany dá uma gargalhada de desdém.

— Ah, bom, isso explica muita coisa.

Olho para ela com ódio. Só a convidei para ser simpática. Não preciso ser insultada na minha própria casa. Ou na própria casa da mãe do meu namorado.

Mas, antes que eu possa dizer qualquer coisa, somos interrompidas... e, infelizmente, não é pela chegada de Chaz e Shari.

— Vamos passar dos Bloody Marys para o vinho. — Monsieur de Villiers aparece ao balcão da cozinha americana para anunciar. Tem na mão uma das garrafas de vinho tinto que

Raoul trouxe. — Esta é uma garrafa do primeiro Beaujolais da temporada. Você simplesmente precisa experimentar uma taça. Sinto muito por seus amigos ainda não estarem aqui, mas é uma emergência! Uma emergência de vinho! Todo mundo precisa beber um pouco!

— Ah, isso me parece ótimo, Monsieur de Villiers — digo e aceito a taça que ele acaba de me servir. — Obrigada.

Tiffany também pega uma taça, e então diz, com uma risada, quando o pai de Luke se afasta:

— Ele é um amor.

— É mesmo — respondo e olho para o homem mais velho com a jaqueta esporte azul-marinho e gravata de bolinhas. — E não é? — Como Bibi de Villiers pode traí-lo? Simplesmente me parece tão... frio.

E completamente nada a ver com ela, de certo modo. Ah, ela tem muito estilo, e parece gostar de fazer as pessoas pensarem que a única coisa que tem em mente é a mais nova bolsa Fendi e a alta-costura de Marc Jacobs.

Mas vi como o rosto dela amoleceu um pouco quando mencionei o Renoir. Ela adora aquele quadro... não só a pessoa que deu aquilo para ela, mas a pintura em si. A pessoa precisa ser pelo menos um pouco profunda para amar um quadro tanto assim. Pelo menos na minha opinião.

Então que história é essa de uma mulher assim concordar em se encontrar com o amante (se o Cara do Telefone for isso) pelas costas do marido, com quem reatou há pouco tempo?

Não que eu vá dizer qualquer coisa sobre o assunto. Quando Luke chegou em casa na primeira noite que os pais dele estavam aqui e a mãe perguntou, depois de dar um beijo nele, se tinha recebido algum recado para ela, porque um amigo disse que havia ligado várias vezes...

Luke só deu de ombros e disse:

— Nunca recebi recado nenhum para você. Lizzie? Algum dia você chegou em casa e viu algum recado para a minha mãe?

Quase engoli a língua de tão envergonhada que fiquei.

— Recado? Está falando da secretária eletrônica? — Eu estava enrolando para ganhar tempo, mas no fim só consegui parecer mais idiota do que a mãe de Luke já pensa que sou.

— Costuma ser onde as pessoas deixam recado — ela disse, de um jeito não completamente desagradável.

Ótimo. Agora ela acha que sou mais idiota ainda.

— Hum — fale, ainda enrolando para ganhar tempo. — Hã. — Ótimo, porque gaguejar também ajuda.

Daí, como sempre, minha tendência a falar bobagem se instalou... mas pelo menos desta vez foi para o meu bem.

— Bem, sabe como é — comecei. — Algumas vezes eu cheguei em casa e a luzinha estava piscando, mas quando apertava play, nunca tinha nada na fita. Talvez o aparelho esteja quebrado ou algo assim.

Para o meu alívio duradouro, a Sra. de Villiers assentiu e disse:

— Ah, sim, é claro, pode estar. Já é bem velha. Acho que eu devia parar de ser tão avessa à tecnologia e arrumar um correio de voz. Bom, mais uma coisa para colocar na minha lista de compras!

Ótimo. Agora a mãe de Luke vai assinar um plano de correio de voz porque a fiz pensar que há algo de errado com uma secretária eletrônica que funciona perfeitamente bem.

Mas o que eu poderia ter dito? *Ah, sim, Sra. de Villiers, tem um homem com um sotaque estrangeiro sensual que deixou um monte de mensagens, mas eu apaguei porque achei que era o seu amante e quero que você e o seu marido fiquem juntos?*

É. Isso faria com que os pais de Luke gostassem de mim mais do que nunca.

— O que vocês acharam do vinho? — Raoul enfia a cabeça na cozinha para perguntar para mim e para Tiffany. Ele tem uma beleza morena, mas não aquele tipo de visual que Shari chamaria de "bonitinho demais". Ele tem sorriso fácil e muitos pelos no peito, que ficam escapando pelo colarinho aberto da camisa... que só está com um botão solto.

— Está ótimo — digo.

— Eu amei. — Tiffany se inclina por cima do balcão para dar um beijo nele, praticamente enfiando o joelho na minha tigela de molho de framboesa. — Do mesmo jeito que amo você...

Os dois estão falando como se fossem bebês e faço o máximo possível para não vomitar quando o interfone toca.

— Ah. — Ouço Luke dizer. — Devem ser eles, finalmente. — Ele pega o interfone e diz a Carlos para deixar Chaz e Shari subirem.

Finalmente. Afinal, já estava na hora. O peru estava correndo o risco de secar. Aliás, quanto tempo se pode deixar uma ave aquecendo? Principalmente quando se trata de uma ave que já foi assada uma vez... ou sei lá como fazem com perus pré-assados.

Tiro do forno, aliviada de ver que a pele está dourada e não queimada, como temia que ficasse, e deixo descansar um pouco no próprio caldo, como mandava o manualzinho que veio com ele (e também a Sra. Erickson que, com 70 anos, sabe bem o que é um bom peru).

A campainha toca e Luke vai atender.

— Ei! — Ouço quando ele diz, todo animado. — Porque você demorou... opa, cadê a Shari?

— Não quero falar sobre o assunto. — Chaz está tentando manter a voz baixa, mas eu ainda consigo ouvir. — Olá, Sr. e Sra. de Villiers. Faz tempo que não nos vemos. Vocês estão ótimos.

Tiffany apareceu no balcão da cozinha e agora está inclinando o corpo bem torneado (tenho certeza de que ela está usando collant modelador Spanx por baixo daquele couro todo) através da porta para dar uma olhada em Chaz.

— Ei — diz ela, parecendo decepcionada. — Achei que ele traria a sua amiga. Essa sua amiga de quem você fala o tempo todo, Shari. Onde ela está?

Coloco a cabeça para fora da porta da cozinha e vejo Chaz entregando duas caixas de torta para Luke. A porta de entrada está fechada. E Shari não está em nenhum lugar à vista.

— Oi — digo e saio da cozinha com um sorriso. — Cadê a...

— Nem pergunte — Luke sussurra para mim, aproximando-se com as caixas de torta. Em tom mais alto, diz: — Olhem, Chaz passou o dia inteiro cozinhando, não só uma, mas duas tortas para sobremesa. Morango com ruibarbo e a sua preferida, Lizzie... abóbora. Shari não está se sentindo muito bem, por isso não veio. Mas isso só significa que vai ter mais para nós, não é mesmo?

Ele enlouqueceu? Está me dizendo que a minha melhor amiga não vai poder comparecer ao jantar de Ação de Graças porque está meio mal... e acha que não vou fazer nenhuma pergunta?

— O que há de errado com ela? — indago a Chaz, que foi diretamente para o bar que Monsieur de Villiers montou no carrinho de bebidas antigo da esposa, e está se servindo de um uísque (caubói) que engole bem rápido e logo se serve de outro. — Ela está gripada? Está havendo uma onda de gripe. Está mal do estômago ou com dor de cabeça? Quer que eu ligue para ela?

— Se for ligar — diz Chaz, com a voz rouca do uísque e talvez mais alguma coisa —, é melhor tentar o celular, porque ela não está em casa.

— Não está em casa? E está doente? Ela... — Eu arregalo os olhos... então abaixo a voz para que os De Villiers, Tiffany e Raoul não possam me ouvir. — Ai, meu Deus, ela não foi trabalhar, foi? Ela foi para o trabalho doente... e ainda por cima no feriado? Chaz, ela perdeu a cabeça completamente?

— É bem possível — responde Chaz. — Mas ela não está no escritório.

— Onde ela está, então? Não estou entendendo...

— Nem eu — diz Chaz, servindo-se do terceiro uísque. — Pode acreditar.

— Charles! — Monsieur de Villiers finalmente percebeu que Chaz está se servindo no bar... e não do vinho que Raoul trouxe, ainda por cima. — Você precisa experimentar o vinho que este rapaz trouxe. É o novo Beaujolais! Acho que você vai gostar ainda mais do que de uísque!

— Duvido muito — Chaz responde. — Mas o efeito do álcool parece já ter melhorado o humor dele. — Como estão as coisas, Guillaume? Está bonito com essa gravatinha. Como é que se chama? *Cravat*? Ou *ascot*?

— Bom, eu não sei — confessa Monsieur de Villiers. — Mas não faz diferença. Precisa vir aqui experimentar uma taça deste...

Ele leva Chaz embora antes que eu possa fazer mais perguntas.

— Então, sua amiga está doente, hein? — Tiffany vem para o meu lado para encostar em mim com aquela barriga côncava. — Que pena. Eu estava ansiosa para conhecê-la. Ei, que negócio é esse de tantos quadros nas paredes? São de verdade ou não?

— Será que pode me dar licença um momento, por favor? — pergunto a Tiffany. — Só preciso, hum, dar uma olhada no peru.

Ela dá de ombros.

— Tanto faz. Ei, Raoul. Você precisa contar para eles sobre aquele cavalo de corrida que você tinha...

Corro para a cozinha, onde Luke está tentando achar um lugar para colocar as tortas, o que não é nada fácil, levando em conta que há tanta comida em cima dos balcões de granito que eles estão quase envergando.

— Então, o que ele disse para você? — Eu fico na ponta dos pés para falar no ouvido dele. — Chaz, quero dizer. Sobre Shari. Quando ele chegou, sabe?

Luke só balança a cabeça.

— Acho que, se ele pediu para não perguntar, é para não perguntar.

— Preciso perguntar — disparo. — Ele não pode simplesmente chegar aqui sem a minha melhor amiga e pedir para eu não perguntar onde ela está. Claro que vou perguntar, o que ele acha?

— Bom, você perguntou — Luke diz. — O que ele disse?

— Que ela estava doente. Mas que não estava em casa nem no escritório. Mas isso não faz o menor sentido. Onde mais ela poderia estar? Vou telefonar para ela.

— Lizzie. — Luke fica olhando desconsolado para toda a comida, sendo que uma parte dela ainda está chiando no fogão. Então ele olha para mim. Mas alguma coisa na minha expressão deve ter sinalizado que era melhor não prosseguir, já que ele só disse, com um dar de ombros: — Ligue. Vou começar a pôr a comida na mesa.

Dou um beijo rápido nele e vou correndo até onde o meu celular está carregando (a ligação que fiz para desejar feliz Dia de Ação de Graças para os meus pais acabou com a bateria, já que eles me forçaram a falar com todas as minhas irmãs, os vários filhos delas e também com a minha avó, que nem queria falar comigo, porque isso faria com que ela precisasse desviar a atenção do episódio de *Nip/Tuck* que estava assistindo... "Eu simplesmente adoro o Dr. Troy", falou, porque parecia que a *Doutora Quinn* ainda não tinha começado).

— Hum, já volto — digo aos meus convidados. — Só preciso dar uma corridinha até o mercado para comprar mais, hum, creme.

A Sra. de Villiers (a única além de Luke que sabe como o apartamento fica muito, muito longe de qualquer mercado que possa vender creme no Dia de Ação de Graças) olha para mim, horrorizada.

— Não podemos ficar sem? — ela quer saber.

— Hum, não se quisermos creme batido com a nossa torta de abóbora! — digo.

E saio pela porta. Felizmente, parece que ninguém reparou que eu não estava de casaco. Nem de bolsa, aliás.

Assim que chego à porta da saída de emergência, começo a discar. Na escada está frio... mas não tem ninguém. E, pelo menos desta vez, consigo um sinal ótimo. Shari atende no segundo toque.

— Não quero falar sobre isto agora — ela diz. Ela sabia que era eu por causa do identificador de chamadas. — Aproveite o jantar. Nós conversaremos amanhã.

— Hum, não, *nada disso* — digo. — Vamos conversar agora mesmo. Onde você está?

— Estou bem — Shari diz. — Estou na casa da Pat.

— Na casa da Pat? A sua chefe? O que está fazendo aí? Devia estar aqui. Olhe, Shari, sei que você e Chaz brigaram, mas você não pode me deixar sozinha com toda esta gente deste jeito. Tiffany está de macacão de *camurça*. Com um zíper que vai da garganta à virilha. Você não pode fazer isso comigo.

Shari está rindo.

— Desculpe, Lizzie — diz. — Mas você vai ter que se defender sozinha, não vou sair daqui.

— Fala sério! — Estou implorando, mas nem ligo. — Vocês brigam o tempo todo. E sempre fazem as pazes.

— Não é briga — Shari diz. — Ouça, Lizzie, estamos bem no meio do jantar aqui. Sinto muito mesmo. Ligo amanhã e explico, certo?

— Shari, não faça isso. O que ele fez desta vez? Já vi que ele está se sentindo péssimo. Já tomou três uísques, e acabou de chegar. É só que...

— Lizzie. — A voz de Shari parece diferente. Não está triste. Nem alegre. Só diferente. — Ouça. Eu não vou até aí. Não quis contar porque não queria que você tivesse um ataque... quero que aproveite o seu feriado. Mas Chaz e eu não tivemos uma simples briga, certo? Nós terminamos. E eu saí da casa dele.

Guia de Vestido de Noiva de Lizzie Nichols

Como encontrar o vestido perfeito para as suas madrinhas...

Sei o que você está pensando. Está se lembrando de todos aqueles vestidos horrorosos que foi obrigada a usar no casamento de suas irmãs e amigas, e quer se vingar escolhendo alguma coisa igualmente assustadora e forçando-as a usar.

Bom, pode parar agora mesmo.

Esta é a sua oportunidade de ser uma pessoa superior... e, também, de acumular um pouco de carma bom de noiva (e, vamos encarar, todo mundo pode aproveitar um pouco disso).

É impossível achar um vestido que caia bem em todo mundo — a menos, é claro, que todas as suas madrinhas sejam modelos da Victoria's Secret (mas, mesmo assim, vai haver problemas em relação à cor. Nem top models ficam bem com todas as cores).

Mas você pode reduzir a angústia das suas damas de honra de maneira significativa, da seguinte maneira:

Escolha um tipo de vestido que caia bem na pessoa que tem o pior corpo do grupo. Se ficar bem na sua sobrinha que usa tamanho 48, vai ficar bom na sua colega de faculdade tamanho 38. Ou — e eu sei que isso é radical — dê às suas madrinhas uma cor que você sabe que cai bem em todo mundo (preto combina com quase todas as pessoas) e peça para que elas escolham seus próprios vestidos. É verdade que não vai ficar exatamente combinandinho. Mas elas têm personalidades diferentes. E é por isso que você as ama, não pela aparência.

Se você realmente quiser que todas usem o mesmo vestido, escolha um pelo qual todas possam pagar, ou pague você mesma. É, eu sei — elas fizeram você pagar pelo vestido de madrinha *delas*, então por que você pagaria pelos seus? Mas nós estamos ELEVANDO o nível, lembra? Pedir para as suas amigas e familiares gastarem 300 dólares em um vestido que elas nunca mais vão usar não é razoável (NÃO diga a si mesma que vão. Pare de se enganar, elas NÃO VÃO). Escolha um que elas possam pagar com facilidade, ou pague você.

Alterações, alterações, alterações. Uma boa costureira pode resolver vários problemas de ajuste. Contrate uma. E assegure-se de que as suas madrinhas comprem o vestido delas com antecedência o bastante para que dê tempo de fazer os ajustes necessários.

Seu casamento supostamente deve ser um momento feliz. Uma razão por que algumas noivas têm problemas é pelo fato de se recusarem a ser flexíveis e por só pensar em seus próprios sentimentos e desconsiderar o dos outros. NÃO SEJA UMA NOIVA ASSIM.

As madrinhas vão agradecer.

Lizzie Nichols Designs™

16

Não testemunhe com a boca aquilo que você
não viu com os olhos.

— *Provérbio judaico*

— Não foi só uma coisa — diz Shari enquanto tomamos um shake de chá com tapioca durante seu intervalo em um lugar perto de onde ela trabalha chamado Village Tea House. Eu queria que nos encontrássemos no Honey's, mas ela disse que não quer mais saber de bares caídos. E acho que dá para entender.

Mas eu meio que prefiro boxes de vinil vermelho a almofadas de veludo pelo chão. E Coca diet a chá de ervas com tapioca no fundo. Não servem Coca diet no Village Tea House. Eu perguntei. Só servem bebidas com ingredientes "naturais" aqui.

Até parece que tapioca é natural.

— Nós apenas... nos afastamos, acho. — continua Shari, dando de ombros.

Ainda estou com dificuldade para processar tudo isso. O negócio de Shari e Chaz terminarem, quero dizer. E ela sair da casa dele... e perder o meu jantar de Ação de Graças que, não quero me gabar, até que ficou muito bom.

Bem, tirando a parte em que Sra. de Villiers insistiu para que todos nós fizéssemos adivinhações depois do jantar e a equipe dela, formada por Luke, Tiffany e ela, acabou com a minha que tinha Chaz (tão bêbado que mal conseguia se mexer), Monsieur de Villiers (que não entendeu nada sobre como era a brincadeira) e Raoul (idem). Não que eu seja competitiva nem nada. Só detesto essas brincadeiras bobas de festa.

Ah, e a parte em que tive que me arrastar para o trabalho hoje de manhã na Pendergast, Loughlin e Flynn, apesar de praticamente ninguém ter ligado e eu ser a única pessoa que estava lá, tirando todos os sócios menores, quero dizer. E Tiffany, que apareceu de ressaca (claro), dizendo que ela e Raoul saíram depois do meu jantar e se "acabaram" de tanto beber no Butter com um monte de outras modelos (não sei como essas mulheres conseguem beber tantos coquetéis calóricos, como mojitos e cosmopolitans, e continuar tão magras).

— Não entendo como vocês podem ter se afastado se estavam morando juntos — digo a Shari e balanço a cabeça. — O apartamento de Chaz não é tão grande assim.

— Não sei. — Shari dá de ombros mais uma vez. — Acho que simplesmente me desapaixonei dele.

— Foi o negócio das cortinas, não foi? — Não consigo deixar de perguntar, tristonha.

Shari fica olhando para mim de boca aberta.

— O quê? As cortinas que você fez?

Faço que sim com a cabeça.

— Eu não devia ter aceitado o material que Chaz escolheu.

Chaz insistiu para que eu fizesse as cortinas da sala deles com uma peça de cetim vermelho que ele encontrou em um brechó de Chinatown. Eu não ia concordar (estava pensando em um linho esverdeado neutro), mas o tecido era todo bordado com caracteres chineses dourados (o balconista da loja disse que eles diziam "boa sorte") e tinha um visual kitsch tão delicioso que concordei com Chaz que realmente ia animar o lugar, e que Shari acharia divertido.

Mas quando cheguei para pendurar as cortinas prontas, Shari me perguntou na lata se eu estava tentando fazer o apartamento deles parecer o Lung Cheung, o restaurante chinês do bairro em que a gente ia comer quando era criança em Ann Arbor.

— Não, claro que não foi por causa das cortinas — diz Shari com uma risada. — Mas vou dizer que, com aqueles sofás dourados, a casa ficou mesmo parecendo um bordel.

Solto um resmungo.

— Achamos que você ia gostar, de verdade.

— Olhe, Lizzie, qualquer coisa que alguém tivesse feito com o apartamento não faria a menor diferença. Eu nunca ia gostar de morar lá, porque não gostava de quem eu era quando estava morando lá.

— Bem, então talvez seja melhor assim — digo.

Estou tentando ver as coisas de uma maneira positiva, eu sei. Mas Chaz ficou tão arrasado por Shari sair de casa que é difícil não querer vê-lo feliz outra vez... mesmo que Shari não pareça assim tão arrasada. Para falar a verdade, desde que nos mudamos para Nova York, ela nunca esteve melhor. Até colocou um pouco de maquiagem, coisa que nunca faz.

— Quem sabe um tempo afastados vai ajudar vocês dois a descobrir o que deu errado — digo. — E assim você vai poder valorizar mais o que tinha. Tipo... vocês dois podem começar a namorar de novo! Quem sabe foi isso que deu errado? Quando a gente está morando com alguém é como se parasse de namorar. E isso pode roubar todo o romance do relacionamento.

Sabe o que mais pode roubar todo o romance do relacionamento? Dormir em um sofá-cama com os pais do seu namorado no quarto ao lado. Mas não faço este comentário.

— Mas, talvez, se vocês estiverem *namorando* — prossigo —, a chama do amor possa voltar a se acender, e vocês vão voltar a ficar juntos.

— Eu nunca vou voltar com Chaz, Lizzie — diz Shari, removendo o saquinho de chá da caneca dela com toda a calma e o colocando no canto do pratinho de cerâmica crua que recebemos para esta função.

— Nunca se sabe — argumento. — Quero dizer, um tempinho longe pode fazer com que você sinta falta dele.

— Se for assim, ligarei para ele — Shari responde. — Quero continuar sendo amiga dele. Ele é um cara fantástico e engraçado. Mas não quero mais ser namorada dele.

— O problema foram os cookies? — pergunto. — Sabe como é, o fato de ele não ter emprego e não ter nada para fazer o dia inteiro além de ler, cozinhar e limpar a casa? — E isso na verdade parece ser a existência dos meus sonhos. Com todo o trabalho que estão jogando nas minhas costas (Monsieur Henri está me forçando a praticar costura franzida... como se eu já não soubesse franzir direitinho quando estava no oitavo ano, quando percebi que um franzido disfarça uma barriga que não está exatamente lisinha. Estou um pouco cansada de fazer o papel de Costureira Kid para o Senhor Miyagi de Monsieur Henri), mal tenho tempo para passar aspirador em casa de vez em quando, quanto menos para cozinhar.

Por outro lado, estou *mesmo* aprendendo muita coisa. Principalmente a respeito dos desafios de ter filhos adolescentes no novo milênio. Mas também a respeito de como administrar uma empresa de vestidos de noiva em Manhattan.

— Claro que não — Shari diz. — Mas, falando de trabalho, preciso voltar para o meu em breve.

— Só mais cinco minutos — imploro. — Estou mesmo muito preocupada com você, Shari. Quero dizer, sei que você é capaz de se cuidar e tudo o mais, só que ainda estou achando que a culpa é toda minha. Se eu tivesse ido morar com você, e não com Luke, como a gente combinou...

— Ah, por favor — diz Shari com uma risada. — O fato de Chaz e eu terminarmos não tem nada a ver com você, Lizzie.

— Deixei você na mão — digo. — E, por isso, sinto muito, mas muito mesmo. Mas acho que posso me retratar.

O canudo de Shari chegou à tapioca no fundo da caneca.

— Ah, esta vai ser boa — diz ela, em relação à minha oferta de recompensar o fato de tê-la deixado na mão. Não está falando da tapioca. Apesar de ela sempre ter adorado coisas desse tipo.

— É sério — digo. — Sabia que tem um apartamento vazio bem em cima da loja de Monsieur Henri?

Shari tomando o chá.

— Prossiga.

— Bom, sei que Madame Henri quer dois mil dólares por mês pelo espaço. Mas estou trabalhando tanto para eles que, a esta altura, estão dependendo bastante de mim. Então, se eu pedir para eles deixarem você ficar no apartamento por um preço mais baixo... digamos por 1.500 por mês... vão ter que dizer sim. Simplesmente serão OBRIGADOS a aceitar.

— Obrigada, Lizzie — diz Shari, pousa a caneca na mesa e estende a mão para pegar sua bolsa a tiracolo. — Mas já tenho onde morar.

— Na casa da Pat? Você vai morar com a sua *chefe*? — Balanço a cabeça. — Shari, falando sério. Isso sim é que é levar trabalho para casa...

— Na verdade, é bem legal — responde Shari. — Ela mora em um apartamento térreo em Park Slope, com um quintal de verdade nos fundos, para os cachorros dela...

— No Brooklyn! — Estou chocada. — Shari, isso é longe demais!

— Na verdade, fica só a uma viagem de metrô pela linha F — Shari responde. — A estação fica bem na frente do meu trabalho.

— Estou falando que é longe de mim! — praticamente berro. — A gente nunca mais vai se ver!

— Você está me vendo agora.

— Quero dizer à noite. Olhe, por que você não me deixa pelo menos falar com o casal Henri sobre a possibilidade de você ir morar no apartamento em cima da loja? Eu já fui lá, e é superfofo, Shari. E bem grande. Levando em conta a situação. Fica no último andar do prédio, e o piso de baixo só é usado como depósito. Fora do horário comercial, o prédio seria só seu. E tem uma parede inteira de tijolinhos. E você adora esse visual.

— Lizzie, não se preocupe comigo — Shari diz. — Estou bem, de verdade. Eu sei que essa coisa toda com Chaz parece o fim do mundo para você, mas não é para mim. De verdade, não é. Eu estou feliz, Lizzie.

E assim, sem mais nem menos, me dou conta de que Shari *está* feliz. Mais feliz do que jamais esteve desde que a gente se mudou para Nova York. Para falar a verdade, ela nunca esteve assim tão feliz nem na faculdade. Está tão feliz quanto estava naquele tempo em que a gente foi morar no alojamento McCracken, quando ela começou a namorar (ou transar, basicamente) com Chaz.

— Ai, meu Deus — digo, quando finalmente me dou conta da realidade. — Você está com outra pessoa!

Shari ergue os olhos da bolsa em que está remexendo para encontrar a carteira.

— O quê? — Ela me olha de um jeito esquisito.

— Você está com outra pessoa — exclamo. — É por isso que está dizendo que você e Chaz nunca vão voltar. Porque encontrou outra pessoa!

Shari para de procurar a carteira e fica olhando para mim.

— Lizzie, eu...

Mas consigo ver a vermelhidão que começa a se espalhar pelas bochechas dela, apesar da luz da tarde de inverno que penetra pelas janelas nada limpas da Village Tea House.

— E você está apaixonada por ele! — exclamo. — Ai, meu Deus, não acredito! Você está transando com ele também, não está? Não acredito que você está transando com uma pessoa que eu nem conheço. Certo, quem é? Diga. Quero todos os detalhes.

Shari parece constrangida.

— Lizzie, olhe. Preciso voltar ao trabalho.

— Foi lá que você o conheceu, não foi? — exijo saber. — No trabalho? Quem é ele? Você nunca falou de nenhum homem no trabalho. Achei que eram só mulheres. O que ele faz? É o técnico do aparelho de fotocópia ou algo assim?

— Lizzie... — Shari não está mais corada. Agora ficou pálida — Não era assim que eu queria fazer isto.

— Fazer o quê? — Mexo a tapioca no fundo da minha caneca. Não vou comer essa coisa, de jeito nenhum. Isso sim é que é carboidrato vazio. Espere... por acaso tapioca tem carboidrato? Aliás, *o que é* tapioca? Um cereal? Ou gelatina? Ou o quê? — Fala sério, só faz uns dez minutos que você saiu do trabalho. Ninguém vai morrer se você demorar mais cinco.

— Na verdade — responde Shari —, pode ser que alguém morra.

— Falando sério — repito. — Apenas confesse que tenho razão e que você está com outra pessoa. É só dizer. Não vou acreditar que você desistiu de Chaz se não falar.

Shari, com os lábios apertados em uma linha reta, fica furando a tapioca dela com o canudo.

— Certo — diz, tão baixinho que mal escuto suas palavras com a musiquinha de flauta peruana que está tocando na casa de chá. — Tem outra pessoa, sim.

— Desculpe — digo. — Não escutei o que você disse. Pode repetir um pouco mais alto, por favor?

— Tem outra pessoa, sim — repete Shari, olhando fixo para mim. — Estou apaixonada por outra pessoa. Pronto. Está satisfeita?

— Não — respondo. — Detalhes, por favor.

— Eu já disse — continua Shari, e volta a remexer na bolsa e tira uma nota de 10 dólares da carteira. — Não quero fazer isto agora.

— Fazer o quê? — Quero saber, agarrando meu casaco enquanto ela veste o dela e se levanta. — Contar para a sua melhor amiga sobre o cara pelo qual você largou o seu namorado de séculos? Quando seria uma boa hora para isso? Eu só queria saber.

— Não agora — responde Shari. Ela está avançando em meio às almofadas no chão em que nossos companheiros de chá estão acomodados. — Não quando preciso voltar ao trabalho.

— Conte no caminho — digo. — Vou com você até lá.

Chegamos à porta e saímos para o ar frio do inverno. Um carro com uma carreta dispara pela rua Bleecker, seguido por uma enxurrada de táxis. A calçada está lotada de gente fazendo compras, aproveitando as ofertas típicas da sexta-feira depois do Dia de Ação de Graças. Em algum lugar da cidade, Luke está sendo arrastado para dentro e para fora de museus pelo pai, e a Sra. de Villiers está no encontro clandestino dela com o amante.

Parece que ela não é a única que tem tido encontros clandestinos.

Shari fica em silêncio durante todo o trajeto de volta até o escritório dela, e isso não é nem um pouco normal. Com a cabeça baixa, ela olha fixo para os pés... o que é importante em Nova York, já que tantas calçadas ficam sem manutenção e em péssimo estado.

É óbvio que ela está aborrecida. E estou aborrecida por tê-la deixado aborrecida.

— Olhe, Shari — digo, tentando acompanhar os passos rápidos dela, que anda a velocidade de mais ou menos um milhão de quilômetros por segundo. — Desculpe. Não quis menosprezar a situação. Sinceramente, estou feliz por você. Se você estiver feliz, eu fico feliz.

Shari para de andar de maneira abrupta, tanto que eu quase a atropelo.

— Eu estou feliz — diz, olhando para mim. Ela está em cima da calçada e eu, na sarjeta. — Nunca estive tão feliz. Pela primeira vez na vida, sinto que tenho uma razão para viver... como se o que faço tivesse algum sentido. Estou ajudando as pessoas... pessoas que precisam de mim. E eu gosto desta sensação. É a melhor sensação do mundo.

— Bom — digo. — Que ótimo. Mas será que você pode me deixar subir na calçada? Porque estou com medo de ser atropelada.

Shari estica a mão e me puxa pelo braço para a calçada, ao lado dela.

— E você tem razão — diz. — *Estou* apaixonada. E quero contar tudo para você. Porque essa também é uma grande parte do motivo por que eu estou tão feliz neste momento.

— Legal — digo. — Então, conte.

— Nem sei por onde começar — diz Shari com os olhos brilhando... e não só porque está frio o suficiente para fazer lacrimejar.

— Bom, que tal pelo nome?

— Pat — responde ela.

— O cara por quem você está apaixonada se chama Pat? — Rio. — Que engraçado! É o nome da sua chefe!

— A mulher. — Shari me corrige.

— A mulher o quê?

— A *mulher* por quem estou apaixonada — diz Shari. — O nome *dela* é Pat.

Guia de Vestido de Noiva de Lizzie Nichols

Saiba escolher...
O comprimento do seu véu!

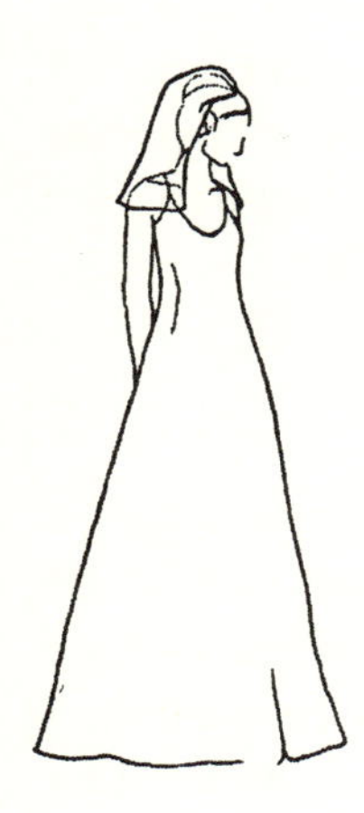

Ombro — Este véu só toca bem de leve os seus ombros — e de que outra forma poderia ser? Lembre-se, quanto mais alta for a noiva, mais longo deve ser o véu. Este comprimento não é recomendado para noivas mignons.

Cotovelo — Este véu passa só um pouquinho da altura dos cotovelos. Quanto mais adornos o seu vestido tiver, mais simples deve ser o véu.

Ponta do dedo — A ponta do véu chega bem no meio da sua coxa, ou até onde vai a ponta dos seus dedos. Quanto mais longo for o véu, mais atenção ele tira da parte média do corpo da noiva. Assim, este comprimento é recomendado para noivas mais cheinhas.

Balé — O comprimento balé vai até as canelas (acredita-se que este véu ganhou este nome porque é o mais comprido que as noivas podem usar sem se preocupar em tropeçar).

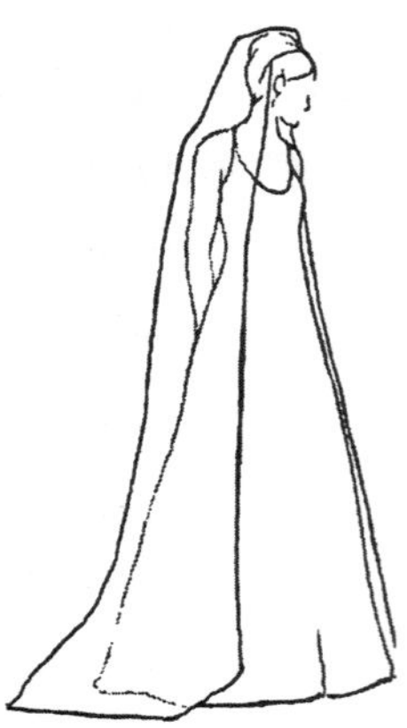

Capela — Este véu chega até o chão e às vezes se arrasta sobre ele. Se você escolher este comprimento, por favor treine caminhar com ele antes da cerimônia, para evitar qualquer desastre com o véu enganchado.

LIZZIE NICHOLS DESIGNS™

Existe uma quantidade terrível de mentiras circulando pelo mundo, e o pior de tudo é que a metade delas é verdade.

— Winston Churchill (1874-1965), estadista britânico

Não consigo dormir.

E também não é só culpa da barra de metal que está bem no meio das minhas costas por causa do colchão fino demais do sofá-cama.

Nem pelo fato de que estou escutando o pai do meu namorado roncar, apesar de estar separado de mim por alguns metros e uma parede.

Não é por causa do barulho baixo do trânsito que escuto através das janelas de vidro duplo que dão para a Quinta Avenida.

Não tem nada a ver com a refeição extremamente suculenta que acabei de saborear no Jean Georges, um dos principais restaurantes escolhidos pelos gourmets de Nova York, que custou a mesma coisa que vinte metros de seda dupioni... *por pessoa*.

E também não é pelo fato de a mãe do meu namorado ter voltado de seu dia de "compras" carregada com um monte de sacolas de presentes, mas com uma aparência estranhamente reluzente e vigorosa... principalmente para uma mulher que supostamente estava tentando abrir caminho entre hordas de pessoas que anteciparam as compras de Natal na Bergdorf Goodman. E também não foi só a minha imaginação. O marido dela ficava olhando e dizendo: "O que há de diferente? Você fez alguma coisa diferente. É o seu cabelo?"

Em resposta a isso, Bibi de Villiers simplesmente o chamou de bode velho (em francês) e ignorou o comentário.

E nem é porque meu namorado e eu vamos estar em continentes diferentes na nossa primeira passagem de ano juntos, e vamos perder o beijo da meia-noite de Ano-novo, que é absolutamente fundamental.

Não. Não é nenhuma dessas coisas. Sei disso. Sei o que está me tirando o sono: sei exatamente o que é.

É o fato de que hoje (ou ontem, levando em conta que a esta altura já passou bastante da meia-noite) à tarde minha melhor amiga anunciou que está apaixonada pela chefe dela.

A chefe.

E ouça só esta: a chefe dela também a ama. E até a convidou para morar com ela.

E Shari ficou bem feliz em aceitar.

Não que haja algo de errado com isso. Quer dizer, eu adoro Rosie O'Donnell. Aquele documentário sobre o cruzeiro gay totalmente me fez chorar.

E também acho que a Ellen DeGeneres é uma deusa.

Mas a minha melhor amiga que sempre, por sinal, gostou de homens? Não só GOSTOU de homens, mas sempre TRANSOU com homens (muito mais homens do que eu, devo dizer) e que nunca expressou interesse sexual por uma mulher durante todo o tempo em que a conheço?

Bem, tirando aquela tal Brianna do alojamento da faculdade.

Mas Shari estava bêbada de verdade naquela noite e disse que simplesmente acordou com Brianna na cama dela e não fazia ideia de como ela tinha ido parar lá.

Espere. Será que esse foi um sinal? Porque Brianna (e o namorado dela, aliás) vivia dando em cima de mim. Mas eu simplesmente disse que não estava interessada. Por que Shari simplesmente não disse que não estava interessada, como eu sempre fazia?

Mas só Deus sabe que nunca bebi tanto quanto ela (ela pode se dar ao luxo de consumir calorias vazias; eu não).

Mesmo assim.

Mas espere. Shari sempre gostou mesmo daqueles filmes estrangeiros do Michigan Theater em Ann Arbor. Sabe como é, aqueles franceses sobre meninas chegando à maturidade sexual, geralmente tendo outra menina como mentora, ou algo assim.

Meu Deus. Isso também era um sinal.

E agora, pensando bem, teve aquela vez em que Kathy Pennebaker (meu Deus. Tudo sempre volta para Kathy Pennebaker, não é mesmo?) nos convidou para dormir na casa dela e depois quis tomar banho de banheira junto com a gente. Eu fiquei, tipo:

"Por acaso nós não estamos um pouco velhas para tomar banho de banheira juntas... com 16 anos?"

Mas Shari, se bem me lembro, na verdade se *juntou* a Kathy no banheiro dos pais dela enquanto eu fiquei na sala para assistir à minha paixão adolescente da vez, Tim Daly, em uma maratona de *Wings*.

Meu Deus. Fiquei *imaginando* o que foi todo aquele barulho de água espalhada para fora da banheira que eu ouvi. Até gritei escada acima para elas pararem de fazer tanta confusão, porque eu não estava conseguindo escutar o que Tim estava dizendo para Crystal Bernard.

Nossa. Que constrangedor.

Então, tudo bem. Eu não devia ter ficado tão surpresa.

E acho que, levando em conta o quanto Shari tem falado sobre Pat, não é assim *tão* surpreendente. Quero dizer, todo mundo sabia que ela gostava de Pat. Só não sabíamos que ela gostava GOSTAVA.

E por que não ia gostar? Porque, depois que Shari largou a bomba e fiquei ali na calçada com a boca aberta feito uma idiota, ela pegou a minha mão e disse:

— Venha comigo que vou apresentar você a ela.

Eu estava estupefata demais para resistir. Não que eu quisesse. Estava completamente curiosa para conhecer essa pessoa por quem Shari tinha largado Chaz, o ex-amor da vida dela.

E, tudo bem, Pat não é nenhuma Portia de Rossi.

Mas é uma mulher magra e vibrante com trinta e poucos anos, com uma cascata de cachos bem ruivos que se esparramam pelas costas, com pele cor de leite, risada rápida e olhos azuis brilhantes.

Ela apertou minha mão e disse que tinha ouvido muito falar de mim e que imaginava que ter ficado sabendo sobre ela e Shari tinha sido um choque, mas que ela a amava demais e, o mais importante, os cachorros dela, Scooter e Jethro, também pareciam amá-la demais.

Não soube o que dizer em relação a isso, só falei que gostaria de algum dia conhecer Scooter e Jethro.

Então Shari e a namorada nova me convidaram para ir à casa delas assistir ao jogo do Jets no fim de semana que vem.

É sério, não sei o que é mais chocante para mim: o fato de a minha melhor amiga estar apaixonada por uma mulher ou o fato de ela ter começado a assistir jogos de futebol americano.

De todo modo, eu disse que ia. E então Shari me acompanhou até o elevador.

— Tem certeza que você não se incomoda com isto? — Shari quis saber enquanto a gente esperava o velho elevador que só comporta duas pessoas. — Porque você meio que está com uma cara... bom, com a mesma cara que ficou no dia em que Andy apareceu no casamento da prima de Luke.

— Desculpe — falei. — Porque não estou me sentindo daquele jeito, não mesmo. Estou totalmente feliz por você. Só isso. É só que... há quanto tempo você sabe?

— Há quanto tempo sei o quê?

— Você sabe do que eu estou falando. Que você gosta de mulheres.

— Não sei — Shari respondeu com um sorriso. — Eu gosto de *algumas* mulheres, do mesmo jeito que gosto de *alguns* homens. Do mesmo jeito que *você* gosta de *alguns* homens. — O sorriso dela desapareceu, e ela completou, séria: — Tem a ver com a alma da pessoa, Lizzie, não com as partes que elas têm por fora. Você sabe disso.

Assenti. Porque é verdade. Pelo menos, é assim que deve ser.

— Eu não amo Pat porque ela é mulher — Shari continuou —, da mesma maneira que não amava Chaz porque ele é homem. Amo os dois por causa de quem eles são por dentro. Só que percebi que, do ponto de vista romântico, eu estou mais interessada na Pat. Possivelmente porque ela não deixa a tábua da privada levantada.

Fiquei olhando para Shari até que ela me deu uma cotovelada.

— Foi brincadeira — disse. — Você pode rir.

— Ah — falei. E ri. Mas meu riso cessou quando pensei em uma outra coisa.

— Shari, e seus pais? Você já contou a eles?

— Não — ela respondeu. — É melhor guardar essa conversa para a próxima vez em que nos encontrarmos pessoalmente. Nas férias de Natal, acho.

— Você vai levar Pat para conhecê-los?

— Ela quer ir — Shari responde. — Mas estou tentando poupá-la. Quem sabe depois que eles se acostumarem com a ideia...

— Certo — digo. Tentei afastar a onda de inveja que senti pelo fato de a namorada de Shari de fato *querer* conhecer os pais dela, ao passo que o meu namorado não expressou a menor sombra de interesse em ser apresentado aos meus. Mas, no final de contas, havia coisas muito mais importantes para se levar em consideração. Como, por exemplo, que eu não conseguia nem imaginar como o Dr. e a Sra. Dennis reagiriam à notícia de que a filha deles está tendo uma relação romântica com uma mulher. O Dr. Dennis provavelmente vai direto para o armário de bebidas. A Sra. Dennis irá direto para o telefone.

— Ai, meu Deus! — Fiquei olhando para Shari de olhos arregalados. — Você sabe o que vai acontecer, não sabe? A sua mãe vai ligar para a minha mãe. E daí a minha mãe vai descobrir que eu na verdade não estou mais morando com você. E daí ela vai saber que eu estou morando com Luke.

— Ela provavelmente só vai se sentir agradecida — Shari disse. — Por você e eu não formarmos um casal.

— É. — Os meus ombros desabaram de alívio. — Você deve estar certa. Olhe... — olhei para ela, um tanto alarmada. — Nós não somos, somos? Quero dizer... você nunca se sentiu sobre *mim* do jeito que você se sente sobre Pat, né?

Por favor diga não, fiquei rezando. *Por favor diga não, por favor diga não. Porque a amizade de Shari é mais importante do que tudo para mim e, se eu descobrisse que ela estava apaixonada por mim, bem, como é que poderíamos continuar a ser amigas? Não dá para ser amiga de uma pessoa que está apaixonada por você, se você não retribui o amor da pessoa da mesma maneira...*

Shari ficou me olhando com uma expressão que quase posso classificar como sarcástica.

— É, Lizzie — ela disse. — Sou apaixonada por você desde o primeiro ano, quando você me mostrou a sua calcinha da Batgirl. A única razão para eu estar com Pat é porque sei que não posso ficar com você, porque você teima em amar Luke e não a mim. Agora, venha aqui me dar um beijo, gatinha.

Fiquei olhando estupefata para ela, que caiu na gargalhada.

— Não, sua idiota. Apesar de eu amar você demais como amiga, nunca tive nenhum interesse romântico por você. Na verdade, você não faz o meu tipo.

Não quero parecer pejorativa, mas o tom dela pareceu dar a entender que não conseguia entender por que *alguém* teria interesse romântico em mim.

Na hora não falei nada, mas estava meio que imaginando a mesma coisa. Por acaso Pat não percebe que Shari é a maior ladra de cobertor (coisa que descobri para minha infelicidade quando fomos forçadas a compartilhar um saco de dormir em um acampamento, naquela vez em que as meninas maldosas jogaram o meu no lago) e que nunca, que eu saiba, devolveu qualquer livro que tenha pegado emprestado? E que era um milagre Chaz, bibliófilo reconhecido, ter aguentado ficar com ela tanto tempo. Sempre fiz questão de nunca emprestar nenhuma roupa para ela, porque sabia que nunca mais veria a peça.

Claro que Shari nunca pediu emprestada nenhuma roupa minha. Acho que o meu estilo é um pouquinho retrô demais para ela.

Mas sei lá.

— Você tem um tipo? — perguntei a ela com as sobrancelhas erguidas. — Porque parece que o seu campo de atuação é bem amplo...

— Em primeiro lugar — Shari interrompeu —, gosto de pessoas que conseguem ficar com a boca fechada de vez em quando.

— Bem, então não é nenhuma surpresa o fato de você e Chaz terem terminado — falei, bem quando o elevador, rangendo de tanto esforço, chegou.

— Rá rá. — Shari riu. Então ela me deu um abraço e disse: — Cuide dele para mim, está bem? Não deixe que ele entre em uma daquelas ondas de ficar em casa o dia inteiro lendo Heidegger e só sair para comprar cerveja. Promete?

— Como se fosse necessário pedir — falei. — Amo Chaz como o irmão que eu nunca tive. Vou garantir que Tiffany o convide para sair com algumas amigas modelos dela. Assim ele vai se alegrar.

— Acho que vai funcionar mesmo — Shari concordou.

E as portas do elevador se fecharam e ela sumiu.

E foi isso.

Bom, tirando a parte em que eu agora não consigo nem fechar os olhos, porque fico repassando a coisa toda na cabeça.

— Ei. — A palavra, dita bem baixinho ao meu lado, faz com que eu me sobressalte. Viro a cabeça. Luke está acordado e fica piscando para mim, sonolento.

— Desculpe — sussurro. — Acordei você? — Eu não estava fazendo barulho nenhum. Será que eu tinha conseguido acordá-lo com meus pensamentos barulhentos? Li em algum lugar que os casais podem ficar tão próximos que são capazes de ler os pensamentos um do outro. *Peça a minha mão em casamento, Luke. Luke, peça a minha mão em casamento. Luke, eu sou o seu pai...* Ah, não, espere...

— Não — ele diz. — É a porcaria da barra de metal...

— Ah, é. Também está me incomodando demais.

— Desculpe por isso — Luke diz com um suspiro. — Nós só precisamos aguentar mais uma noite e daí eles vão embora.

— Tudo bem — respondo. Não acredito que ele está preocupado comigo quando tem uma coisa muito mais importante com que se preocupar... estou falando do caso secreto da mãe dele.

Só que, é claro, ele não sabe nada sobre isso. Porque não contei. Como posso contar? Ele está tão feliz que os pais tenham se reconciliado...

E uma coisa assim faria com que ele ficasse avesso ao casamento para sempre. E, se ele concluir, por causa das travessuras da mãe dele (isso sem falar no fato de Shari recentemente ter abandonado Chaz, e de ter sido trocado pelo próprio primo por uma ex-namorada) que as mulheres são incapazes de ser fiéis?

E as coisas entre nós estão indo tão bem... tirando as visitas de familiares. Até o fato de receber Tiffany e Raoul para o jantar de Ação de Graças não foi o desastre que achei que seria, já que eles forneceram uma distração bem-vinda para Chaz, que pareceu ficar bem contente de olhar Tiffany andando de um lado para o outro com aquelas pernas lindas dentro do macacão de camurça... Realmente acho que Luke pode ter esquecido aquele papo todo de "as pessoas da nossa idade nem sabem o que é amor".

Talvez eu até vá ganhar um presente superespecial de Natal. Daquele tipo que vem em uma caixinha bem pequena.

Ei. Nunca se sabe.

— Bom — diz Luke de repente, com os lábios no meu cabelo. — Acho que você é uma batalhadora. Foi além do que suas obrigações exigiam. E, olhe, eu comentei que o peru que você fez ficou maravilhoso?

— Ah — respondo com modéstia. — Obrigada.

E daí? Ele não precisa saber que já veio pré-cozido.

— Acho que você não é de se jogar fora, Lizzie Nichols — ele diz com os lábios saindo do meu cabelo em direção a outras partes do meu corpo que apreciam lábios mais do que o meu cabelo.

— Ah — digo, em tom diferente. — Obrigada! — Não sou de se jogar fora! Isso é *praticamente* um pedido de casamento. Dizer que uma mulher não é de se jogar fora é a mesma coisa que dizer que nunca mais quer atirá-la de volta ao lago das solteiras para que outra pessoa vá lá e pesque. Certo?

— E você tem certeza — ele diz, lá de baixo — que você e Shari nunca...

Eu me sento ereta e olho para ele no escuro da sala.

— Luke! Eu já disse! Não!

— Sei lá! — ele diz, com uma risada. — Só estou perguntando. Você sabe que Chaz também vai perguntar.

— Eu já disse. — Não dá para acreditar nisto. — Você não pode dizer nada para ele. Só depois que Shari contar. Eu não podia nem ter contado para você...

Luke ri... e de um jeito nada legal, devo mencionar.

— *Shari* contou uma coisa para *você* e pediu para guardar segredo?

— Eu *sou* capaz de guardar algumas coisas para mim, sabia? — digo, indignada. Porque... falando sério, se ele soubesse tudo o que tenho guardado para mim desde que me mudei para cá...

— Eu sei — ele responde com uma risada. — Só estou brincando. Não se preocupe, não vou dizer nada a ele. Mas você sabe o que Chaz vai dizer.

— O quê? — pergunto, cedendo... mas só porque ele está lindo demais com o luar que entra pelas janelas.

— Que se Shari ia resolver virar lésbica, por que foi fazer isso *depois* de eles terminarem?

Puxo o lençol para cima das partes do meu corpo que ele parece estar achando tão interessantes.

— Para a sua informação — digo —, Shari não é lésbica.

— Bi, lésbica. Tanto faz. Que negócio é esse? — Ele puxa o lençol.

— Que negócio é esse de rotular? — Eu exijo saber, puxando de volta. — Por que as pessoas precisam ser definidas pela preferência sexual? Shari não pode simplesmente ser Shari?

— Claro — Luke diz, parecendo estupefato. — Por que você está tão na defensiva com este assunto?

— Porque — respondo — não quero que as pessoas fiquem dizendo que Shari é a minha "amiga lésbica". E tenho certeza de que ela também não quer. Bom, para falar a verdade, tenho certeza de que Shari não se importa. Mas esta não é a questão. Ela é só Shari. Não digo que Chaz é o seu "amigo heterossexual".

— Certo — Luke diz. — Desculpe. Nunca aconteceu de a namorada do meu melhor amigo largá-lo por uma mulher. Estou um pouco confuso no momento.

— Bem-vindo ao clube — respondo.

Luke rola na cama e olha para o teto.

— Obviamente — ele diz, depois de um momento de silêncio —, só tem uma coisa que nós podemos fazer.

— O quê? — pergunto, desconfiada.

Ele me mostra.

E, no fim, preciso confessar... ele tem certa razão.

E mostra a que veio... de um jeito legal e bem enfático, devo dizer.

Guia de Vestido de Noiva de Lizzie Nichols

A questão das luvas...

Algumas noivas fazem opção por um visual mais formal, com o uso de luvas em seu grande dia. Existem luvas de diversos comprimentos, e elas podem ser o acessório perfeito para as mulheres preocupadas com a moda, ou para as tradicionais. Seu uso também significa praticidade — as noivas que usam luvas com certeza não precisam se preocupar com a manicure... nem em deixar o vestido branquinho com marcas de dedos.

Os tipos de luva de noiva mais comuns são:

Comprimento de ópera — Essas luvas brancas e longas vão desde a ponta dos dedos até a parte de cima do braço.

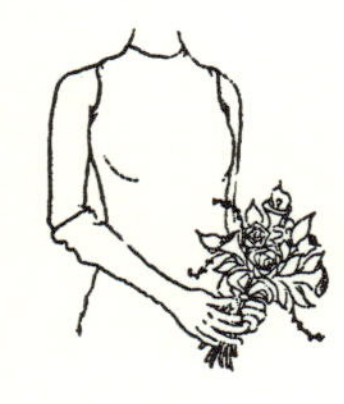

Comprimento no cotovelo — Parecido com o comprimento de ópera, mas acaba logo acima do cotovelo.

Gauntlet — Esse tipo de luva deixa a mão e os dedos livres; cobre apenas o antebraço.

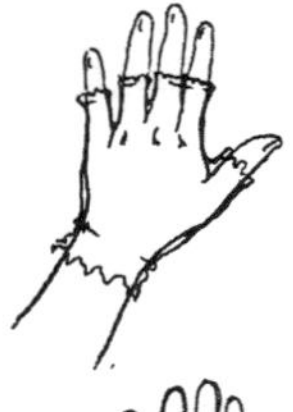

Com dedos à mostra — Iguaizinhas às luvas de renda que Madonna usava. Ou as de lã que Bob Cratchitt sempre aparece usando.

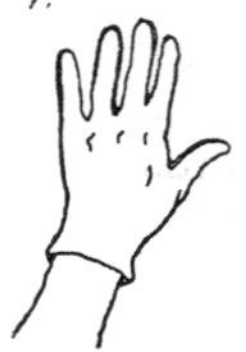

No pulso — Estas luvas só cobrem as mãos, como luvas de esqui.

As luvas devem ser removidas para a parte da troca de alianças na cerimônia (é considerado falta de educação colocar anéis POR CIMA das luvas. Se a sua luva não tiver abertura no pulso, corte um furinho embaixo do dedo anular da mão esquerda para que você possa exibi-lo com facilidade e receber a aliança). E também, é claro, você deve tirar as luvas para comer.

Noivas com braços muito musculosos ou que escolheram mangas compridas devem evitar o uso de qualquer tipo de luva.

LIZZIE NICHOLS DESIGNS™

18

Ninguém faz fofoca sobre as virtudes secretas dos outros.

— Bertrand Russell (1872-1970), filósofo britânico

Na segunda-feira depois do Dia de Ação de Graças, ficamos atoladas na recepção da Pendergast, Loughlin e Flynn. Não sei se já foi feito algum estudo oficial a esse respeito, mas eu diria que, a julgar pelas minhas próprias observações, os pedidos de divórcio com certeza aumentam depois de um fim de semana prolongado.

E eu bem que sou capaz de me solidarizar com o sentimento depois de passar o feriado com os De Villiers... que são pessoas muito simpáticas, mas que também têm lá suas manias irritantes. Como, por exemplo, a mania irritante da Sra. de Villiers de falar sobre Dominique, a ex de Luke, e de como ela e Blaine, o primo de Luke, são felizes. Parece que Dominique está fazendo um ótimo trabalho na administração das finanças de Blaine... e ele bem que precisa dessa ajuda, porque a banda dele, a Satan's Shadow, está fazendo o maior sucesso no circuito do metal independente.

Outro assunto que está entre os preferidos da Sra. de Villiers é a gravidez da irmã de Blaine. Vickie só vai ter o filho quase no meio do ano que vem e ainda nem sabe o sexo do bebê, mas a mãe de Luke já está comprando macacõezinhos e sapatinhos e repetindo sem parar como está ansiosa para ter um neto, algo que deixa Luke extremamente sem graça e faz com que o meu tratamento de bichinho da floresta com ele recue semanas, talvez até meses.

E a mania irritante do Sr. de Villiers não era muito melhor do que isso. Ele sempre andava sem olhar onde estava pisando, e com isso vivia metendo o pé na minha Singer 5050 (que tirei de cima da penteadeira e coloquei no chão, embaixo da minha arara, achando que ninguém tropeçaria nela ali, já que havia uma barra de metal para protegê-la).

E, no entanto, de algum modo, o pai de Luke conseguiu destruí-la... ou pelo menos a carretilha.

Ele pediu mil desculpas e se ofereceu para comprar uma nova. Mas eu disse que estava tudo bem, que a máquina era velha e que eu estava querendo mesmo comprar outra.

Juro que não sei de onde vêm essas coisas que saem da minha boca.

Mas, bem, eles foram embora. Saíram no domingo à tarde, depois de muitos beijos e comentários sobre como vão se divertir no Château Mirac durante o Natal e o Ano-novo. É claro que eles insistiram para que eu fosse também, mas dava para ver que não estavam falando de coração. Bem, Luke estava, claro. E talvez o pai dele também.

Mas a mãe? Nem tanto. O sorriso que ela deu quando falou: "Ah, venha sim, Lizzie, vai ser tão divertido" não chegava até os olhos dela. Ela não ficou com ruguinhas dos lados, como geralmente fica quando sorri.

Não. Sei quando não me querem. E ninguém me quer nas comemorações em família das festas de fim de ano dos De Villiers, na França.

E tudo bem. Mesmo. Não tem absolutamente problema nenhum. Expliquei que só ia ter o fim de semana prolongado de folga, e o usaria para visitar meus pais, voltando ao trabalho na segunda-feira.

Não sei se é minha imaginação, mas me pareceu que a Sra. de Villiers ficou bastante aliviada com isso. Quero dizer, de poder ficar com o filho só para ela.

E, pensando bem, ela devia pensar que isso dificulta um pouco a coisa da produção de um neto. Mas talvez ela tenha outras candidatas em mente... que não tenham dois empregos, sendo um não-remunerado, e o outro nada de que ela possa se gabar para as amigas. Recepcionista? Não chega nem perto do glamour de, digamos, alguém que trabalha em um banco de investimento ou é analista de mercado...

Principalmente na segunda-feira depois do Dia de Ação de Graças, quando todo mundo parece estar atrás de um advogado de divórcio. Tiffany diz que o único dia em que o escritório fica mais movimentado é no primeiro dia útil do ano. Que é quando acontecem muitos pedidos de casamento, de modo que muita gente procura um advogado para fazer um acordo pré-nupcial.

Eu disse "Pendergast, Loughlin e Flynn, em que posso ajudar" tantas vezes que minha garganta está começando a doer, e estou ficando meio rouca. Felizmente, Tiffany chegou mais cedo (como sempre) para bater papo, e está disposta a me cobrir durante alguns minutos, enquanto corro até o banheiro para usar um spray na garganta.

— Então Raoul disse que consegue um horário para sua amiga Shari com o médico dele — Tiffany informa ao ocupar a minha cadeira. — Sabe como é, se ela ainda estive doente. Ela ainda está doente?

— Ela não está doente — respondo, abro a gaveta e tiro minha bolsa da Meyers (que mal cabe aqui, graças aos exemplares antigos da *Vogue* que Tiffany insiste em guardar). — Ela e Chaz terminaram.

— É mesmo? — Tiffany olha para mim com seus olhões azuis arregalados. — Logo antes da sua festa? Meu Deus, não é para menos que ela tenha mandado dizer que estava doente. Que coisa mais embaraçosa. Então um deles vai sair de casa? Qual dos dois? Ai, meu Deus, por que não me *contou*?

Porque estou me esforçando demais para não falar nada sobre isso para ninguém... principalmente para pessoas como Tiffany, que poderiam muito bem dizer alguma coisa para o pai de Chaz. É óbvio que Luke sabe, mas ele é a única pessoa para quem contei. Realmente, ando tentando não ser tão fofoqueira. Shari pediu para eu não falar nada para ninguém até ela ter a oportunidade de conversar pessoalmente com Chaz (e peço a Deus que ela tenha falado, porque não sei quanto tempo mais vou conseguir ficar sem dizer nada quando ele ligar para o escritório retornando as ligações do pai. Entre isso e a coisa da mãe de Luke, estou EXPLODINDO com tantos segredos).

E estou ficando louca.

— Não sei — respondo. — Olhe, deixe-me ir lá cuidar da minha garganta e já volto...

Mas Tiffany nem tem oportunidade de responder, porque o telefone toca e ela tem que atender.

— Pendergast, Loughlin e Flynn, em que posso ajudar?

O banheiro do escritório de advocacia na verdade fica do lado de fora, do lado dos elevadores. Para entrar, é preciso digitar um código. Não é para impedir que algum turista qualquer venha da rua e use o banheiro da Pendergast, Loughlin e Flynn já que, para começo de conversa, é impossível algum turista qualquer entrar no prédio sem hora marcada e passar pela segurança. Na verdade, não sei por que todos os escritórios deste prédio deixam a porta do banheiro trancada (tanto do feminino quanto do masculino. A administração do condomínio não é sexista), e é necessário ter um código para entrar.

De todo modo, uma das funções da recepcionista da Pendergast, Loughlin e Flynn é dar o código a qualquer cliente ou advogado visitante que estiver no escritório e quiser usar o banheiro. O código é muito fácil de lembrar: 1-2-3.

E, no entanto, alguns clientes (e advogados) precisam receber o código duas, até três vezes antes de aprender. Isso pode ser irritante para a recepcionista, apesar de nós nunca demonstrarmos o aborrecimento. Ainda assim, fico imaginando por que é nécessário ficar trancado, já que, em todo o tempo que estou na Pendergast, Loughlin e Flynn e uso o banheiro, nunca estive lá dentro com outra pessoa ao mesmo tempo. É o banheiro menos usado de Nova York.

O dia que entro para colocar spray na minha garganta (e passar um pouco de batom e ajeitar o cabelo) não é exceção. Estou sozinha naquele banheiro muito limpo e muito bege. Estou olhando para o meu reflexo no espelho enorme que fica em cima das pias, contente por ontem finalmente ter podido dormir na minha própria cama (bom, na cama da mãe de Luke) em vez de ter que usar o sofá-cama, porque as bolsas embaixo dos meus olhos de tanto passar a noite acordada, virando de um lado para o outro, estão começando a sumir. Juro que, quando eu for uma especialista certificada em vestidos de noiva com minha própria loja, e finalmente tiver um pouco de dinheiro para gastar, vou comprar um daqueles sofás-camas da Pottery Barn que não têm barra de metal no meio e que até são confortáveis.

Bem, primeiro vou comprar meu próprio apartamento, para poder tem um lugar para guardar minhas coisas, onde ninguém tropece nelas nem as quebre.

Daí compro o sofá.

E provavelmente nem vou ter que me preocupar em algum dia ter que dormir nele, porque da próxima vez que os pais de Luke vierem fazer uma visita, eles simplesmente vão poder ficar no apartamento da mãe dele, e não no meu...

Enquanto estou me deleitando com essa fantasia adorável, escuto alguma coisa. No começo, fico achando que são apenas os saltos dos meus sapatos nos azulejos. Mas então percebo que não estou sozinha no banheiro da Pendergast, Loughlin e Flynn. A porta do último reservado está fechada.

Estou quase saindo para deixar a pessoa em paz quando escuto o barulho de novo. É uma espécie de miado. Parece um gatinho.

Ou alguém chorando.

Eu me abaixo para olhar pela porta e ver se reconheço os sapatos da pessoa. No mesmo instante percebo que estou olhando para os pés de Jill Higgins, a futura noiva nova-iorquina mais famosa do momento. Isso porque os pés estão usando um par de botas Timberland.

E ninguém usa botas Timberland para ir à Pendergast, Loughlin e Flynn além de Jill, que parece estar fazendo um intervalo para chorar um pouco no banheiro antes da próxima reunião com o pai de Chaz.

Eu sei, como funcionária do escritório, que devia sair do banheiro discretamente e fingir que nunca ouvi o que estou ouvindo.

Mas como uma pretendente a especialista certificada em vestidos de noiva (e, o mais importante, como uma garota que sabe o que é ser criticada o tempo todo, já que minhas irmãs me criticam desde que nasci), não dá simplesmente para virar as costas e ir embora. Principalmente porque sei (*sei* de verdade) que posso ajudá-la. Posso mesmo.

E isso explicaria por que me aproximo da porta do reservado e bato de levinho (mas confesso que meu coração estava disparado. Afinal de contas, realmente preciso deste trabalho...).

— Hum... Srta. Higgins? — Chamo do outro lado da porta. — Sou eu, Lizzie. A recepcionista, sabe?

— Ah...

Nunca vi tanta emoção concentrada em uma única palavra. Aquele "ah" está carregado de medo... acho que ela teme o que eu possa dizer ou fazer, por ter pegado a noiva de John MacDowell chorando no banheiro. Será que vou chamar a imprensa? Entregar uma caixa de lenços de papel? Correr para chamar a Esther? O quê? Tem também arrependimento, autocomiseração, acanhamento e até o que parece ser uma dose saudável de vergonha.

— Está tudo bem — digo através da porta. — Quero dizer, às vezes também fico com vontade de chorar aqui dentro. Para falar a verdade, isso acontece quase todo dia.

Isso provoca uma onda de risadas na mulher que está dentro do reservado. Mas são risadas misturadas a lágrimas.

— Quer que eu busque alguma coisa para você? — pergunto. — Lenços de papel, por exemplo? Ou uma Coca diet? — Não sei por que pensei que ela podia querer a segunda opção. É só que uma boa Coca diet gelada sempre faz com que eu me sinta melhor. Só que é bem raro alguém me oferecer uma.

— Nã-ãã-ãão — Jill responde com voz trêmula. — Está tudo bem. Acho. É só que...

E, antes que eu possa fazer qualquer coisa, ela se deixa levar... e começa a chorar *de verdade* desta vez, com soluços de bebê bem altos.

— Uau — digo, porque sei o que é chorar desse jeito. Já aconteceu comigo. Já chorei assim.

E sei que só tem uma coisa que faz me sentir melhor quando estou tendo um ataque de choro.

— Espere — digo a Jill através da porta do reservado. — Já volto.

Corro para fora do banheiro. Então, para evitar Tiffany (que, afinal de contas, já deve estar imaginando o que pode ter acontecido comigo, principalmente porque o horário oficial dela só começa daqui a meia hora, e eu a deixei sentada na minha cadeira, atendendo a todos os telefonemas que eu devia estar encaminhando), entro rapidinho pela porta dos fundos do escritório (o código para entrar é 1-2-3) e corro para a cozinha da Pendergast, Loughlin e Flynn.

Lá, pego um monte de coisas (sob o olhar observador de um estagiário que está em um intervalo para o café) e me apresso de volta ao banheiro, onde Jill continua chorando sem parar.

— Espere — digo e descarrego a minha braçada de doces surrupiados no balcão ao lado das pias. — Estou chegando. — Analiso as opções à minha frente. Realmente não tenho tempo de fazer uma seleção cuidadosa. Dá para ver que ajuda urgente e imediata se faz necessária. Pego o primeiro pacote que vejo e me ajoelho ao lado do reservado para entregá-lo através do vão embaixo da porta.

— Aqui está — digo. — É um Drake's Yodels. Mande ver.

Por um momento, um silêncio estupefato se instala. Fico me perguntando se acabei de dar uma mancada gigantesca. Mas, bem, quando eu choro, Shari sempre me dá chocolate. E isso faz com que eu me sinta melhor *imediatamente*.

Bem, talvez não imediatamente, mas em algum momento.

Mas talvez os problemas de Jill sejam tão gigantescos que ela vai precisar de mais de um Yodel para se sentir melhor.

— Obr-obrigada — diz. E o doce desaparece da minha mão (se quer saber a minha opinião, um Yodel é mais do que um doce, é uma sobremesa completa). Um segundo depois, ouço barulho de plástico.

— Quer um pouco de leite para acompanhar? — pergunto. — Eu trouxe integral e semidesnatado. Tinha desnatado também, mas, bom, sabe como é. Também trouxe Coca diet. E Coca normal, se estiver precisando de açúcar.

Mais barulho de plástico. Então ouço, entre lágrimas:

— Uma Coca normal vai me fazer bem.

Abro a lata para ela e entrego por baixo da porta do reservado.

— Obr-obrigada — Jill diz.

Por um momento, o único som que se ouve é de líquido sendo bebido. Então Jill pergunta:

— Você tem mais um Yodel?

— Claro — respondo, em tom acalentador. — E Devil Dog também.

— Um Yodel, por favor — ela diz.

Passo outro por baixo da porta do reservado.

— Sabe — digo, puxando conversa –, se serve de consolo, sei como é o que você está passando. Quero dizer, não *exatamente*, mas, enfim, trabalho com muitas noivas. A maior parte delas não sofre o tipo de pressão que você tem, é claro. Mas sabe como é. Casar é *sempre* um pouco estressante.

— Ah, é? — diz Jill com uma risada amarga. — Por acaso a futura sogra delas as odeia como a minha me odeia?

— Nem todas — respondo. Eu me servi de um Devil Dog. Mas só do recheio cremoso. Tem menos carboidratos do que a parte do bolo. Acho. — O que tem a sua?

— Ah, além do fato de ela achar que sou uma interesseira que quer tirar do filho dela a herança a que ele tem direito? — Ouço mais barulho de plástico. — Por onde posso começar?

— Sabe... — digo. *Não faça isto*, uma voz dentro de mim alerta. *Não faça isto. Não vale a pena*.

Mas uma voz diferente me diz que é minha obrigação como mulher ajudar, e que não posso deixar uma moça que sofreu tanto quanto esta continuar assim tão triste... principalmente porque ela não *precisa* disso.

— Quando eu disse que trabalhava com muitas noivas, não estava falando daqui — prossigo. — Quero dizer, não é *só* aqui. Na verdade, sou uma especialista certificada em vestidos de noiva. Bom, não *sou*. Quero dizer, não sou certificada. Ainda. Mas trabalho para alguém que é. Mas, bom, minha especialidade é restaurar vestidos de noiva antigos; eu os reformo para que combinem com as noivas modernas. Sei lá, de repente achei que esta informação poderia ser útil para você.

Durante um segundo, não sai nenhum som do reservado. Então, ouço mais barulho de plástico. Daí a descarga dispara. Um segundo depois, a porta do reservado se abre e Jill, com os olhos vermelhos e o rosto corado, com o cabelo todo despenteado e migalhas de Yodel espalhadas na parte da frente do suéter, sai e fica olhando para mim com cautela.

— Você está brincando comigo? — Ela quer saber, de um jeito que não é nem brincalhão nem simpático.

Ops.

— Olhe — começo, aprumando o corpo no lugar em que eu estava encostada na parede. — Desculpe. É que eu soube, sabe como é, um passarinho me contou que sua futura sogra vai obrigar você a usar um vestido que está na família dela há gerações, ou algo do tipo. E eu só queria dizer que... sabe como é. Posso ajudar.

Jill está olhando estupefata para mim, com a expressão desprovida de qualquer emoção. Ela não está usando maquiagem nenhuma, reparo. Mas, bom, ela é uma dessas moças saudáveis que vivem ao ar livre e podem se dar a este luxo.

— Não só eu, claro. — Eu me apresso em completar. — Há muita gente que pode ajudar, esta cidade está cheia de gente que pode ajudar. Só não procure um tal Maurice. Porque ele só vai cobrar e, na verdade, não vai arrumar nada. O vestido, quero dizer. Monsieur Henri, que é para quem eu trabalho, é quem você deve procurar. Porque, sabe como é. Nós não usamos produtos químicos nem nada assim. E nós nos preocupamos de verdade com o resultado.

Jill fica olhando estupefata para mim por mais um tempo.

— Você se preocupa? — repete ela, em tom incrédulo.

— Bom, é — respondo, percebendo (um pouco tarde demais) o que deve estar parecendo para ela. Porque Jill deve passar o dia inteiro rodeada de gente que quer arrancar alguma coisa dela: a imprensa, em busca de uma declaração ou de uma foto; o público, para saber como é estar noiva de uma dos solteiros mais ricos de Nova York; até suas focas amadas, pelas quais ela está disposta a dar um jeito nas costas, devem viver atrás dela pedindo peixes. Ou seja lá o que as focas do zoológico do Central Park comem. — Olhe — continuo. — Sei que você está passando por um período péssimo, e parece que todo mundo só quer arrancar um pedaço de você ou algo assim. Mas juro que não estou fazendo o mesmo. Minha vida são as roupas vintage. Você está vendo o que estou vestindo, certo? — Aponto para o vestido que estou usando. — Este é um vestido raro de mangas compridas em estilo quimono da década de 1960, do estilista Alfred Shaheen, mais conhecido por seus modelos inspirados nos mares do sul; basicamente, camisas havaianas. Mas que também criou estampas asiáticas aplicadas a mão. Este vestido é um exemplo fantástico do trabalho dele... está vendo o cinto largo, em estilo obi? Este é um visual bom para mim, porque tenho corpo em forma de pera, sabe, então é melhor dar ênfase para a cintura e não para os quadris. Mas, bom, este vestido estava em péssimo estado quando o encontrei no fundo do cesto das pechinchas da loja onde eu trabalhava lá em Ann Arbor, a Vintage to Vavoom. Tinha uma mancha bem nojenta nele... de geleia de uva, acho... e chegava até o chão, porque acho que era um vestido de hostess. E era grande demais para mim nos seios. Mas simplesmente joguei dentro de uma panela de água fervente e deixei de molho, então sequei, cortei na altura do joelho, fiz a barra, ajustei a largura e pronto. — Dou uma voltinha para ela, do jeito que Tiffany tinha me ensinado. — E então fiquei com o que você está vendo aqui. O que estou tentando dizer — rodopio até o lugar onde ela está, olhando boquiaberta para mim — é que eu sei pegar o lixo dos outros e transformar em um tesouro. E, se você quiser, posso fazer isso para você. Afinal, o que seria mais humilhante para sua futura sogra do que vê-la entrando na igreja com o vestido que ela a forçou a usar, mas muito mais bonita do que ela jamais ficou?

Jill balança a cabeça.

— Você não entende — ela diz.

— Tente explicar.

— Aquela... aquela coisa que ela quer que eu use. É... pavorosa.

— Isto aqui também era — digo, apontando para o Alfred Shaheen. — Geleia de uva. Arrastando no chão. Peitão.

— Não. É pior. Muito pior. Tem, tipo... — Parece que Jill não consegue encontrar as palavras. Ela usa os braços para fazer um círculo. — Tem uma saia com armação. E tem... umas coisas. Penduradas. E uma parte pregueada...

— O xadrez do clã MacDowell — digo com toda a seriedade. — Sim. É claro que teria.

— E tem tipo um milhão de anos — Jill continua. — E cheira mal. E não cabe.

— É grande ou pequeno demais? — pergunto.

— Pequeno. Pequeno demais. Não vai ter como alguém conseguir fazer servir em mim. Já decidi. — Ela joga a cabeça para trás, com os olhos azuis brilhando. — Não vou usar. Ela já me odeia, o que de pior pode acontecer?

— É verdade — digo. — Você tem alguma outra coisa em mente?

Ela balança a cabeça para mim, sem entender nada.

— Como assim?

— Quero saber se você tem outro vestido em mente. Já saiu para procurar outro vestido?

Ela balança a cabeça.

— Ah, claro. Quando eu ia ter tempo para fazer isso? Entre os horários com a manicure? O que você acha? Não, é claro que não. O que eu sei sobre essas coisas? Quero dizer, John fica me dizendo para simplesmente ir à Vera Wang ou algo assim, mas parece que, cada vez que penso em ir a um lugar desses... sabe como é, um desses estilistas... fico sem fôlego e... bem, até parece que tenho amigas, ou qualquer coisa do tipo, que se interessem por este tipo de coisa. Todo mundo que conheço anda com os sapatos cobertos de cocô de macaco. Literalmente. O que elas vão saber sobre vestidos de noiva? De verdade, eu estava pensando em ir até a cidade dos meus pais e escolher alguma coisa no shopping de Des Moines. Porque lá, pelo menos, sei o que estou fazendo...

Alguma coisa fria e dura toma conta do meu coração. Reconheço imediatamente o que é, claro. Medo.

— Jill — pego mais um Devil Dog. Estou precisando. Para ficar em pé —, posso chamar você de Jill?

Ela concorda.

— Pode, tanto faz.

— Eu sou Lizzie — digo. — E, por favor, não repita esta palavra perto de mim.

Ela olha para mim sem entender nada.

— Que palavra?

— Shopping. — Enfio o dedo coberto de recheio delicioso na boca e deixo derreter. Ahhhh. Melhor assim. — Não. simplesmente não. Certo?

— Eu sei — ela responde com os olhos de repente brilhando de lágrimas mais uma vez. — Mas, falando sério. O que mais eu posso fazer?

— Bem, para começar — digo —, você pode trazer o vestido de noiva dos MacDowell, com o xadrez e tudo o mais, para mim, neste endereço. — Entrego para ela um dos meus cartões de visita, que tiro da bolsa. — Você pode ir lá hoje à tarde?

Jill aperta os olhos para examinar o cartão.

— Está falando sério?

— Não podia estar falando mais sério — respondo. — Antes de tomarmos qualquer decisão drástica que envolva um shopping, vamos dar uma olhada no material que temos para trabalhar, certo? Porque nunca se sabe, talvez haja alguma coisa que dê para salvar. E daí você não vai ter que ir ao shopping *nem* à butique de um estilista refinado. E, se você conseguisse fazer com que ficasse bonito, poderia esfregar na cara da sua sogra.

Jill aperta os olhos para mim.

— Espere. Você acabou de dizer "esfregar na cara"?

Olho para ela cheia de culpa, no meio da segunda dose de recheio de Devil Dog que acabei de enfiar na boca.

— Hum — digo, sem largar o dedo. — Disse. Por quê?

— Não ouço ninguém dizer isto desde o oitavo ano.

Tiro o dedo da boca.

— Sempre fui meio retardatária.

Pela primeira vez desde que Jill saiu do reservado do banheiro, ela sorri.

— Eu também — responde.

E nós duas ficamos lá paradas, sorrindo uma para a outra feito duas idiotas...

Pelo menos até a hora em que a porta do banheiro se abre, Roberta entra e fica paralisada ao nos ver.

— Ah, Lizzie — ela diz, sorrindo para Jill. — Aqui está você. Tiffany acabou de me pedir para ver onde você estava, porque saiu da mesa faz um tempão...

— Ah, desculpe — digo e recolho os restos das guloseimas que tinha saqueado da cozinha nos braços. — Só estávamos...

— Eu estava me sentindo mal por falta de açúcar — Jill diz e estica o braço para pegar mais uma Coca e um Yodel da pilha nos meus braços. — E Lizzie estava me ajudando.

— Ah — diz Roberta, esforçando-se ainda mais para sorrir. O que ela podia fazer? Dar uma bronca em mim por ter levado todo o conteúdo do armário de guloseimas da Pendergast, Loughlin e Flynn para o banheiro, para uma das clientes mais importantes da firma? — Ótimo. Se estiver tudo bem com vocês duas...

— Está sim — digo, animada. — Na verdade, eu já estava mesmo voltando para o balcão...

— E eu tenho horário marcado com o Sr. Pendergast às duas — diz Jill.

— Certo, então — Roberta diz. O sorriso dela está praticamente congelado em seu rosto. — Que bom!

Vou correndo para o lobby, onde os olhos de Tiffany se arregalam de maneira perceptível ao ver quem está me seguindo. Esther, assistente do Sr. Pendergast, está esperando ao lado do balcão da recepção. Ela parece ainda mais surpresa que Tiffany ao ver Jill Higgins atrás de mim e de Roberta.

— Ah, Srta. Higgins — ela exclama, levando os olhos imediatamente para as migalhas de Yodel no peito de Jill. — Encontrei você. Estava ficando preocupada. A segurança ligou e disse que você estava subindo há um tempinho...

— Desculpe — Jill diz, meiga. — Parei para fazer um lanchinho.

— Estou vendo — responde Esther, lançando um olhar rápido para mim.

— Ela estava com fome — falo, indicando as guloseimas e os refrigerantes (e as caixinhas de leite) nos meus braços. — Quer um pouco?

— Hum, não, obrigada — Esther responde. — Pode me acompanhar, Srta. Higgins?

— Claro — Jill diz e segue Esther até a sala... e me lança um olhar enigmático por cima do ombro quando entra em um corredor... olhar esse que não estou em condições de interpretar, já que estou prestes a levar a maior bronca da minha chefe.

Mas Roberta não diz nada, só:

— Foi, hum, simpático da sua parte, hum, ajudar a Srta. Higgins.

— Obrigada — digo. — Ela falou que estava se sentindo meio tonta, então...

— Você pensou rápido — Roberta diz. — Bem, já passam das duas, então...

— Certo. — Largo as coisas da cozinha no balcão da recepção, e isso faz com que Tiffany solte um grunhido de reclamação e me olhe feio.

— Desculpe, Tiff — digo. — Preciso sair correndo. Meu turno de hoje acabou...

Então saio correndo de lá como se fosse um entregador em uma bicicleta disparando pela Sexta Avenida...

Guia de Vestido de Noiva de Lizzie Nichols

Uma palavra sobre...
Sapatos!

Claro que você quer estar mais linda do que nunca no dia do seu casamento, e saltos mais altos podem ajudar a dar ênfase a uma bela silhueta, além de ajudar a aperfeiçoar uma silhueta não tão bela assim. Tenha em mente, no entanto, que você vai passar MUITO tempo em pé. Se insistir nos saltos, escolha um par com a altura que você está acostumada a usar.

Se o salto escolhido para o casamento ainda não lhe parecer confortável quando o grande dia se aproximar, é sempre boa ideia levar um segundo par para usar nos período de "descanso", como por exemplo enquanto o fotógrafo estiver arrumando o equipamento e tal.

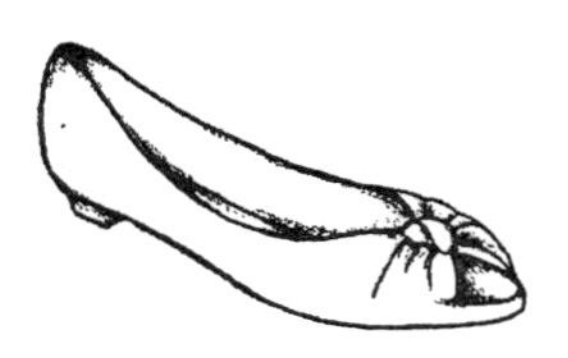

Uma palavra a respeito de casamentos na praia: poucas coisas são mais adoráveis do que um casamento ao pôr do sol em uma praia tropical. Mas tenha em mente que areia e salto não combinam. Se você for se casar na praia, nem pense em usar esse tipo de sapato. E lembre-se de aplicar repelente nas canelas para evitar os mosquitinhos da areia, ou vai passar a cerimônia toda se coçando.

LIZZIE NICHOLS DESIGNS™

Se você revelar os seus segredos ao vento, não pode culpar o vento por revelá-los às árvores..

— Kahlil Gibran (1883-1931), poeta e escritor

Às cinco para as seis daquela tarde, perco as esperanças de que Jill Higgins apareça e toque a campainha da loja de Monsieur Henri. Sabe como é, fui presunçosa demais. Por que Jill Higgins, que vai se casar com um dos homens mais ricos de Manhattan, iria escolher a mim, uma mulher que ela só conhece como recepcionista do escritório de advocacia onde seu acordo pré-nupcial está sendo negociado, como sua especialista certificada em vestidos de noiva?

Principalmente porque nem sou certificada! Ainda.

Não comentei com Monsieur e Madame Henri que dei o nome e endereço deles para uma das futuras noivas mais famosas da cidade. Não quero que eles fiquem cheios de esperança à toa. O movimento não anda nada bom, e ouvi conversas (em francês, é claro, para eu não entender o que eles estão dizendo) a respeito de fechar de vez quando Maurice finalmente abrir a loja dele na mesma rua e roubar os poucos clientes que ainda restam. Os Henri falaram sobre se mudar para a casinha que têm na Provence.

Se isso acontecesse, a diminuição de renda seria significativa, já que assumiram uma segunda hipoteca no prédio para poder pagar a mensalidade da faculdade dos filhos, e a casa onde moram em Nova Jersey perdeu muito valor com a depreciação recente do mercado imobiliário. Além do mais, há o pequeno fato de que os dois garotos, Jean-Paul e Jean-Pierre, recusam-se terminantemente a se mudar para a França ou a passar para uma faculdade menos cara que a Universidade de Nova York, para onde vão todos os dias de Nova Jersey (quando não ficam no apartamento do andar de cima sem avisar a ninguém).

Obviamente, não tenho dúvidas de que, se eles realmente tomarem a decisão de fechar a loja, os garotos vão acabar fazendo exatamente o que a mãe deseja. Dinheiro, e não disciplina, é o que falta na família Henri (pelo menos se der para julgar pelo jeito como Monsieur Henri joga trabalho em cima de mim na loja. Para alguém que afirma que sua empresa está afundando, Monsieur Henri certamente parece ter bastante costura para mim, dia após dia. Ele me obrigou a fazer tantos babados de renda, os mesmos que tanto admirei na vitrine da loja dele meses atrás e jurei para mim mesma que ia aprender a fazer sozinha, que praticamente consigo costurar dormindo. E dominei completamente a arte da gota de diamante incrustada, para obter o efeito mais brilhante possível. E nem quero começar a falar de franzido).

Madame Henri está pressionando o marido a fechar a loja para que possam ir embora logo, porque está marcado para hoje o acendimento da árvore de Natal no Rockefeller Center, então o trânsito vai estar péssimo e vai demorar pelo menos uma hora para sair da cidade. Quando a campainha da loja toca, ergo os olhos e vejo um rosto pálido, enquadrado por uma cortina de cabelos loiros, olhando para mim com urgência.

— O que é isto? — Madame Henri quer saber. — Não temos nada marcado para hoje.

— Ah — apresso-me em dizer, ao mesmo tempo em que me levanto rápido e vou atender a porta. — É uma amiga minha. — Abro a porta para deixar Jill entrar...

...e só então percebo que tem um Town Car preto com chofer e janelas escuras com o motor ligado na frente do hidrante, e que atrás de Jill está um homem alto e atlético que imediatamente reconheço como sendo...

— Ah! — Madame Henri larga a bolsa e leva as mãos às bochechas. Ela também reconheceu o acompanhante de Jill. E, levando em conta o número de vezes que o rosto dele aparece na primeira página do *Post*, isso não é nada supreendente.

— Hum, oi — Jill diz. As bochechas dela estão muito vermelhas por causa do frio lá fora. Ela está carregando um protetor de roupa. — Você disse para eu passar aqui. Cheguei em má hora?

— Chegou em uma hora perfeita — digo. — Entre.

O casal, que estava no meio da neve leve que começava a cair, entra na loja com os cabelos e os casacos brilhando mais com as gotas de neve derretida do que qualquer cristal que jamais costurei em qualquer coisa. Eles carregam consigo o cheiro do frio e da saúde... e de mais alguma coisa.

— Desculpe — diz Jill, franzindo o nariz. — Sou eu. Vim direto do trabalho e não tive tempo de me trocar. Nós não queríamos pegar trânsito.

— Este odor fortíssimo que vocês estão sentindo agora é de excremento de foca — John MacDowell diz. — Não se preocupem, vocês se acostumam.

— Este é o meu noivo, John — Jill diz. — John, esta é Lizzie...

John estende uma mão grande e nós nos cumprimentamos.

— Prazer em conhecê-la — ele diz, aparentemente com sinceridade. — Quando Jill me falou de você... bem, espero mesmo que possa nos ajudar. Minha mãe... quer dizer, eu a amo e tudo o mais, só que...

— Não diga mais nada — respondo. — Compreendo totalmente. E, pode acreditar, provavelmente já vimos coisa pior. Por favor, permitam-me apresentar meu chefe, Monsieur Henri. Ele é dono da loja. E esta é a esposa dele, Madame Henri. Monsieur e Madame, estes são Jill Higgins e o noivo dela, John MacDowell.

Monsieur Henri está ali por perto, olhando para nós três com uma expressão estupefata no rosto. Quando digo o nome dele, dá um passo rápido à frente com a mão estendida.

— *Enchanté* — diz. — Muito prazer em conhecê-los.

— O prazer é todo meu — John MacDowell responde com educação. Madame Henri praticamente desmaia quando ele diz a mesma coisa para ela, que não foi capaz de emitir som algum desde que ele entrou na loja.

— Podemos ver o que vocês trouxeram? — peço e pego o protetor de roupa de Jill.

— Estou avisando — John diz. — É péssimo.

— Péssimo *mesmo* — Jill completa.

— Estamos acostumados com coisas péssimas — garante Monsieur Henri. — Foi assim que conseguimos nossa credibilidade na Associação dos Consultores de Casamento.

— É verdade — digo, séria. — O Serviço Nacional de Casamentos deu a Monsieur Henri a recomendação mais alta.

Monsieur Henri inclina a cabeça com modéstia e ao mesmo tempo se posiciona atrás de Jill para ajudá-la a tirar o anoraque.

— Quem sabe podemos oferecer um chá? Ou um café?

— Estou bem — John diz e entrega a ele o próprio anoraque. — Nós...

A voz dele vai sumindo. Isso porque abri o protetor de roupa. E agora nós cinco estamos olhando para o que apareceu.

Monsieur Henri quase deixa os casacos caírem, mas no último segundo sua esposa se adianta e os recolhe.

— É... é pavoroso — Monsieur Henri diz, sem fôlego... felizmente, em francês.

— É sim — digo. — Mas dá para salvar.

— Não. — Monsieur Henri balança a cabeça, como se estivesse aturdido. — Não dá.

Percebo por que ele se sente assim. O vestido não é nada promissor, para dizer o mínimo. Feito de metros e metros e metros de renda antiga obviamente valiosa por cima de cetim cor de creme, tem uma saia rodada enorme, que fica ainda mais volumosa por causa de um arco costurado por dentro, na barra. O decote é no estilo princesa típico, com mangas bufantes gigantescas que terminam em laços xadrez nos pulsos. Há mais tecido xadrez pregueado na cintura, preso com argolas douradas.

Em outras palavras, parece um modelo saído diretamente de uma produção escolar de uma história que se passa em algum vilarejo escocês de antigamente.

— Está na minha família há gerações — John diz, em tom de quem está pedindo desculpas. — Todas as noivas MacDowell o usaram... com graus variados de alterações. Foi minha mãe que colocou o arco na saia. Ela é do sul, da Geórgia.

— Isso explica muita coisa — digo. — Qual é o tamanho dele?

— É 36 — diz Jill. — Eu uso 42.

Monsieur Henri diz em francês:

— Impossível. É pequeno demais. Não há nada que se possa fazer.

— Não vamos nos apressar — insisto. — Obviamente, vamos ter que nos livrar do corpete. Mas temos tecido suficiente aqui...

— Você vai retalhar o vestido ancestral da família mais rica da cidade? — Monsieur Henri pergunta, mais uma vez em francês. — Está completamente louca!

— Ele disse que as outras noivas fizeram alterações — lembro a ele. — Por favor, nós podemos pelo menos tentar.

— Não tem como enfiar uma mulher 42 em um vestido 36 — Monsieur Henri explode. — Você sabe que é impossível!

— Não podemos fazer com que ela caiba *neste* vestido como está agora — digo. — Mas, felizmente, está comprido demais para ela. — Tiro o vestido do cabide em que está pendurado e seguro na frente do corpo de Jill, que está parada com os braços duros ao lado do corpo, com expressão assustada. — Está vendo? Se fosse curto demais, eu admitiria que o senhor tem razão. Mas, como eu estava dizendo, se descosturarmos o corpete...

— Meu Deus, você está louca? — Monsieur Henri parece chocado. — Você sabe o que a sogra vai fazer conosco? Pode até tomar ações legais...

— Jean — Madame Henri diz, abrindo a boca pela primeira vez.

O marido olha para ela.

— O que foi?

— Faça — ela diz, em francês.

Monsieur Henri balança a cabeça.

— Estou dizendo que não tem como fazer! Quer que eu perca a minha certificação?

— Você quer que Maurice roube todos os poucos clientes que ainda temos quando abrir a loja dele aqui na rua? — a mulher quer saber.

— Ele não vai roubar — garanto aos dois. — Não se vocês me deixarem fazer isto. Eu consigo. Eu *sei* que consigo.

Madame Henri faz um sinal de assentimento com a cabeça para mim.

— Ouça o que ela diz, Jean — ela pede.

A questão já não está mais aberta a debate. Monsieur Henri pode manobrar a agulha, mas é a mulher dele quem manda. Uma vez que ela toma uma decisão, não há mais o que discutir. A palavra de Madame Henri é sempre a última.

Os ombros de Monsieur Henri murcham. Então ele olha para Jill. Tanto ela quanto o futuro marido estão olhando para nós de olhos arregalados.

— Quando é o casamento? — Monsieur Henri pergunta em voz fraca.

— Na véspera de Ano-novo — Jill responde.

Monsieur Henri solta um grunhido. E até eu tenho que engolir em seco com o nó que de repente se instalou na minha garganta. Na véspera de Ano-novo!

Jill repara na nossa reação e parece preocupada.

— Será que isto... Quero dizer, vai dar tempo?

— Um mês. — Monsieur Henri fica olhando para mim. — Temos um *mês*. Não que faça diferença, porque o que você está dizendo não pode ser feito em prazo algum.

— Pode se nós fizermos como estou pensando que devemos fazer — digo. — *Confie em mim*.

Monsieur Henri dá uma última olhada na monstruosidade no cabide.

— *Maurice* — a mulher dele diz por entre os dentes. — Lembre-se de Maurice!

Monsieur Henri suspira.

— Está bem. Vamos tentar.

E eu me viro radiante para Jill.

— Que papo foi esse? — pergunta ela, nervosa. — Não consegui entender o que vocês estavam dizendo. Foi tudo em francês...

— Bem — começo a dizer.

Então me dou conta de qual foi a observação dela.

Viro-me cheia de culpa para Monsieur e Madame Henri, que estão olhando para mim, horrorizados. Eles se deram conta ao mesmo tempo que eu: acabamos de ter uma conversa inteira na língua natal deles... que eu supostamente não devia entender.

Mas, bem. Eles também nunca perguntaram.

Dou de ombros para os Henri. Então, para Jill, digo:

— Vamos fazer.

Ela fica olhando para mim.

— Tudo bem... mas como?

— Ainda não sei exatamente — confesso. — Mas vou ter uma ideia. E você vai ficar linda. Eu prometo.

Ela ergue as sobrancelhas.

— Nada de saia armada?

— Nada de saia armada — respondo. — Mas vou precisar tirar suas medidas. Então, se puder me acompanhar até o provador...

— Tudo bem — ela diz. E me segue, passando por Monsieur e Madame Henri, que continuam lá parados, com cara de estupefatos. Dá para ver que estão repassando na cabeça todas as conversas em francês que tiveram perto de mim.

E foram *muitas* conversas.

Por trás das cortinas do provador, o cheiro de foca fica mais forte do que nunca.

— Sinto muito, de verdade — Jill diz. — Da próxima vez que eu vier, com certeza vou me trocar.

— Tudo bem — digo, tentando respirar apenas de maneira superficial. — Pelo menos você deve saber que aquele cara ama você *de verdade*, se está a fim de aguentar *isto*.

— É — Jill diz, com um sorriso que faz o rosto dela simplesmente bonito ficar deslumbrante por um momento. — Ele ama.

Sinto uma pontada. Não de inveja, de verdade, apesar de achar que tem um pouco disso, sim. Mas ela é principalmente causada pelo fato de que quero o que ela tem: não o noivado com o solteiro mais rico de Manhattan; não uma futura sogra cujo único objetivo de vida é acabar com qualquer chance que eu tenha de ser feliz no dia que supostamente deve ser o mais feliz da vida de qualquer mulher.

Mas um cara que me amaria mesmo que eu cheirasse a cocô de foca. Não que apenas continuaria me amando, mas que desejaria passar o resto da vida comigo (apesar de que, a esta altura, eu me contentaria se ele quisesse passar o Natal em Ann Arbor comigo) e estivesse disposto a verbalizar esse desejo em um salão cheio de amigos, familiares e jornalistas infiltrados que tivessem conseguido se esgueirar para dentro da igreja.

Porque, neste momento, tenho certeza de que não tenho nada disso.

Mas bem. Pelo menos estou trabalhando a questão.

Guia de Vestido de Noiva de Lizzie Nichols

Está na hora de se fazer a pergunta ancestral: Branco, marfim ou creme?

Acredite ou não, existem vários tons de branco. Não acredita? Dê uma olhada na seção de tintas da loja de ferragens do seu bairro. Você nunca viu tantos nomes diferentes para o que as pessoas consideram uma única cor — tem de tudo, de casca de ovo a gelo, passando por nuvem.

O tempo do branco-neve tradicional para os vestidos de noiva já se foi há muito, e diversas noivas fazem a opção de aproveitar a tendência com a escolha de vestidos em off-white, bege, rosa e até azul. Para encontrar a cor que combina melhor com o seu tom de pele, siga este guia fácil:

Branco-neve — Seu cabelo é escuro? Então o branco tradicional realmente vai cair melhor em você. Brancos com um toque de azul ou lavanda também serão bons complementos.

Creme — Loira? Seus cachos claros vão ficar mais destacados com um vestido cor de creme. O toque de dourado vai ecoar o tom das luzes na sua gloriosa coroa (estou falando do seu cabelo, não da sua tiara). Lembre-se da princesa Diana no dia especial *dela*...

Marfim — Algo intermediário? Marfim cai bem em quase todo mundo. É por isso que tantas paredes são pintadas dessa cor.

LIZZIE NICHOLS DESIGNS™

Para um filósofo, qualquer notícia, como se diz, é chamada de fofoca; e aqueles que a editam e a leem são velhas tomando seu chá.

— Henry David Thoreau (1817-1862), filósofo, escritor e naturalista norte-americano

— Por onde você andou? — Luke pergunta quando finalmente chego em casa naquela noite, cambaleando com os braços carregados de livros.

— Estava na biblioteca — respondo. — Desculpe, você ligou? Era proibido ficar com o telefone ligado lá dentro.

Luke está rindo quando se aproxima para pegar os livros dos meus braços.

— *Tradições escocesas* — lê alto das capas. — *Seu casamento escocês*. *Xadrez e brindes.* Lizzie, o que está acontecendo? Você está planejando uma visita à ilha Esmeralda em breve?

— Isso fica na Irlanda — digo, desenrolando o cachecol. — Estou fazendo um vestido de noiva escocês para uma cliente. E você nunca vai acreditar quem é.

— Acho que você tem razão. Já comeu? Coloquei um pouco dos restos de peru para esquentar no forno...

— Estou agitada demais para comer — digo. — Vamos lá. Adivinhe. Adivinhe quem é a cliente.

Luke dá de ombros.

— Não sei. Shari? Ela vai fazer algum tipo de casamento lésbico?

Olho com ódio para ele.

— Não. E eu já disse para não...

— Colocar nenhum rótulo nela, sim, sim, eu sei — responde Luke. — Certo, desisto. Quem é a sua cliente?

Eu me largo no sofá... minha garganta está doendo um pouco e me incomoda. Eu me sinto ótima por poder sentar... e dizer, triunfante:

— Jill Higgins.

Luke foi à cozinha para pegar um pouco de vinho.

— E eu deveria saber quem é essa pessoa? — ele pergunta pela abertura do balcão.

Não dá para acreditar.

— Luke! Você não lê jornal? Não assiste ao noticiário?

Mas, antes mesmo de ele responder, já sei o que ele vai dizer. O único jornal que lê é o *New York Times*, e só assiste a documentários.

Mesmo assim, eu tento.

— Sabe — digo quando ele se aproxima com uma taça de cabernet sauvignon em cada mão. — É aquela moça que trabalha com as focas no zoológico do Central Park. Que deu um jeito nas costas quando pegou uma foca no colo para colocar de volta no cercado. Porque elas pulam para fora quando a água sobe demais, sabe como é, quando neva ou chove muito. — Eu sei disso porque Jill acabou de me contar, no provador, enquanto eu tirava suas medidas, quando perguntei como ela e John tinham se conhecido. — E quando ela estava no pronto-socorro, ela conheceu John MacDowell... sabe qual? Da família MacDowell de Manhattan? Bom, eles vão se casar e vai ser o maior casamento do século, praticamente, e Jill pediu para que *eu* desse um jeito no vestido de noiva dela. — Ainda estou tão abismada que fico me agitando no sofá. — Eu! Entre todas as pessoas de Nova York! Eu estou trabalhando no vestido de noiva de Jill Higgins!

— Uau — diz Luke, sorrindo com seus dentes certinhos. — Que coisa ótima, Lizzie!

É óbvio que ele não faz a mínima ideia do que eu estou dizendo. A mínima.

— Você não entende — digo. — Isto aqui é importantíssimo. Sabe, a imprensa tem agido de maneira selvagem com ela, chamado-a de "Elefante Marinho" e outras coisas, só porque ela não é uma modelo magricela e trabalha com focas, e ela chora na frente dos jornalistas de vez em quando, porque eles não saem do pé dela, e a sogra a obrigou a assinar um acordo pré-nupcial e usar um vestido de noiva pavoroso... você não imagina como é pavoroso... e vou reformá-lo, e tudo vai ficar perfeito, e Monsieur Henri finalmente vai arrumar mais clientes, e então vai poder me pagar, e vou poder pedir demissão do escritório do pai de Chaz e fazer o que eu amo em tempo integral. Não é *maravilhoso*?

Luke continua sorrindo... mas não tanto quanto antes.

— É maravilhoso *sim* — diz. — Mas...

— Não estou dizendo que vai ser fácil — interrompo, achando que sei o que ele vai dizer. — Quero dizer, nós só temos um mês... menos de um mês agora... para terminar o vestido, e vai dar *muito* trabalho. Principalmente se eu for fazer o que acho que vou precisar fazer com ele, para poder servir nela. Então, você vai passar um tempo sem me ver muito. E tudo bem, porque você tem provas finais mesmo, não é? Vou ter mesmo que trabalhar até mais tarde para conseguir terminar. Mas se conseguir, Luke... imagine só! Talvez Monsieur Henri me deixe cuidar da loja! Ele está esperando para se aposentar e se mudar para a França... assim vai poder fazer isso sem precisar vender a loja por menos do que vale. Daí eu posso começar a economizar e, talvez... por favor, meu Deus... eu possa conseguir algum empréstimo para microempresa ou algo assim, e depois pode ser que eu consiga *comprar* a loja... com o prédio e tudo... algum dia...

Luke parece totalmente alheio a tudo isso. Sei que é informação demais de uma só vez. Mas não posso deixar de desejar que ele ficasse um *pouquinho* mais animado por mim.

— Eu *estou* animado — ele afirma quando menciono isso (de um jeito um pouco entediado, confesso, mas, bem, minha garganta está doendo). — É só que... eu não sabia que você estava falando sério mesmo sobre essa coisa de vestidos de noiva.

Fico olhando para ele.

— Luke — eu digo. — Você não estava presente no verão quando todas aquelas amigas dos seus pais me disseram que eu tinha que entrar no ramo dos vestidos de noiva?

— Bem, estava — Luke responde. — Mas só achei... sabe como é. Que seria alguma coisa que você faria no futuro. Talvez depois de se formar em administração.

— Eu me formar em administração? — guincho. — Voltar para a faculdade? Está de brincadeira? Acabei de me formar. Espere, eu *nem* me formei ainda! Por que eu ia querer voltar?

— Lizzie, para abrir uma empresa própria, você precisa ter mais do que apenas talento para reformar roupas vintage — Luke diz, de um jeito meio seco.

— Sei disso. — Balanço a cabeça. — Mas é o que estou fazendo na loja de Monsieur Henri. Estou aprendendo o básico a respeito de como se administra um negócio próprio. E, Luke, de verdade, acho que estou pronta. Para dar o próximo passo, claro. Ou pelo menos vou estar, dependendo de como forem as coisas com Jill Higgins.

Luke parece desconfiado.

— Não sei como um único vestido de noiva pode fazer tanta diferença.

Olho para ele boquiaberta.

— Está brincando? Já *ouviu falar* de David e Elizabeth Emanuel?

— Hum. — Luke hesita. — Não?

— Eles desenharam o vestido de noiva da princesa Diana — explico, sentindo um pouco de pena dele. Quero dizer, de verdade. Ele sabe muita coisa sobre os princípios da biologia, que está estudando neste semestre. Mas não muito sobre cultura pop.

Mas, tudo bem. Afinal, de verdade, que tipo de informação você ia *preferir* que o seu médico tivesse?

— E eles ficaram superfamosos por causa daquele vestido — prossigo. — Agora não vou, de jeito nenhum, colocar Jill Higgins na mesma categoria de fama da princesa Diana. Mas, sabe como é, *aqui* ela é bem conhecida. E quando as pessoas ficarem sabendo que nós fizemos o vestido dela, vai ser ótimo para os negócios. Só estou dizendo isso. E como ela vai se casar na véspera de Ano-novo, o tempo está meio apertado, então...

— Então você não vai ter muito tempo para mim — Luke diz. — Não se preocupe, eu compreendo. E você tem razão, com as minhas provas finais, também não vou ter muito tempo mesmo. Isso sem contar que viajo para a França daqui a apenas três semanas. Para um casal que mora junto, com certeza não nos vemos muito.

— Exceto quando estamos dormindo — concordo. — Mas sabe como é. Estamos inconscientes.

— Bom — Luke diz —, acho que simplesmente vou ter que me contentar com o que tenho. Mas estava torcendo para você me ceder um pouquinho do seu tempo precioso para ir comprar uma árvore comigo.

— Comprar árvore? — Fico olhando para ele durante alguns segundos antes de me dar conta do que ele está falando. — Ah, está dizendo que quer fazer uma árvore de Natal?

— Bom, é — Luke responde. — Apesar de não podermos realmente comemorar as festas juntos, eu queria fazer uma celebração entre nós antes de viajarmos com a família. E, para isso, precisamos de uma árvore... principalmente porque comprei uma coisinha especial para você, e preciso de um lugar para colocar.

O meu coração se derrete.

— Você comprou um presente de Natal para mim? Ahhh, Luke! Que amor!

— Bem — ele diz, aparentemente satisfeito com minha reação, mas um pouco acanhado também, por alguma razão. — Na verdade, não é bem um presente de Natal, agora eu percebo... é mais um investimento para o futuro.

Espere... por acaso ele acabou de dizer o que *acho* que ele disse?

Um investimento para o *futuro*?

— Vamos lá — Luke diz, levanta-se de maneira abrupta e vai até a cozinha. — Você precisa comer alguma coisa. A sua voz está um pouco rouca. Não queremos que fique doente. Você tem um vestido de noiva para fazer!

Guia de Vestido de Noiva de Lizzie Nichols

Saída em grande estilo

É tradicional os convidados de um casamento receberem saquinhos de arroz cru para abrir e jogar no casal feliz e recém-casado na saída do lugar onde a cerimônia de casamento ocorreu (normalmente, uma igreja). O arroz representa fertilidade. Jogar arroz em cima de um casal supostamente representa o seu desejo para que eles tenham sorte e abundância na vida a dois.

Nos últimos anos, no entanto, muitas igrejas e outros locais onde se realizam casamentos proibiram o uso de arroz nos Estados Unidos. A razão dada é o fato de o arroz cru ser nocivo aos pássaros que podem engoli-lo. Isto, na verdade, é lenda urbana. Muitas espécies de pássaros e patos dependem do arroz como o item principal de sua dieta.

O problema do arroz é que, na verdade, representa perigo para os seres humanos... os grãos duros são escorregadios sob os pés, e muitos locais que realizam casamentos preferem evitar um processo por meio da proibição do arroz.

Um substituto do arroz que anda fazendo sucesso é alpiste. Mas isso causa tanto perigo à saúde dos seus convidados quanto arroz, na questão de criar uma superfície escorregadia.

Além do mais, arroz, alpiste e até confete são extremamente difíceis de limpar e, para lugares que realizam diversas cerimônias de casamento no mesmo dia, a limpeza depois da partida de cada casal (já que a próxima noiva não vai querer pisar no arroz ou no confete da anterior) toma muito tempo e sai caro.

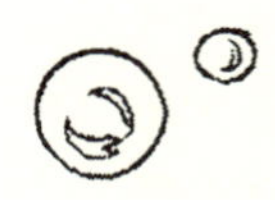

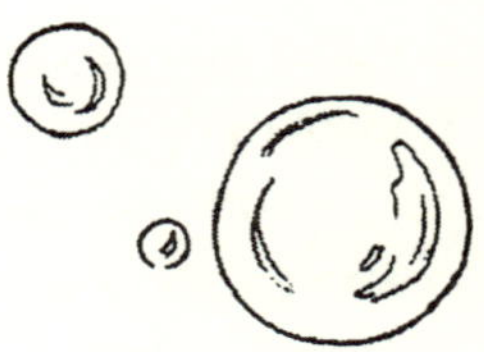

É por isso que sempre recomendo o uso de bolhas de sabão na saída dos noivos depois da cerimônia de casamento. Os convidados podem criar uma bela "cobertura" de bolhas de sabão e os noivos podem passar por baixo, a caminho da carruagem ou limusine que vai levá-los. E ninguém jamais processou alguém por escorregar em uma bolha.

Mas talvez tenha processado por uma delas ter estourado no seu olho.

Lizzie Nichols Designs™

Eu considero ponto pacífico que, se todos os homens soubessem o que os outros dizem sobre eles, não existiriam nem quatro amigos no mundo.

— Blaise Pascal (1623-1662), matemático francês

— Um investimento para o futuro? — Shari parece desconfiada do outro lado da linha. — Mas isso pode ser qualquer coisa. Títulos de ações. Uma daquelas moedas do World Trade Center que você faz na hora.

— Shari — não dá para acreditar que ela está agindo com tanta burrice —, por favor, Luke não vai me dar de presente uma moeda velha. É uma aliança de noivado. *Tem* que ser. Ele está tentando se redimir por não ir comigo à casa dos meus pais.

— E por isso ele vai comprar uma *aliança de noivado* para você?

— Vai. Que presente seria melhor do que este para me dar logo antes de ir visitar meus pais? — Estou um pouco agitada só de pensar nisso. — É, tipo, apesar de *ele* não poder estar lá, a *aliança* vai estar, de modo que todo mundo vai saber que as coisas são sérias entre nós. Ah, espere. — Aperto o botão da espera, e depois o da linha 2. — Pendergast, Loughlin e Flynn, em que posso ajudar?

Transfiro a ligação para um dos sócios juniores e aperto o botão da linha 1 de novo.

— Faz sentido — digo a Shari. — Quero dizer, nós estamos namorando há seis meses. Estamos morando juntos há quatro. Não seria totalmente fora de propósito se ele me pedisse em casamento.

— Não sei não, Lizzie. — Shari fala como se estivesse balançando a cabeça. — De acordo com Chaz, Luke é o tipo de pessoa que, hum... não está disposto a assumir compromisso.

— Bem, talvez ele tenha mudado devido à minha tutelagem cuidadosa — digo ao me lembrar do aviso não muito caridoso que Chaz me fez vários meses antes; que na verdade foi só porque Chaz estava com inveja por Luke ter uma namorada que gosta dele de verdade e não está apaixonada pela chefe.

— Lizzie — Shari parece cansada —, as pessoas não mudam. Você sabe disso.

— Elas podem mudar em relação a coisas pequenas — respondo. — Olhe só para você, quando começou a namorar Chaz, ele tinha aquela mania, lembra, de comer costeleta de porco com risoto de caixinha toda noite. Você fez com que ele parasse com isso.

— Eu disse a ele que, se não comesse outra coisa de vez em quando, eu ia parar de ir para a cama com ele — Shari diz. — Mas quando não estou por perto, ele continua comendo só isso.

— Aaaah — intromete-se Tiffany, do meu lado, por cima da revista de noiva que ela está lendo. Porque eu trouxe várias dessas revistas para o trabalho, para me inspirar. — Quando você e Luke se casarem, você pode mandar a sua empresa de RP mandar um informativo à imprensa, sabe como é, tipo para a *Vogue* e a *Town & Country*, e eles podem mandar repórteres para cobrir o seu casamento, e isso vai fazer com que você tenha *mais* clientes. E divulgação de graça.

Fico olhando para ela. Para uma pessoa tão sem noção quanto ela, que chega ao ponto de às vezes se esquecer de trancar a porta quando fecha o escritório no fim do dia, até que Tiffany de vez em quando tem umas boas ideias.

— Essa é uma boa — respondo. — É mesmo *muito* boa.

— Oiê — Shari diz. — Você está falando comigo? Ou com Srta. Spray de Cabelo no Lugar do Cérebro aí?

— Ei, calma — digo. — Não exagere.

— Estou tentando — Shari diz. — Mas falando sério, Lizzie. Adoro Luke e tudo o mais. Mas você realmente se vê com ele daqui a 50 anos? Ou mesmo daqui a cinco anos?

— Eu me vejo, sim — respondo, estupefata com a pergunta. — Claro que sim. Por quê? Qual é o problema com ele? — A outra linha toca. — Droga. Espere. — Aperto a linha 2. — Pendergast, Loughlin e Flynn, em que posso ajudar? O Sr. Flynn? Um momento, por favor.

Um segundo depois, já estou falando com Shari de novo.

— Falando sério. Por que você fala como se achasse que Luke e eu não tivéssemos futuro?

— Bem, sinceramente, Lizzie — Shari diz. — O que vocês dois têm em comum? Tirando o sexo?

— Muita coisa — insisto. — Ah, nós dois gostamos de Nova York. Nós dois gostamos do Château Mirac. Nós dois gostamos... de vinho. E do Renoir!

— Lizzie — Shari diz. — Todo mundo gosta dessas coisas.

— E ele quer ser médico — prossigo. — E ajudar a salvar a vida das pessoas. E eu quero ser uma especialista certificada em vestidos de noiva. E ajudar as noivas a ficarem bonitas. Nós somos praticamente a mesma pessoa.

— Você não está falando sério — Shari diz. — Mas eu estou. Uma das razões por que percebi que Chaz e eu não devíamos ficar juntos, e por que eu e Pat combinamos tanto, é porque ela e eu somos compatíveis do ponto de vista intelectual. E não acho que a mesma coisa possa ser dita a respeito de você e Luke.

Sinto lágrimas ardendo nos meus olhos.

— Você acha que ele é intelectualmente superior a mim, é isso? Só porque ele gosta de documentários e eu gosto de *Project Runway*?

— Não — Shari diz, em tom exasperado. — Estou dizendo que ele gosta de documentários e você gosta de *Project Runway*... mas vocês só assistem a documentários. Porque você se esforça tanto para fazer com que ele goste de você que simplesmente só faz tudo o que ele quer, em vez de dizer o que *você* realmente deseja fazer. Ou assistir.

— Isso não é verdade! — digo. — Nós assistimos a programas de que eu gosto o tempo todo!

— Ah, é? — Shari solta uma risada amarga. — Eu não sabia que você era tão fã de um programa investigativo como *Nightline*. Sempre achei que você fosse mais do tipo que gosta de David Letterman. Mas, ei, se é *Nightline* que deixa você feliz...

— *Nightline* é um programa ótimo — digo, na defensiva. — Luke assiste para ficar a par do que acontece no mundo, já que ele sempre perde o noticiário da noite porque fica ocupado estudando na biblioteca...

— Encare, Lizzie — Shari diz. — Sei que você acha que encontrou seu lindo príncipe... literalmente. Mas você realmente se considera o tipo princesa? Porque eu com toda a certeza não penso em você assim. E tenho certeza de que Luke também não.

— O que você quer dizer com *isso*? — Exijo saber. — Eu sou exatamente o tipo princesa! Só porque faço minhas próprias roupas em vez de esperar uma fada madrinha chegar para me salpicar com pó de pirlimpimpim...

— Elizabeth? — Só então reparo que Roberta se aproximou do balcão da recepção. E ela não parece nada contente.

— Hum — digo. — *Precisodesligartchau.*

Desligo o telefone.

— Oi, Roberta — digo. Ao meu lado, Tiffany tirou os pés de cima da mesa e está fingindo que está ocupada, arrumando os esmaltes dela dentro de uma gaveta, na ordem das cores do arco-íris.

Fico achando que vou levar uma bronca por estar dando telefonemas pessoais durante o horário do expediente, mas me surpreendo quando Roberta diz:

— Tiffany, são quase duas. Você se importa de assumir o lugar de Lizzie alguns minutos mais cedo para eu dar uma palavrinha em particular com ela?

— Claro que não — Tiffany responde com um olhar furtivo na minha direção, que berra: "*Você foi pega no flagra!*" E faz o meu estômago se revirar imediatamente, formando um nó.

Sigo Roberta até a sala dela, ciente do olhar de pena de Daryl (o supervisor de fax e fotocópia). Parece que ele também acha que fui pega no flagra.

Bem, tanto faz! Se a Pendergast, Loughlin e Flynn quer me despedir por causa de um telefonema pessoal, então é melhor demitirem todos os outros funcionários da firma também! Já ouvi Roberta conversando com o marido no telefone várias vezes!

Ah, meu Deus. Por favor, não permita que eu seja despedida... por favor...

Acho que vou vomitar.

Só quando entro na sala de Roberta e vejo que o *New York Post* está aberto em cima da mesa dela em uma foto grande no centro da segunda página que percebo que isto não tem nada a ver com o uso do telefone da empresa para fazer ligações pessoais. Mas, apesar de o jornal estar de cabeça para baixo, consigo identificar as palavras: "A nova amiguinha misteriosa da Elefante Marinho." E dá para ver que na foto estou eu acompanhando Jill até o Town Car depois de tirar as medidas dela na noite anterior.

O nó no meu estômago se transforma em uma coisa mais parecida com um punho fechado.

— Corrija-me se eu estiver errada — diz Roberta, levantando o jornal. — Mas esta aqui não é você?

Engulo em seco. Minha dor de garganta, que foi milagrosamente curada pela observação de Luke sobre "um investimento para o futuro", de repente volta com força total.

— Hum — digo. — Não.

Sinceramente, não sei de onde as mentiras da minha vida vêm. Mas uma vez que começam, não tem como parar.

— Lizzie — Roberta diz. — Obviamente é você. Este é o mesmo vestido que você usou para trabalhar ontem. Não vai me dizer que existe outro assim em Manhattan.

— Tenho certeza de que existem vários — digo. E, desta vez, nem estou mentindo. — Alfred Shaheen foi um estilista prolífico.

— Lizzie — Roberta se senta à mesa dela —, isto aqui é muito sério. Vi você conversando com Jill Higgins no banheiro ontem. E daí, parece, você se encontrou com ela em algum lugar depois do trabalho. Você sabe que para o escritório a confidencialidade dos clientes é um assunto extremamente sério. Então vou perguntar mais uma vez: o que você estava fazendo ontem com Jill Higgins... e, se dá para acreditar nesta foto, com o noivo dela, John MacDowell?

Engulo em seco de novo. Queria ter uma balinha Sucrets. E também queria não precisar tanto deste emprego.

— Não posso contar — respondo.

Roberta levanta só uma das sobrancelhas.

— Perdão, acho que não entendi bem.

— Não posso contar — repito. — Mas posso informar que não tem absolutamente nada a ver com o escritório. Sinceramente. Tem a ver com uma coisa completamente diferente. Mas também é um assunto que envolve confidencialidade. E realmente não posso desrespeitar esse acordo.

A outra sobrancelha de Roberta se ergue, unindo-se à primeira.

— Lizzie. Está dizendo que é você na foto?

— Não posso confirmar nem negar — digo, repetindo a frase que a própria Roberta me orientou a dizer sempre que repórteres ligarem para o escritório, pedindo informações a respeito de pessoas sobre quem estão escrevendo reportagens.

— Lizzie — Roberta não parece nada contente —, isto aqui é muito sério. Se você estiver assediando ou incomodando a Srta. Higgins de qualquer maneira...

— Não estou! — exclamo, assustada de verdade. — Foi *ela* que me procurou!

— Para quê? — Roberta quer saber. — Que outro tipo de trabalho você faz, Lizzie?

— Se eu disser — explico —, você vai saber por que ela foi falar comigo. E ela não me deu permissão para contar a ninguém. Então, não posso dizer. Sinto muito, Roberta.

Não dá para acreditar que estou fazendo isto. Quero dizer, NÃO entreguei um segredo, pela primeira vez na vida. Este é um verdadeiro sinal do meu amadurecimento interno. Eu devia estar comemorando, total.

Pena que eu esteja com tanta vontade de vomitar.

— Você pode me demitir se quiser — prossigo. — Mas juro que não estou incomodando Jill. Se não acredita, pode ligar para ela e perguntar. Ela vai dizer que não.

— Agora ela é *Jill* para você? — Roberta pergunta com mais do que um pouco de sarcasmo na voz.

— Ela me disse que eu podia chamá-la assim — digo, magoada. — Então, sim.

Roberta olha para a foto. Parece não saber o que fazer.

— Isto aqui é altamente irregular. — Ela termina por dizer. — Sinceramente, não sei o que dizer.

— Não é nada ilegal — respondo.

— Bem, espero mesmo que não seja! — Roberta exclama. — Você vai se encontrar com ela de novo?

— Vou — respondo com firmeza.

— Bem. — Roberta balança a cabeça. — Neste caso, a única coisa que posso dizer é para você tomar cuidado para não sair em uma foto do *Post* da próxima vez. Se algum sócio viu isto e reconheceu você...

— Eu não fazia ideia de que havia um fotógrafo lá — digo. — Mas pode ter certeza de que vou tomar mais cuidado no futuro. É só isso? Posso ir agora?

Roberta parece assustada.

— Você está com uma pressa enorme para sair daqui. Vai fazer compras de Natal?

— Não — respondo. — Preciso cuidar do serviço que estou fazendo para Jill.

Os ombros de Roberta murcham.

— Certo. Mas estou avisando, Lizzie. Esta firma se orgulha de sua reputação inabalável. Qualquer sombra de comportamento inapropriado da sua parte e você já era. Compreendeu?

— Totalmente — respondo.

Roberta olha para baixo, como se estivesse me dispensando...

...saio correndo da sala dela. No caminho de volta para o balcão da recepção para pegar meu casaco e minha bolsa, ignoro quando Daryl sussurra:

— Ei! O que você aprontou desta vez?

E Tiffany, que diz:

— Ai, meu Deus, tudo bem com você? Está com cara de que alguém acabou de dizer que a sua bolsa Prada é falsificada.

— Está tudo bem — balbucio. — A gente se vê amanhã.

— É sério — Tiffany diz por entre os dentes. — Ligue para mim e conte o que ela disse. Estou juntando histórias de Roberta para colocar em um site sensacionalista.

Aceno para ela e saio correndo, com o coração martelando tanto dentro do peito que tenho medo que ele saia voando e vá bater na parede. Quando a porta do elevador se abre, corro para dentro sem nem olhar quem está lá e já vou apertando o botão do térreo. Só quando uma voz ao meu lado fala comigo ergo os olhos e vejo que Chaz está dentro da cabine:

— Bom, oi para você, estranha.

— Ai, meu Deus — exclamo. — Você ia falar com o seu pai? Por que não disse nada? Eu podia ter segurado a porta para você... ah, não, agora vai ter que descer. Sinto muito!

— Relaxe — Chaz diz. — Não subi para falar com meu pai. Subi para falar com você.

— Comigo? — Estou chocada.

— Eu estava querendo convidar você para tomar um drinque — Chaz diz. — E tentar arrancar informações sobre a minha ex, necessárias, para começar a reconstruir meu ego masculino e aprender a amar mais uma vez.

Mordo o lábio inferior.

— Chaz — digo —, estou me esforçando muito mesmo para não falar das pessoas pelas costas. É uma coisa muito nova para mim. Já me meti em tantas confusões no passado por ter a boca grande, e realmente estou tentando mudar. Porque, apesar do que *algumas* pessoas pensam, as pessoas *são capazes* de mudar.

— Claro que sim — Chaz diz. O elevador chegou ao térreo. — Vamos lá. Deixe-me pagar uma cerveja para você no Honey's.

Estou prestes a dizer *não posso*. Sei que Chaz está sofrendo, mas tenho um vestido para consertar. Estou prestes a dizer: *Preciso ir para a loja, estamos com um projeto importantíssimo... que é outra coisa sobre a qual não posso falar... e estou muito apertada de tempo, então a gente se fala mais tarde, certo?*

Mas então olho para o rosto dele e percebo que faz um tempo que ele não se barbeia... e até onde posso ver, que não troca de boné.

E é assim que me vejo sentada na frente dele em um dos boxes de vinil do Honey's com uma Coca diet gelada à minha frente, ouvindo o anão cantar "Dancing Queen", uma experiência que não é inteiramente agradável.

— Eu só preciso saber — diz Chaz para a garrafa de cerveja dele. — Sei que parece idiota, mas... Quero dizer... Você acha que fiz alguma coisa para... fazer Shari virar?

— O quê? Claro que não — exclamo. — Chaz! Por favor. Não.

— Então o que aconteceu? — Ele quer saber. — Quero dizer, uma pessoa é heterossexual um dia e gay no outro. A menos que eu tenha feito alguma coisa para causar...

— Você não fez nada — digo. — Chaz, pode acreditar. Você não fez nada. Foi exatamente como ela explicou para você. Ela simplesmente se apaixonou por outra pessoa. E essa pessoa por acaso é outra mulher. É a mesma coisa se ela tivesse encontrado algum cara e tivesse se apaixonado por ele em vez de você.

— Hum — Chaz diz. — É diferente.

— Não é. Continua sendo amor. O amor faz coisas loucas com as pessoas. Você não pode se culpar. Sei que Shari não culpa você. Ela ainda ama você. Ela disse isso, certo?

Chaz faz uma careta.

— Ela comentou.

— Bem, é verdade. Ela ainda ama você. Só que, sabe como é. Não é mais amor romântico. Acontece, Chaz.

— Então, você está falando — diz Chaz lentamente — que hipoteticamente seria possível eu me apaixonar por um cara um dia destes?

— Hipoteticamente — respondo. Mas, para dizer a verdade, não consigo, de jeito nenhum, imaginar Chaz em uma relação homossexual. Ou, melhor, não consigo imaginar nenhum dos homossexuais que conheço (e que namorei) com o menor desejo de se relacionar com Chaz, tendo em vista que a noção de moda dele é menor do que zero e ele demonstra um entusiasmo alarmante por basquete universitário e não muito interesse por decoração. Para mim é bem mais fácil imaginar Luke se ajeitando confortavelmente com outro homem.

— Isso já aconteceu com *você*? — Chaz quer saber.

— O que já aconteceu comigo? — Olho para o relógio em cima do balcão. Realmente preciso ir para a loja. Tenho mais ou menos um milhão de ideias para o vestido de Jill e os meus dedos estão coçando para começar a realizá-las.

— Você já se apaixonou por uma mulher?

— Bem — digo lentamente. — Existem muitas mulheres na minha vida que admirei e quis imitar, e quis conhecer melhor. Mas, não, sabe como é, do ponto de vista *sexual*.

Chaz está arrancando o rótulo da cerveja com a unha do polegar.

— E você e Shari nunca... hum... experimentaram?

— Chaz! — Jogo o meu descanso de copo em cima dele. — Não! Eca! Você e Luke são iguaizinhos. É isso, estou indo embora...

— O que foi?! — diz ele, parecendo assustado de verdade quando pega o meu braço antes de eu conseguir sair totalmente da minha ponta do banco. — Só perguntei por perguntar! Pensei que talvez, sabe como é, todas as mulheres façam esse tipo de coisa...

— Não fazem — informo. — Não que haja algo de errado com isso. Agora, solte o meu braço, preciso ir trabalhar.

— Você acabou de sair do trabalho — ele observa.

— É o meu outro trabalho — respondo. — Na loja de vestidos de noiva. Estamos com um trabalho novo muito grande, e preciso começar.

— Você realmente gosta desse negócio de casamentos, não é mesmo? — pergunta ele enquanto, no palco do caraoquê, o anão passa de Abba para Ashlee Simpson, declarando que, apesar do que todo mundo pensa, ele não roubou meu namorado. — Você realmente acredita nisso... no final feliz, no arroz... na coisa toda.

— Acredito — respondo. — Claro que sim. E sei que você está triste neste momento, Chaz... e tem todo o direito de estar. Mas algum dia vai acontecer para você... prometo. Do mesmo jeito que também vai acontecer para mim. — Quem sabe mais cedo do que qualquer pessoa pensa.

— Bem, espero que você ainda não esteja pensando em fazer acontecer com o Sr. Bichinho da Floresta — Chaz diz.

Fico olhando para ele.

— E por que não? — Daí, quando vejo ele revirar os olhos, completo: — Ah, fala sério, Chaz. Não venha com aquela coisa do cavalo de corrida de novo. Para a sua informação, Luke está indo muito bem no curso e, além do mais, parece estar pronto para subir um degrau da nossa relação.

Chaz ergue as sobrancelhas:

— Vão fazer um *ménage à trois*?

Dou um tapa no meio do boné dele.

— Ele comprou um presente de Natal para mim — digo — e disse que é um investimento para o futuro.

As sobrancelhas de Chaz se encontram no meio da testa.

— O que *isso* quer dizer?

— O que *mais* pode querer dizer? — pergunto. — Tem que ser uma aliança de noivado.

Chaz faz uma careta.

— Ele não me falou de comprar aliança alguma.

— Ah, e vai ser bem difícil de falar — digo. — Levando em conta que ele sabe o que aconteceu com você recentemente. Você acha mesmo que ele vai se gabar de ficar noivo se sabe que a sua namorada acabou de trocar você por uma mulher?

— Obrigado — Chaz diz. — Você sabe mesmo como fazer um homem se sentir ótimo.

— Bem, você não é exatamente o Sr. Gentileza em pessoa — digo. — Com aquele papo de Luke não ser um cavalo em que você apostaria e tudo o mais. Mas imagino que agora você tenha outras ideias sobre o assunto, não?

— De verdade? — Chaz balança a cabeça. — Não. Um investimento para o futuro pode ser qualquer coisa. Não é necessariamente uma aliança. Eu não me encheria de esperança, menina. Quero dizer... não quero ofender... mas vocês dois nem vão passar as festas juntos. O que isso significa para o seu "felizes para sempre"?

— Chaz. — Olho bem fixo para ele do outro lado do boxe, antes de escorregar para fora e ir embora. — Sei que Shari magoou você. Sinceramente, não consigo acreditar que ela fez uma coisa dessas, apesar de saber que não foi nada fácil e que ela está se sentindo supermal com isso. Mas, falando sério. Só porque o seu romance não deu certo, não significa que todos os romances estão condenados. Você só precisa sair por aí, encontrar alguma aluna de Ph.D. em filosofia com quem você possa conversar sobre Kant ou sei lá o quê, e vai se sentir melhor a respeito de tudo. Eu prometo.

Chaz apenas olha para mim.

— Algum dia você vai ter que me descrever, com mais detalhes, como é esse planeta em que você vive. Porque parece mesmo ótimo, e eu gostaria de poder fazer uma visita no futuro.

Dou um sorriso amarelo para ele e saio do boxe, bem quando o anão dá início a sua versão pitoresca de "Don't Cry Out Loud".

Espero que Chaz aprenda alguma coisa com ele.

Guia de Vestido de Noiva de Lizzie Nichols

Maquiagem

Muitas noivas preferem que um profissional faça sua maquiagem no dia do casamento. Geralmente, esta é uma boa ideia — quando o serviço fica a cargo de um profissional, é uma coisa a menos para a noiva temer que dê errado.

No entanto, muitas noivas que escolhem uma maquiagem profissional no seu grande dia acabam ficando com uma cara que não é a natural delas, como acontece com parentes em caixões, maquiados por agentes funerários. Assegure-se de que você e seu especialista em cosméticos concordam em relação a cor, quantidade e tom... e tenha certeza de que o profissional tem a mão leve. Sim, você quer ficar bem nas fotos... mas também quer parecer natural e bonita de perto, para os seu convidados. Um maquiador talentoso consegue atender aos dois quesitos com facilidade.

Algumas dicas de maquiagem para lembrar:

— Marque a primeira reunião com o maquiador quatro semanas antes do evento. Assim, vocês dois vão ter tempo suficiente para descobrir um visual que agrada aos dois.

— Sua maquiagem não pode ser pesada a ponto de o seu rosto ficar de uma cor e o pescoço de outra. ENCONTRE O TOM CERTO!

— Você vai ficar com a pele brilhante no dia do seu casamento por causa do nervosismo e, possivelmente, do calor. Assegure-se de que as suas madrinhas carregam consigo lencinhos antibrilho, e também pó compacto.

— Usar um curvex aquecido para recurvar os cílios cria efeito duradouro e estonteante nos olhos.

— Não se esqueça de usar rímel à prova d'água — você *vai* chorar. Ou pelo menos, vai suar.

— Aplicar corretivo sob os olhos vai disfarçar qualquer olheira da noite anterior, mal dormida de tanto nervosismo.

— E, finalmente, escolha um batom de longa duração. Você vai usar sua boca para beijar, comer e beber durante a festa toda, e não vai querer ter que parar o tempo todo para retocar sua cor preferida.

Circulam por aí terríveis boatos.

— William Shakespeare (1564-1616),
poeta e dramaturgo inglês

Não demorou muito para a imprensa descobrir onde Jill Higgins estava encontrando a nova amiga misteriosa (apesar de eu ter conseguido me manter fora das páginas dos tabloides ao não acompanhá-la mais até o carro).

Com muita rapidez, a cidade inteira já sabia que Jill Higgins, a noiva do casamento do século, estava usando Monsieur Henri como seu especialista certificado em vestidos de noiva. De repente, hordas de noivas estavam batendo à porta da nossa lojinha, exigindo que trabalhássemos no vestido delas também. Jean-Paul e Jean-Pierre tiveram que trabalhar como porteiros/seguranças para manter os paparazzi fora e deixar as noivas entrarem.

Qualquer ressentimento que os Henri pudessem ter em relação a eu não ter dito a eles que sabia falar francês ficou de lado quando perceberam que estávamos conseguindo tantos trabalhos com noivas desesperadas que eles precisaram comprar uma agenda de dois anos.

Não que qualquer um dos Henri tenha chegado a encostar um dedo no vestido de Jill desde que ela o levou para lá. Monsieur Henri tentou depois que lhe contei meu plano, mas disse que nunca ia dar certo e que eu seria processada pela mãe do John MacDowell.

Madame Henri, no entanto, tirou o vestido dos dedos dele com toda calma e entregou de volta para mim, dizendo gentilmente:

— Jean, deixe que ela faça o trabalho.

Apreciei o gesto, principalmente levando em conta o fato de ela ter me chamado de "burra". Era evidente que Madame Henri tinha mudado de ideia, e agora o vestido (o vestido de Jill) estava pendurado em um gancho especial no fundo da oficina, onde todo dia eu retirava o lençol que o cobria, absorvia o que tinha feito no dia anterior e avaliava o que precisava ser feito nas próximas horas, tinha um ataque histérico e começava a trabalhar.

Dizem que o momento mais escuro da noite ocorre logo antes do amanhecer. Já trabalhei em um número suficiente de projetos para saber que é verdade. Uma semana antes do Natal (eu tinha prometido que o vestido de Jill estaria pronto no dia anterior à véspera de Natal, para dar tempo de fazer alguma alteração de última hora antes da cerimônia, na véspera de Ano-novo), eu tinha certeza de que o vestido nunca ficaria pronto a tempo... ou, pior, que ficaria pronto, mas seria horroroso. Não é brincadeira transformar um tamanho 36 em tamanho 42. Monsieur Henri tinha razão quando disse que a empreitada era impossível.

Só que não era. Impossível, quero dizer. Só era muito, mas muito difícil. Exigiu horas cortando costuras e mais horas ainda costurando, e o consumo de muitas e muitas e muitas Cocas diet. Eu ficava na loja das 14h30 (ia correndo para lá assim que terminava meu turno na Pendergast, Loughlin e Flynn, que continuava sendo meu único serviço remunerado) e ficava até a meia-noite, às vezes até uma da manhã, quando ia aos tropeços para casa, desabava na cama e acordava às seis e meia do dia seguinte para tomar banho, trocar de roupa e voltar para o escritório. Eu raramente via meu namorado, muito menos tinha tempo para outras pessoas. Mas tudo bem, porque Luke estava tão ocupado quanto eu, estudando para as provas finais. Se ele queria mesmo terminar o pós-bacharelado em um ano, precisava enfiar o máximo de disciplinas possível em cada semestre, e isso significava que ele tinha quatro provas finais com que se preocupar (o que é basicamente o equivalente acadêmico de transformar um vestido tamanho 36 em tamanho 42).

Mas apesar de eu não ter muito contato com o meu namorado nas últimas semanas, cansei de ver a caixa que ele colocou embaixo da minúscula árvore de Natal, que ele comprou na rua (com seu pedestal em miniatura) e colocou na frente das janelas para que as luzinhas pisca-pisca que ele enrolou ao redor possam brilhar na Quinta Avenida. Eu vi a caixa no minuto em que entrei pela porta em uma noite, depois de uma batalha dolorosa com o xadrez do vestido de Jill. Foi difícil não notá-la.

Porque ela é enorme.

Falando sério, a caixa é do tamanho de um pônei em miniatura. Ou pelo menos de um cocker spaniel. É quase maior do que a própria árvore. Com toda a certeza NÃO é uma caixa de aliança.

Porém, como Tiffany disse quando comentei com ela:

— Talvez ele seja um daqueles.

— Um daqueles o quê? — perguntei.

— Você sabe, um daqueles caras que não gosta quando a namorada adivinha o que eles vão dar de presente, de modo que coloca um milhão de caixas dentro de caixas, para que ela não possa sacudir para tentar adivinhar.

Isto faz muito sentido, é brilhante, é claro. Luke sabe muito bem que não consigo guardar segredo (apesar de estar me comportando muito bem desde que me mudei para Nova York. Realmente, acho que estou amadurecendo). Entre não ser capaz de guardar um segredo e não deixar de espiar os presentes de Natal de alguém é um pequeno passo. É verdade que já rasguei um pedacinho do papel prateado sem querer quando estava passando aspirador outra noite. Mas me controlei e não tirei o papel.

Eu sei que Tiffany tem razão, e que Luke está fazendo a coisa da caixa dentro da caixa. É a cara dele.

E é por isso que fiz a mesma coisa com a carteira bacana de couro que comprei para ele na Coach. A caixa que usei para disfarçar a caixa bem menor em que a carteira na verdade veio é uma caixa que a Sra. Erickson me deu e que continha diversos frascos de detergente que ela comprou há dois anos quando foi ao Sam's Club de New Jersey. Ela demorou todo este tempo para usar frascos suficientes a ponto de precisar jogar a caixa fora.

Espero que Luke não dê uma cheirada no presente dele. Se não, vai achar que comprei Dawn líquido para ele.

E, antes que eu me dê conta, já é o dia anterior à véspera de Natal e estou tão nervosa quanto uma criança que vai ver o Papai Noel no shopping. Não por causa do presente de Luke para mim (apesar de isso me deixar bem empolgada), nem porque nós dois estamos prestes a passar mais de uma semana em partes totalmente diferentes do mundo, mas sim com o que Jill vai pensar do vestido dela. Porque (como costuma acontecer com esse tipo de coisa), finalmente começou a dar tudo certo há alguns dias, e agora... bem, até Madame Henri olhou para ele, e depois para mim, e disse, muito séria:

— Bom. Muito bom.

E isso, para ela, realmente é um elogio enorme. Mas ainda mais importante foi a opinião de Monsieur Henri, que incluiu várias coçadas no queixo... muito caminhar de um lado para o outro... duas ou três perguntas específicas sobre fita xadrez... e finalmente um sinal de positivo com a cabeça e um:

— *Parfait*.

Não o doce, e sim "perfeito".

Mas não é da opinião crítica dele que tenho mais medo. Ainda precisamos ter certeza de que Jill vai gostar.

Ela finalmente aparece uma hora depois que fechamos a loja (quando já expulsamos a última pessoa que estava marcada para o dia, fechamos as persianas e finalmente apagamos as luzes da sala da frente para passar a impressão de que todo mundo tinha ido embora). Fizemos isso, é claro, para despistar os paparazzi.

Quando a campainha toca exatamente às sete, Madame Henri corre para destrancar a porta, sem acender nenhuma luz. Duas silhuetas envoltas em sombras se esgueiram para dentro. No começo, fico achando que Jill trouxe o noivo e sinto um arroubo de irritação com ela: todo mundo sabe que dá azar o noivo ver o vestido de noiva antes do casamento.

Mas daí eu me lembro de que ela foi sozinha a todas as provas, sentindo-se sempre tão acuada, não só pela imprensa, mas também pelo próprio isolamento social, tendo em vista que a família dela mora muito longe e as amigas sabem tanto sobre vestidos de noiva quanto ela.

E fico feliz por ela ter trazido John, porque ele realmente fez tudo o que pôde para facilitar as coisas para ela... chegou até a intervir, recentemente, nas negociações do acordo pré-nupcial para exigir que Jill obtivesse um contrato justo, sob a ameaça de não deixar os pais participarem da recepção, e esse movimento surtiu perfeitamente o efeito desejado, e o Sr. Pendergast ficou tão animado que pediu uma rodada de champanhe extra para todo mundo na festa do escritório no Montrachet (da qual precisei escapar mais cedo para retomar o trabalho no vestido de Jill, e por isso perdi o auge da noite, que foi quando Roberta ficou tão bêbada que foi encontrada agarrando Daryl, o supervisor de fax e fotocópias, na chapelaria... infelizmente para eles, por causa de Tiffany, que tirou fotos do acontecimento com a câmera do celular e mandou para todos nós por e-mail).

E é por isso que, quando Madame Henri finalmente achou que era seguro acender as luzes, fico chocada ao ver que a pessoa que Jill trouxe consigo não é o leal e adorável John, de jeito nenhum, mas sim uma mulher mais velha (aliás, quase uma réplica exata dela), que apresenta como sua mãe.

Minha surpresa rapidamente se segue por uma onda de alívio. *Sim*. Jill finalmente tem uma aliada... que não seja eu nem seu futuro noivo, claro.

— Oi, Lizzie — diz a Sra. Higgins, apertando minha mão com o mesmo vigor que a filha costuma usar em seus apertos de mão, como se não tivesse consciência de sua força, que no caso de Jill é considerável, levando em conta que ela costuma carregar focas de 50 quilos o tempo todo. — Muito prazer em conhecê-la. Jill falou tanto de você... Ela diz que você praticamente salvou a vida dela... e que você é muito generosa com... o que era mesmo, querida? Yudles?

— Yodels — Jill responde com ar acanhado. — Desculpe, precisei contar a ela sobre o dia em que nos conhecemos, no banheiro...

— Ah, claro — digo com uma risada. — Tem mais lá atrás se você quiser... — Levando em conta todo o trabalho que tenho feito, a dieta de baixo carboidrato ficou completamente de lado. Não faço ideia de quanto engordei, mas não foi pouco. E, no entanto, mal estou me importando, de tão animada com o vestido de Jill.

— Não, tudo bem — diz Jill, rindo. — Eu estou bem. Então... Você está pronta?

— Se você estiver — digo. — Vamos lá.

E eu a levo para os fundos enquanto Monsieur e Madame Henri oferecem à Sra. Higgins uma cadeira e um pouco de champanhe.

Meus dedos estão tremendo enquanto coloco as dobras fartas de tecido cor de marfim por cima da cabeça de Jill, mas tento esconder meu nervosismo com a seguinte explicação:

— Certo, Jill, este corte é o que chamamos de cintura império. Significa que o cós fica logo abaixo dos seios, que, em você, é a parte mais fina do corpo. Assim, a saia vai cair reta e meio que vai ficar esvoaçante, e esse é o melhor efeito para uma pessoa com o seu tipo de corpo. A cintura imperial foi popularizada por Josefina, a esposa de Napoleão Bonaparte, que a adaptou das togas romanas que viu retratadas em arte antiga. Agora, como pode ver, escolhemos deixar os ombros de fora, porque seus ombros são bonitos e queremos mostrá-los. E então temos isto aqui... é o xadrez original que estava pendurado no vestido velho... estamos usando como uma faixa embaixo dos seios, está vendo? Dá ênfase à sua cintura estreita. E, finalmente, temos luvas... eu estava pensando que o melhor seria acima do cotovelo, quase chegando a essas alças soltas aqui. Bem. — Eu a viro na frente do espelho de corpo inteiro. — O que você acha? Pensei em prender o cabelo para cima, com algumas mechas encaracoladas caindo, meio que para completar o visual de deusa grega...

Jill está olhando fixo para seu reflexo. Demoro um minuto para perceber que o silêncio dela não é de reprovação. Os olhos dela estão tão redondos e reluzentes quanto moedas de 25 centavos. Ela está segurando as lágrimas.

— Ah, Lizzie. — É tudo que ela parece capaz de dizer.

— Ficou horrível? — pergunto, nervosa. — É tudo do vestido original. Só tirei as costuras... bom, praticamente *todas* as costuras. Foi difícil, mas realmente acho que o modelo cai bem em você. Suas proporções são meio clássicas, e não existe nada mais clássico do que uma deusa grega...

— Quero mostrar para a minha mãe — Jill diz com a voz embargada.

— Certo — digo, correndo atrás dela para erguer a cauda de 1,20m que coloquei atrás do vestido. — Você pode prender isto aqui, sabe como é, em uma espécie de drapeado na parte de trás para quando você estiver dançando. Eu não queria que atrapalhasse. Mas quero que você marque presença, sabe, porque a catedral St. Patrick é tão grandiosa...

Mas ela está saindo apressada da sala dos fundos e indo para a frente da loja, onde a mãe e o casal Henri estão esperando.

— Mãe! — Jill exclama ao atravessar as cortinas que separam a loja da sala dos fundos. — Olhe!

A Sra. Higgins engasga com o champanhe que está engolindo. Madame Henri dá alguns tapinhas nas costas dela e a mulher finalmente consegue se recuperar o suficiente para dizer, com os olhos brilhando tanto quanto os da filha:

— Ah, querida, você está linda!

— Estou mesmo — Jill diz, em tom chocado. — Estou, não estou?

— Está mesmo, de verdade — a Sra. Higgins diz, aproximando-se para olhar melhor. — Este é o vestido que ela deu a você? A velha... quero dizer, a mãe de John?

— É este vestido mesmo — respondo. Eu me sinto estranha por dentro. Não dá para explicar direito. Mas é uma espécie de combinação entre animação e alegria. De verdade, a única maneira apropriada de descrever a sensação seria se alguém abrisse uma garrafa de champanhe... dentro de mim. — Obviamente, modifiquei um pouquinho.

— Um pouquinho! — Jill repete com uma risada. É! Uma risada! Da Elefante Marinho! Isto é importante. Importante *de verdade*.

— Está tão lindo — a Sra. Higgins diz em tom meigo. — Ela está parecendo... bem, uma princesa!

— Falando nisso, precisamos conversar sobre o que vamos colocar na cabeça — digo. — Estava dizendo a ela que deve prender o cabelo, só com algumas mechas encaracoladas caindo atrás. Então talvez uma tiara não seja má ideia. Acho que ficaria lindo demais com o cabelo dela...

Mas é óbvio que ninguém está me escutando. As duas mulheres Higgins só olham para o reflexo de Jill no espelho da loja, trocando murmúrios baixinhos e rindo. De olhar para elas, não dá para acreditar que há poucas semanas a noiva estava chorando em um banheiro e com frequência chegava às provas cheirando a cocô de foca.

— Bem — diz Madame Henri para mim quando eu aproximo do casal, já que obviamente nem a cliente nem a mãe dela estão me escutando. — Você conseguiu.

— Consegui — respondo, ainda me sentindo meio atordoada.

Então Madame Henri faz uma coisa que me surpreende. Ela estica o braço e pega as minhas mãos nas dela.

— Isto é para você — diz com um sorriso.

— E coloca uma coisa na minha mão. Olho para baixo e vejo um cheque. Com muitos zeros.

Mil dólares!

Quando volto a erguer os olhos, percebo que Monsieur Henri parece acanhado mas contente.

— Considere isso como seu bônus de Natal — ele diz em francês.

Emocionada, eu me adianto para dar um abraço nele (e na esposa) de maneira espontânea.

— Obrigada! — Exclamo. — Você dois são simplesmente... *fantastique*!

— Então, você vai, certo? — Jill me pergunta depois, enquanto a ajudo a tirar o vestido com todo o cuidado. — Ao casamento, certo? E à recepção? Você sabe que está convidada. Você e mais alguém. Pode levar aquele seu namorado de quem tanto ouvi falar.

— Ah, Jill — digo, sorrindo. — É muita gentileza da sua parte. Eu adoraria ir. Só que Luke não pode. Ele vai passar as festas na França.

Jill parece confusa.

— Sem você?

Eu me esforço para manter o sorriso no lugar.

— Claro. Vai visitar os pais. Mas não se preocupe. Eu não perderia seu casamento por nada.

— Ótimo — diz Jill. — Então sei que pelo menos vou ter uma amiga lá. Além da minha família e do pessoal do zoológico.

— Acho que em breve você vai descobrir que tem muito mais amigas do que pensava — digo, de coração.

Ao caminhar para casa naquela noite, me sinto como se estivesse flutuando em uma nuvem. O cheque de mil dólares e o convite para o casamento são a menor parte disso. O fato de que ela gostou (gostou *de verdade*) é a única coisa em que consigo pensar.

E ela ficou tão linda! Eu sabia que isso ia acontecer. A Sra. MacDowell vai MORRER quando vir Jill entrando na igreja. Simplesmente vai morrer. Ela tinha dado aquele vestido para a futura nora para humilhá-la, por não aprovar a escolha do filho.

E quem é que vai ficar humilhada agora, quando a "Elefante Marinho" se transformar na noiva mais linda da temporada?

E vou estar lá para ver tudo acontecer! Sinceramente, tenho o melhor trabalho do mundo! Apesar de não receber por ele um salário que se pode chamar de regular, sabe como é.

Ainda estou flutuando quando entro no prédio e subo o elevador para o apartamento. Ainda estou flutuando quando abro a porta e encontro Luke lá dentro, com as luzinhas da árvore de Natal acesas, segurando uma garrafa de vinho e dizendo:

— Você chegou, finalmente!

— Ah, Luke! — exclamo. — Você não vai acreditar. Mas ela adorou. Absolutamente adorou. E Monsieur e Madame Henri me deram um bônus de Natal, e Jill me convidou para o casamento dela... pena que você vai perder. Mas o mais importante é que ela amou o vestido, de verdade mesmo. E também ficou linda com ele. Ninguém nunca mais vai chamá-la de "Elefante Marinho".

— Que ótimo, Lizzie! — Luke serviu uma taça de vinho para cada um de nós. Só então percebi que as luzes estavam apagadas... todas menos as luzinhas da árvore de Natal e algumas velas. Ele tinha preparado uma tábua de queijos e alguns potinhos com petiscos de que gosto (como castanhas apimentadas e casquinha de laranja confeitada). Está tudo muito festivo... e romântico.

Então ele diz, quando me entrega uma das taças de vinho que serviu:

— Então eu não podia ter escolhido um presente melhor para você. Quer abrir agora?

Não podia ter escolhido um presente melhor para mim? Porque todo o resto está tão perfeito que ele me pedir em casamento só vai fazer com que tudo fique ainda melhor? Essa é a única coisa que pude imaginar que ele estava querendo dizer.

— Claro que quero abrir agora! — digo. — Você sabe que eu estou louca para abrir desde que você colocou aí!

— Então manda ver — Luke diz. E isso é algo estranho de se dizer para uma pessoa de quem você vai pedir a mão embaixo de uma árvore de Natal. Mas tanto faz.

Pego minha taça de vinho, acomodo-me no assoalho ao lado do meu presente e espero ele se sentar ao lado do dele.

— Quer abrir primeiro? — pergunto, achando que o meu presente realmente vai ser brochante depois das lágrimas de alegria que vão se seguir ao dele para mim.

Mas ele diz:

— Não, você primeiro. Estou muito ansioso para ver o que você vai achar.

Então dou de ombros e começo a rasgar o papel.

Quando arranco o papel de embrulho e encontro embaixo dele uma caixa gigante que diz "Quantum-Futura CE-200", começo a perder minha sensação feliz de estar flutuando. Mas ao ver que a foto na caixa é de uma máquina de costura, a sensação de flutuar desaparece completamente.

E quando ergo olhos questionadores e vejo Luke olhando para mim todo radiante, do outro lado da taça de vinho, de jeito nenhum com cara de quem vai me pedir em casamento, realmente começo a me sentir... bom. Muito mal.

— É uma máquina de costura! — exclama ele. — Para substituir a que meu pai quebrou. Mas esta é bem melhor do que aquela que ele chutou. A moça da loja disse que é a melhor. Você pode fazer todo tipo de bordado e tal com ela. Vem com um minicomputador dentro!

Fico olhando estupefata para a caixa gigantesca. Um investimento para o futuro. Foi o que ele disse.

E foi exatamente o que ele me deu, é verdade.

E antes que eu me dê conta do que está acontecendo, já estou chorando.

Guia de Vestido de Noiva de Lizzie Nichols

Casamentos supostamente são momentos felizes. É por isso que ninguém, e muito menos a noiva, está disposto a admitir que às vezes... bom, o casamento simplesmente não acontece. Talvez o noivo fique com medo. Talvez seja a noiva. Talvez o casal chegue à conclusão de que, afinal de contas, não é o momento certo. Pode ser que um familiar amado faleça e deixe todo mundo pouco à vontade com a ideia de fazer uma celebração durante um momento de luto. De todo modo, coisas podem acontecer.

É por isso que a noiva precavida faz um seguro-casamento. Assim como o seguro-viagem, o seguro-casamento garante que você não vai perder todo o dinheiro gasto com adiantamentos dados para coisas como o local, o bolo, fotógrafos, comida, aluguel de carro, flores, lua de mel, até o vestido...

Estamos falando do dia do seu casamento, que com muita frequência é o dia mais importante da vida de uma mulher. Por acaso você não quer ter o conforto de saber que, se alguma coisa der errado, você não vai ter perdido uma fortuna? Você já vai ter perdido o seu homem... por que perder também o dinheiro que se esforçou tanto para ganhar?

Aconselho todas as minhas clientes a fazer um seguro-casamento... e o mesmo vale para você.

LIZZIE NICHOLS DESIGNS™

Amor e escândalo são as melhores coisas para adoçar um chá.

— *Henry Fielding (1707-1754), escritor inglês*

— Qual é o problema? — exclama Luke ao ver que estou me desmanchando em lágrimas. — O que foi? Comprei a máquina errada? Por que você está chorando?

— Não... — Não dá para acreditar. Não dá para acreditar que estou chorando na frente dele. Não dá para acreditar que não consigo me controlar. Isto é ridículo. A culpa não é dele. A culpa é minha. Fui eu quem enfiou na cabeça a ideia de que, quando Luke disse que o meu presente era um investimento para o futuro, que ele quis dizer... que ele quis dizer...

— Que eu quis dizer o quê? — pergunta ele, apavorado.

E então, para o meu pavor, percebo que estava falando em voz alta. Não! Tenho me comportado tão direitinho! Tenho tomado tanto cuidado! Coloquei tantas migalhinhas de pão para ele seguir! Não posso bater na cabeça dele com uma marreta agora. Não agora que ele chegou tão perto de...

— Que você ia me dar uma aliança de noivado — ouço minha própria voz, soluçando — e que ia pedir minha mão em casamento!

Pronto. Falei. Está na mesa. Agora está flutuando no universo para quem quiser ouvir... até Luke.

E, bem como eu sabia, lá no fundo... como sempre soube, de algum modo, antes mesmo de Shari e Chaz tentarem me avisar... Ele está apavorado.

— *Casar* com você? Lizzie... você sabe que eu amo você. Mas... nós só estamos juntos há seis meses!

Seis meses, seis anos. Não faz nenhuma diferença. Percebo isso agora. Existem alguns bichinhos da floresta que, por mais migalhas de pão que você deixe para eles... por mais que espere com paciência... nunca serão seus. Eles nunca vão se deixar domar. Porque preferem ficar correndo soltos e livres na floresta.

E Luke é assim. Todo mundo foi capaz de enxergar. Menos eu. Sou a única idiota que se recusou a aceitar a verdade: que ele está feliz em morar comigo agora, mas não para sempre. Seis meses. Seis anos. Ele nunca vai permitir que ninguém o amarre.

Pelo menos não eu.

— Achei que nós estávamos nos divertindo — Luke diz. Ele parece estar aborrecido de verdade. — Eu adoro morar com você, está ótimo... mas, casamento? Lizzie, nem sei onde eu vou estar no ano que vem, muito menos daqui a quatro anos, quando terminar a faculdade de medicina... isso se entrar na faculdade de medicina!

Coisa que nem sei se vou conseguir! Como é que posso querer me casar com você? Como é que eu posso querer me casar com *qualquer* pessoa? Eu nem sei... quero dizer, nem posso dizer com certeza que algum dia eu *vá* me casar. Não sei se casamento é uma coisa que *algum dia* vai entrar no meu radar.

— Ah — digo baixinho.

Afinal, o que mais posso responder? Obviamente, esta é uma conversa que deveríamos ter tido há algum tempo. Quero dizer, se ele nem sabe se vai querer se casar no futuro... não só comigo, mas com *qualquer pessoa*...

Só que talvez ele pudesse ter percebido que esta era uma coisa que ele ia querer fazer no futuro se eu tivesse agido com mais frieza. Mas é claro que agora estraguei tudo com a minha boca grande. Se eu tivesse esperado só mais um pouquinho...

Mas, não. Daqui a um ano... dois... ele ainda vai estar dizendo a mesma coisa. Percebo isso pelo pânico nos olhos dele. É completamente diferente do que vejo nos olhos de John MacDowell quando ele olha para Jill. E até do que costumava ver nos olhos de Chaz quando ele olhava para Shari.

Como é que fui tão cega? Como não percebi que isso nunca existiu nos olhos de Luke?

— Tudo bem — digo em tom suave. — Estou tão cansada... Tão, tão cansada.... Ando trabalhando demais. E amanhã tenho que pegar um avião e ir para casa.

Graças a Deus. Tudo o que quero neste momento é estar em casa, no colo da minha mãe... do mesmo jeito que Jill correu para abraçar a mãe dela, só que por outro motivo. O dela foi cheio de alegria.

O meu? Não tão alegre assim.

— Meu Deus, Lizzie — Luke está dizendo. — Estou me sentindo péssimo. Se eu fiz alguma coisa, qualquer coisa, para você achar... mas você me falou daquela coisa de querer abrir uma loja sua. Então simplesmente imaginei que você pensava a mesma coisa. Que casamento nem estava nos planos. Imagine se nós dois nos casarmos e eu entrar em uma faculdade de medicina na Califórnia, você ia ter que abrir mão da loja! E você não ia querer fazer isso. Abrir mão da sua empresa por causa de mim? Claro que não. Ou, suponha que, depois que eu me formar, arrume um emprego em Vermont ou em algum lugar assim. Você ia querer ir para *Vermont* comigo?

A resposta, claro, é sim. Sim, na verdade, eu iria. Eu iria a qualquer lugar, Luke. Qualquer lugar. E abriria mão de qualquer coisa. Desde que nós dois pudéssemos ficar juntos.

Mas ele obviamente não se sente assim a meu respeito.

— Eu só... — Luke está andando pelo apartamento inteiro, acendendo todas as luzes. Fico ofuscada com a claridade repentina. — Lizzie, sinto muito, de verdade. Ai, meu Deus, agora ferrei com tudo, não é mesmo?

— Não — respondo, balançando a cabeça e usando a parte de trás do pulso para secar as lágrimas das minhas bochechas. — Não, não ferrou. Desculpe. Eu é que sou boba. É que minha cabeça está saturada de casamentos, ou qualquer coisa do tipo. É um efeito colateral da profissão. É só que...

— É só que o quê? — ele pergunta, chega perto de mim e me abraça pela cintura. — Lizzie, o que posso fazer para consertar isto entre nós? Porque quero consertar. Quero que possamos continuar nos divertindo, como estávamos nos divertindo até agora...

— É — digo. Estou quase deixando para lá. Afinal, de verdade... De que adianta?

Mas, de algum modo, desta vez... Não consigo. Talvez seja por causa da alegria que vi no rosto de Jill. Talvez seja porque agora estou realmente percebendo que não vou poder responder como quem não quer nada, quando uma das minhas irmãs perguntar se é uma aliança de noivado que tenho na mão: "Ah, mas é sim. É, sim", quando eu for para casa amanhã. Não sei.

Mas percebo que chegou a hora de ser sincera. Com Luke. E comigo mesma.

— Diversão é muito bom — digo. — Mas, sabe como é, Luke... Eu *quero* me casar algum dia. Quero mesmo. E se você não quiser... bem, de que adianta ficarmos juntos? Quero dizer, você não acha que seria melhor terminarmos para podermos sair por aí e tentar encontrar uma pessoa com quem nós *possamos* imaginar um futuro juntos?

— Ei — diz Luke, pressionando os lábios no meu cabelo. — Ei, não fale assim. Eu não disse que não consigo imaginar um futuro com você. Só estou dizendo que neste momento nem consigo imaginar um futuro para mim mesmo... imagine um futuro com outra pessoa! Então, como é que posso querer envolver você nele... por mais que goste da ideia de ver você lá?

Encosto a bochecha no peito dele. Sinto o engomado da camisa branca e o leve cheiro da colônia que ele usa como loção após barba. É um cheiro que aprendi a associar a sexo e risadas.

Até agora.

— Eu sei — digo e o empurro com suavidade. — E sinto muito, de verdade. Mas preciso ir.

E eu me viro e me dirijo para o quarto, onde está a minha mala pronta para amanhã. Só falta arrumar as coisas de banheiro. É o que vou fazer agora.

— Você não está falando sério, certo? — Luke veio atrás de mim. — Isto é piada.

— Não é piada — digo, guardando a escova de dentes e o sabonete facial na minha nécessaire Luscious Lana. Mal enxergo o que estou fazendo, de tantas lágrimas que tenho nos olhos. Olhos idiotas.

Passo de raspão por ele para enfiar minha nécessaire com coisas de banheiro e outra com maquiagem na mala. Então puxo a alça e começo a arrastar a mala em direção à porta.

— Lizzie. — Luke dispara na minha frente. A expressão dele é de ansiedade. — O que há de errado com você? Nunca a vi assim...

— O que foi? — pergunto, de maneira um pouco mais ríspida do que é a minha intenção. — Você nunca me viu brava antes? Está certo. Porque ando tentando me comportar o melhor possível perto de você, Luke. Porque estou tentando provar para você que vale a pena ficar comigo. Que vale a pena para um cara maravilhoso como você ficar comigo. É igual... é igual a este apartamento. Este apartamento lindo. Estou tentando me comportar como o tipo de pessoa que moraria num lugar assim... um lugar com uma menininha de Renoir pendurada na parede. Mas sabe o que descobri? Que não *quero* ser o tipo de pessoa que moraria num lugar assim. Porque não *gosto* do tipo de pessoa que mora em lugares assim... pessoas que traem o marido e que fazem a namorada acreditar que pensam em um futuro em comum, quando não pensam, porque não estão interessadas em casamento, só querem se divertir. Porque acho que meu valor é maior do que esse.

Luke fica olhando estupefato para mim.

— Quem está traindo o marido? — pergunta, confuso.

— Pergunte para a sua mãe com quem ela foi almoçar no dia seguinte ao de Ação de Graças! — respondo antes que consiga me conter. Por dentro, estou urrando. Certo, é isto. Preciso sair daqui. Agora. — Tchau, Luke.

Mas Luke não entende a mensagem e não sai da minha frente. Em vez disso, ele retesa o maxilar.

— Lizzie — diz, em um tom diferente de antes. — Você está sendo ridícula. São dez da noite. Para onde você vai?

— O que isso importa para você? Preciso saber.

— Lizzie. Eu *me importo*. Você *sabe* que me importo. Como você pode simplesmente ir embora deste jeito?

— Porque — respondo — para mim não serve "por enquanto". Eu preciso de "para sempre". Eu *mereço* que seja para sempre.

Eu o empurro para o lado, destranco a porta e puxo minha mala até o corredor, parando só para pegar meu casaco e minha bolsa no caminho.

Mas fica meio difícil fazer uma saída assim tão dramática quando você precisa ficar parada esperando o elevador chegar. Luke se encosta na porta e fica olhando fixo para mim.

— Você sabe que não vou correr atrás de você — diz.

Não respondo.

— E que amanhã viajo para a França — ele prossegue.

Fico olhando para os números sobre a porta do elevador enquanto eles vão se acendendo, um por um. Estão um pouco desfocados, por causa das minhas lágrimas não derramadas.

— Lizzie — diz, em seu tom razoável e enfurecedor. — Para onde você vai, hein? Vai encontrar um apartamento novo no meio do feriado de Natal? Esta cidade fecha na semana entre o Natal e o Ano-novo. Olhe, vamos simplesmente usar este período para nos acalmar um pouco, pode ser? Apenas... apenas esteja aqui quando eu voltar. Para que possamos conversar. Certo?

Felizmente, o elevador chega. Eu entro. E sem me importar com o ascensorista uniformizado, que ouve tudo, digo:

— Adeus, Luke.

As portas do elevador se fecham.

Guia de Vestido de Noiva de Lizzie Nichols

A festa acabou...

O que fazer com o seu vestido de noiva agora que o casamento chegou ao fim?

Bem, muitas mulheres querem guardar o vestido de casamento para as filhas ou as netas usarem no casamento delas. Outras podem optar por guardar o vestido de noiva em nome da posteridade.

Seja lá qual for a sua escolha, é importante mandar lavar o vestido depois de usá-lo, já que até manchas pouco visíveis, como as de champanhe ou de suor, podem manchar o delicado material com o tempo.

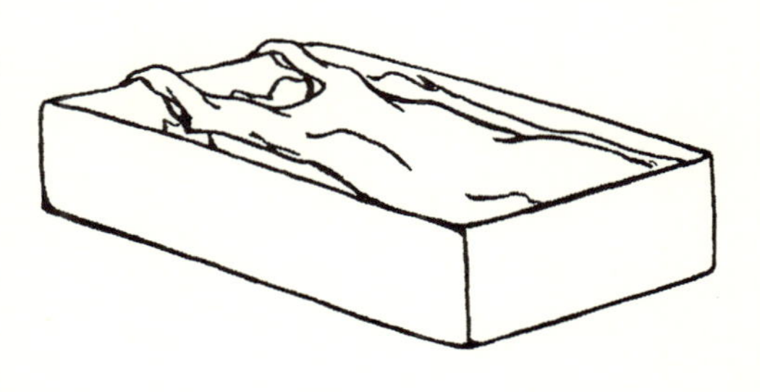

Mas algumas mulheres, depois que o vestido foi lavado e colocado na caixa de conservação, não acham que ele ainda carrega o valor sentimental que já teve para elas. Talvez o casamento tenha terminado em divórcio, ou até na morte do cônjuge.

Porém, mesmo que o seu vestido traga lembranças amargas para você, não o jogue fora. Doe-o para a LIZZIE NICHOLS DESIGNS™ ou para uma das diversas organizações de caridade que existem para ajudar noivas pobres a ter o casamento de seus sonhos. Algumas dessas organizações permitem que suas doações sejam revertidas em descontos de impostos, de modo que todo mundo fica feliz.

Você vai ajudar uma colega noiva necessitada e vai substituir lembranças possivelmente infelizes por novas, mais alegres. Experimente... você não vai se arrepender!

LIZZIE NICHOLS DESIGNS™

Só existe uma coisa no mundo pior do que ser alvo de fofocas: não ser alvo de fofocas.

— Oscar Wilde (1854-1900), dramaturgo, romancista e poeta anglo-irlandês

— A culpa é toda minha — digo.

— A culpa não é sua — responde Shari.

— Não — discordo. — É sim. É *sim*. Eu devia ter perguntado a ele. Lá na França, simplesmente devia ter perguntado o que ele pensa sobre casamento. Sabe? Eu poderia ter evitado tudo isto se não tivesse feito aquele joguinho idiota dos bichinhos da floresta. Pelo menos desta vez, se eu *tivesse* aberto a boca, podia ter me poupado muita dor e muita dificuldade.

— É — diz Shari. — Mas não teria transado tanto.

— Isso é verdade — respondo com um suspiro lacrimoso. — É uma grande verdade.

— Está melhor? — Shari quer saber enquanto pressiona uma toalha úmida e fria contra minha testa.

Assinto. Estou deitada no futon da namorada dela, Pat, na sala grande e agradável do apartamento que ela tem em Park Slope. Tenho um labrador de cada lado. Scooter, à esquerda, é preto. Jethro, à direita, é amarelo.

Apesar de termos acabado de nos conhecer, eu amo muito, muito os dois.

— Quem é o cachorro mais fofo? — digo a Jethro. — Quem?

Vejo Pat olhar para Shari meio sem jeito. Shari diz:

— Não se preocupe. Ela vai ficar bem. Só teve um pequeno choque.

— Vou ficar bem — digo. — Amanhã vou para a minha cidade visitar minha família. Mas eu volto. Não vou ficar em Ann Arbor. Nova York não me mastigou e cuspiu fora. Não como aconteceu com Kathy Pennebaker.

— Claro que você vai voltar — diz Shari. — Vamos voltar no mesmo voo, no domingo, lembra?

— Certo — respondo. — Vou voltar e vou ficar bem. Vou encontrar o meu chão. Porque sempre encontro.

— Claro que sim — diz Shari. — Agora vamos para a cama, certo, Lizzie? Você fica aqui com Scooter e Jethro. E se precisar de alguma coisa, qualquer coisa, não hesite em nos acordar. Vou deixar a luz do corredor acesa só por precaução, está bem?

— Está bem — murmuro enquanto Jethro dá longas lambidas na minha mão. — Boa-noite.

— Boa-noite — respondem Shari e Pat. Apagam a luz e saem da sala.

Ouço Pat sussurrar para Shari:

— Espere... É verdade que ele deu uma *máquina de costura* para ela?

— É sim. — Escuto Shari sussurrar em resposta. — Ela tinha certeza de que ia ganhar uma aliança de noivado.

— Coitadinha — Pat murmura.

Depois não escuto mais as duas, porque já entraram no quarto e fecharam a porta.

Fico lá deitada, abrindo e fechando os olhos na semiescuridão. Saí do apartamento da mãe de Luke, chamei um táxi e disse ao motorista que me levasse até Park Slope. Eu precisava ligar para Shari para pegar o endereço exato. Pelo tom da minha voz, ela logo viu que era uma emergência e me instruiu a ir direto para lá sem nem pedir detalhes. Afinal de contas, é esse tipo de coisa que uma melhor amiga faz pela outra.

A casa de Pat é muito bonita e agradável, é um apartamento térreo com muitos painéis de madeira e tons neutros nas paredes, com samambaias em vasos pendurados no teto. Há imagens de patos nas paredes. O cobertor que Pat colocou nos meus ombros quando entrei pela porta, chorando, tinha a estampa de um marreco.

Existe algo de muito reconfortante em ver patos usados como item de decoração. Eu, pessoalmente, não ia querer colocar patos na minha casa, mas fico contente pelo fato de que alguém coloque.

Talvez, fico pensando, lá deitada entre Jethro e Scooter, cujo bafo quente e fedido é quase tão reconfortante quanto os patos, *Shari e Pat me deixem vir morar aqui com elas*. Só até eu encontrar um apartamento para mim. Isto seria legal, três mulheres contra o mundo. O mundo dos homens. Homens que não têm certeza se enxergam casamento em seu futuro... ou, pelo menos, que não o enxergam com uma garota como eu.

— A culpa é toda minha. — Foi o que eu fiquei repetindo para Shari quando entrei. — Como é que posso ficar esperando que ele saiba que quer se casar comigo se nós só nos conhecemos há seis meses?

— Bem, mesmo que casamento não seja importante para ele — disse Pat, sem rodeios —, ele devia ter percebido que era importante para uma mulher que ganha a vida fazendo vestidos de noiva.

— Na verdade, não ganho a vida assim — informei a ela.

— O cara é sem noção — Shari responde responde. — Pronto. Beba isto aqui.

O uísque ajudou. Por outro lado, ouvir Shari dizer que Luke é sem noção não ajudou em nada, porque lá no fundo sei que ele não é sem noção. Ele só é um cara que, até poucos meses atrás, não sabia o queria fazer da vida. Ou, melhor, sabia sim... mas tinha medo de se arriscar a tentar fazer. Até que eu aparecesse para incentivá-lo.

Talvez seja este o problema dele com casamento. Talvez ele simplesmente tenha medo de se arriscar e reconhecer que pode haver alguma mulher por aí com quem ele consegue se imaginar passando o resto da vida. Obviamente, essa mulher não sou eu. Mas talvez seja só porque, apesar de tudo o que tenho dito a mim mesma ao longo dos últimos seis meses, Luke e eu não combinamos, no final das contas. Talvez eu ainda nem tenha conhecido minha alma gêmea. Ou talvez tenha, mas deixei passar.

Ou talvez, como Chaz sempre diz, nós fazemos nossa própria alma gêmea.

Talvez a verdade seja que casamento não é oito ou oitenta. Muitas pessoas perfeitamente felizes não são casadas. E elas não ficam chorando pelos cantos por causa disso. Aliás, essa gente provavelmente daria risada da ideia de um dia se casar. Não há nada de errado em ser solteira...

...e é o que eu fico repetindo para a minha mãe e as minhas irmãs quando chego a Ann Arbor no dia seguinte. Porque é claro que elas veem pelos meus olhos vermelhos e chorosos que há alguma coisa errada.

— Luke e eu terminamos — explico. — Ele não estava pronto para assumir compromisso, e eu estava.

Rose e Sarah têm alguns comentários distorcidos a respeito do assunto.

Rose:

— Eu sabia que não ia durar. Quero dizer, vocês se conheceram quando estavam de férias. Namoros de férias nunca duram.

Sarah:

— Os homens nunca querem saber de compromisso. É por isso que você simplesmente deveria ter engravidado. Quando eles ficam sabendo que tem um bolo no forno, assumem compromisso bem rápido. Quero dizer, pelo menos quando a mãe deles descobre que vai ser avó.

Mas não quero arrumar um marido do jeito que Rose e Sarah arrumaram o delas. Porque é um jeito tão desonesto quanto minha estratégia dos bichinhos da floresta.

E olhe só no que deu.

Felizmente, o anúncio que Shari faz na véspera de Natal para os pais sobre sua nova namorada tira toda a atenção de mim e logo se transforma no assunto do bairro, graças à lista de discagem automática da Sra. Dennis. Depois fiquei sabendo que a reação do Dr. Dennis à notícia foi simplesmente apertar os lábios e se dirigir ao armário de bebidas.

Mas a Sra. Dennis logo nomeou a si mesma como porta-voz da comunidade para a PFALG.

— Quer dizer Pais, Familiares e Amigos de Lésbicas e Gays. — A mãe de Shari explica à minha, toda orgulhosa, durante o jantar de Natal. — Esta é a organização nacional que promove a saúde e o bem-estar de gays, lésbicas e bissexuais, assim como o de seus familiares e amigos.

— Bem, isto é muito bom — minha mãe reponde.

— Você gostaria de entrar para a associação? — Sra. Dennis pergunta. — Tenho um panfleto aqui comigo.

— Ah — responde minha mãe, largando sua garfada de torta. — Eu adoraria.

Shari pisca para mim do outro lado da mesa.

— Ele ligou? — pergunta sem emitir som algum. Porque Shari tem certeza de que, apesar do que penso, as coisas entre mim e Luke não terminaram, e ele vai me ligar, e nós vamos conversar, e tudo vai ficar bem.

Shari vive em um mundo de fantasia. Deve ser por causa de todos aqueles patos.

O dia de Natal sempre parece um zoológico na casa dos Nichols, porque minha mãe recebe todas as filhas e netos, além da minha avó, a família Dennis e algum aluno de pós-graduação do meu pai que não possa pagar a passagem de avião para visitar a família durante o feriado e por isso traz um prato típico de seu país para compartilhar conosco (é por isso que nosso rosbife sempre acaba sendo acompanhamento por malai koftas e uma cesta de poori recém-frito).

Não há como escapar dos berros da turminha com menos de 6 anos e da alegria incansável que minha mãe tem com os Muppets cantando musiquinhas de Natal e a explicação paciente que o aluno de pós-graduação do meu pai dá para todos os presentes à mesa de jantar sobre como o efeito desfocante do gradiente de campo radial é compensado por reentrâncias nas faces magnéticas que fazem o campo variar de forma azimutal, e o ataque de Rose porque o último teste caseiro de gravidez que ela fez mostrou duas linhas azuis, em vez de uma, como ela esperava, e a fúria de Sarah porque tinha pedido brincos de diamante de ouro branco e o marido dela, Chuck, comprou de ouro amarelo ("Ora, por acaso ele é *daltônico*?").

E no meio de tudo isso não larguei meu telefone, achando, às vezes, que tinha sentido o aparelho vibrar... mas era só meu coração batendo acelerado, acho, porque ele não ligou nem para me desejar feliz Natal.

E não liguei para ele porque... bem, como eu poderia?

Quando estou em busca de algum alívio dos rios de lágrimas e da tagarelice do resto da casa, deparo com minha avó na sala de diversão que fica no porão, empoleirada na frente da televisão, na cadeira reclinável que ela exigiu que meus pais comprassem para ela, assistindo a *A felicidade não se compra* na versão original, preto e branca.

— Oi, vó — digo e me afundo no sofá. — É o Jimmy Stewart, né?

Minha avó solta um resmungo. Não deixo de reparar na garrafa de cerveja Budweiser que ela segura. É uma daquelas especiais que Angelo, o marido brutamontes de Rose, preparou para ela, enchendo-as com cerveja sem álcool em vez da bebida de verdade. Não que faça alguma diferença. Minha avó vai agir como bêbada mais tarde, de qualquer maneira.

— Naquele tempo, sabiam como fazer filmes *de verdade* — diz, gesticulando na direção da tela com a garrafa de cerveja. — Este aí. Qual é aquele outro, com aquele Rick? Ah, certo. *Casablanca*. Esses sim eram filmes de verdade. Nada explodindo pelos ares. Nenhum macaco falante. Só conversa inteligente. Ninguém mais sabe fazer isso em um filme hoje em dia. Parece que todo mundo em Hollywood ficou retardado.

Acho que ouvi meu telefone vibrar. Mas não foi nada. Um segundo depois, tenho que abaixar a cabeça para esconder as lágrimas.

— Este sujeito é bom — continua minha avó, apontando para Jimmy Stewart com a garrafa de cerveja. — Mas gosto daquele Rick, que era dono do café em *Casablanca*. Ah, ele sim era um homem de verdade. Você se lembra de quando ele ajuda o marido da mocinha a ganhar o dinheiro para que ela não precise ir para cama com aquele francês? Aquele sim é um homem, fique sabendo. Qual é a recompensa de Rick por ter tido tanto trabalho? Nadinha. Só paz de espírito. Não quero saber daquele bobalhão do Brad Pitt. O que ele faz além de tirar a camisa e adotar um monte de órfãos? Rick nunca tira a camisa. Não precisa tirar! A gente não precisa ver o Rick sem roupa para saber que ele é um homem de verdade! É por isso que prefiro sempre Rick em vez daquele Brad Pitt. Ele é um homem tão verdadeiro que não precisa tirar a camisa para provar. Ei. Por que você está chorando?

— Ah, vó — digo, engasgada. — Tudo... tudo está um horror!

— O que é, está grávida? — Minha avó quer saber.

— Não, vó, claro que não — respondo.

— Não venha com "claro que não" para cima de mim — diz ela. — É só isso que as suas irmãs sabem fazer. Engravidam a torto e a direito. Parece que nunca ouviram dizer que existe uma crise populacional. Então, qual é o seu problema se não está grávida?

— T-tudo estava indo tão bem — soluço. — Em N-Nova York, quero dizer. Acho que realmente vou conseguir trabalhar com esse negócio de reformar vestidos de noiva. Já sei onde fica a Primeira Avenida e a rua Um. Finalmente encontrei um cabeleireiro que posso pagar e que faz luzes direitinho... mas eu tinha que começar a chorar quando Luke me deu o presente de Natal, porque achei que ia ganhar uma aliança de noivado, e ele m-me deu uma... máquina de costura!

Minha avó toma um gole meditativo de cerveja. Então diz, sem alterar a voz:

— Se o seu avô algum dia tivesse me dado uma máquina de costura de Natal, eu teria batido na cabeça dele com ela.

— Ah, vó! — Eu mal consigo enxergar, de tanto que estou chorando. — Você não percebe? Não é o presente. É que ele não quer se casar... nunca! Luke diz que não pode pensar em um futuro tão distante assim. Mas você não acha que, se você ama alguém, mesmo que não saiba onde vai estar ou o que vai fazer daqui a vinte anos, deve saber que deseja que esta pessoa esteja ao seu lado?

— Claro que sim — minha avó diz. — E se ele disse que não sabe, você fez bem em dar um pé na bunda dele.

— É mais complicado do que isso, vó. Quero dizer, não conte para a mamãe, mas Luke e eu... nós estávamos m-morando juntos.

Minha avó dá uma gargalhada de desdém com esta informação.

— Pior ainda. Ele experimentou e ainda não sabe se gosta o suficiente de você para transformar a situação em algo permanente algum dia? Dê tchauzinho para ele. Afinal, quem ele pensa que é? O Brad Pitt?

— Mas, vó, talvez alguns caras realmente precisem de mais do que seis meses para saber se a mulher de quem eles gostam é ou não a certa para eles.

— Talvez, se ele for um Pitt — minha avó diz com outra gargalhada de desdém. — Mas não se ele for um Rick.

Demoro alguns segundos para digerir esta informação. Então, digo:

— Se eu sair da casa dele, vou ter que encontrar outro apartamento para morar. Provavelmente vou ter que pagar mais de aluguel do que estou pagando agora. Porque fiz um acordo de namorada no apartamento em que estou morando.

— O que você prefere ter? — minha avó pergunta. — Dinheiro? Ou a sua dignidade?

— Os dois — respondo.

— E então? Então você precisa encontrar um jeito de ter os dois. Você consegue enfrentar este desafio. Era você que andava por aí dizendo que era capaz de consertar qualquer coisa com um aplicador de cola quente e uma agulha com linha. Agora vá abrir mais uma cerveja para a sua avó. E veja se traz uma de verdade desta vez. Estou cansada desta porcaria sem álcool. São só calorias vazias por nada.

Eu me levanto e pego a garrafa de cerveja vazia da mão da minha avó. O olhar dela voltou a se colar na tela. Jimmy Stewart corre para cima e para baixo pela rua, desejando feliz Natal ao Sr. Potter.

— Vó — digo. — Como é que você gosta tanto do Sully na *Doutora Quinn* e odeia Brad Pitt? Por acaso Sully também não vive tirando a camisa?

Minha avó ergue os olhos para mim como se eu estivesse totalmente louca.

— Aquilo é *televisão* — responde. — Não é *cinema*. São duas coisas completamente diferentes.

Guia de Vestido de Noiva de Lizzie Nichols

Você conseguiu! Está casada, finalmente! Depois de tanto trabalho e de tantas horas exaustivas... Agora chegou a hora de ir para a recepção e cair na FESTA!

Mas, espere... Já preparou o seu brinde de casamento?

Hoje em dia, já não são só o padrinho do noivo e o pai da noiva e o do noivo que precisam se levantar para dizer algumas palavras durante as recepções de casamento. Atualmente, com bastante frequência, a própria noiva paga uma bela porcentagem do custo do casamento. Então, por que ela não pode dizer algumas palavras?

Os melhores discursos de noivas incluem de tudo um pouco — humor, carinho e, sim, também algumas lágrimas. Mas existem alguns itens absolutamente obrigatórios:

Agradeça aos convidados que vieram de longe para a cerimônia e a recepção, ou que fizeram qualquer tipo de esforço para participar da sua comemoração.

Agradeça a todo mundo pelos presentes e pela generosidade (isso não a isenta de ter que mandar agradecimentos por escrito depois).

Agradeça a todos os seus amigos que a aguentaram durante os preparativos para o casamento. Isso inclui qualquer pessoa que tenha ajudado na organização e que tenha feito coisas além de suas obrigações por você (claro que todas as pessoas que sobem no altar ao seu lado já fizeram algo além das obrigações delas por você, de modo que você provavelmente deve incluí-las).

Agradeça à sua mãe e ao seu pai, principalmente se eles estiverem pagando. Mesmo que não estejam, agradeça por qualquer contribuição que eles tenham dado para todo o processo de namoro, noivado e casamento.

Agradeça ao futuro marido por lhe dar apoio. Uma história engraçada a respeito de como vocês se conheceram ou se apaixonaram também pode funcionar.

Finalmente, faça um brinde aos seus convidados e agradeça mais uma vez por terem vindo para ajudá-la a comemorar esse dia tão especial.

Depois disso, enfie o pé na jaca. Mas não tanto a ponto de estragar o seu vestido.

LIZZIE NICHOLS DESIGNS™

A fofoca é a arte de não dizer nada de maneira
a não deixar quase nada por dizer.

— *Walter Winchell (1897-1972), comentarista norte-americano*

— Uma *máquina de costura?* — Tiffany parece chocada. — Não. Não pode ser.

— O problema não é a máquina de costura — digo a ela. — Ela foi o catalisador da conversa que me fez perceber que ele não se sente em relação a mim da mesma maneira que me sinto em relação a ele.

— Mas uma *máquina de costura?*

É a segunda-feira depois do Natal, o primeiro dia de volta ao trabalho, e o meu segundo dia de volta a Nova York. Passei o restante do domingo examinando os classificados, tentando encontrar um apartamento que (diferentemente daquele que se encontra vazio em cima da loja, pelo qual Madame Henri queria dois mil dólares por mês) tenha preço compatível com o meu orçamento.

Mas foi inútil. Os únicos apartamentos que encontrei por mil dólares ou menos por mês eram para dividir com alguém. Em Jersey City. Pedindo para os inquilinos em potencial serem pessoas de cabeça aberta.

Foi particularmente deprimente ficar no apartamento da mãe de Luke na Quinta Avenida, com os quadros de Miró nas paredes e a escadaria do Metropolitan Museum of Art bem na frente da porta envidraçada dupla, olhando para anúncios e mais anúncios que pediam *hombres de preferencia*.

Hombres? Não quero morar com um bando de hombres. Eu só queria *um* hombre...

E ele ainda não ligou, muito menos deixou um recado. Voltei e encontrei o apartamento exatamente como estava quando saí... limpo, com a máquina de costura ainda na caixa, ao lado da árvore de Natal, que agora está completamente seca. A caixa em que coloquei o presente de Luke está ao lado dela, ainda embrulhada. Ele nem se deu ao trabalho de ver qual era o meu presente para ele.

Fico imaginando se é possível devolver os dois presentes e pegar o dinheiro de volta. Eu bem que estou precisando.

— Então, tipo, isso nem é um *presente* — Tiffany observa. — Porque o pai dele QUEBROU a sua máquina de costura. Então, na verdade, ele deu para você uma coisa que estava DEVENDO. Nem foi uma coisa, tipo... nova. Era uma coisa que você já tinha e que ele *quebrou.*

— Certo — balbucio. — Já sei. Certo?

— Mas, quero dizer... Que tipo de presente é ESSE? Se Raoul quebrasse alguma coisa minha... ou Deus me livre, se o PAI dele viesse fazer uma visita e quebrasse alguma coisa minha... eu ia querer que ele fizesse a substituição, e não que tentasse fazer essa substituição passar por PRESENTE DE NATAL. Porque ele ainda está devendo um PRESENTE para você.

— Eu sei — respondo, e fico aliviada quando o telefone toca. — Pendergast, Loughlin e Flynn, em que posso ajudar?

— Lizzie. — Fico surpresa por ouvir a voz de Roberta na outra ponta da linha. — Tiffany já chegou?

— Já — respondo. Tiffany tinha chegado para trabalhar mais cedo, como sempre, para perguntar como tinha sido o meu Natal, e para me contar sobre o dela, que tinha sido passado na propriedade que a madrinha de Raoul tem nos Hamptons, onde eles, bêbados, fizeram amor em cima de um tapete de pele de urso polar, e Raoul deu para ela de presente um anel com um diamante amarelo e uma estola de raposa, que ela está usando, apesar de estar em um ambiente interno, porque, como diz, "faz parte do MODELO" que inclui calça de cobra e blusa de seda.

— Que bom — Roberta diz. — Você pode pedir para ela cuidar da recepção e vir aqui à minha sala, por favor? E traga seu casaco e sua bolsa, por gentileza.

— Ah. Tudo bem. — Desligo devagar, sentindo que todo o sangue do meu corpo cai a temperaturas congelantes.

Tiffany deve ter percebido, pela minha expressão, que alguma coisa está errada, porque ela tira a atenção do anel dela por um instante e diz:

— O que foi?

— Roberta quer que eu vá até a sala dela — respondo. — Neste instante. E pediu para eu levar minha bolsa e meu casaco.

— Ah, merda — Tiffany diz. — Merda, merda, merda. Que vaca da porra. E logo no dia seguinte ao Natal. Isso sim é que é ser uma porra de um Grinch.

O que foi que eu fiz?, fico imaginando ao me levantar para pegar o casaco. Tomei muito cuidado. *Ninguém viu Jill e eu juntas depois daquela única vez. Disso eu tenho certeza.*

— Ouça — Tiffany diz ao ocupar a cadeira que acabei de liberar. — Só porque não vamos mais trabalhar juntas, não significa que não podemos ser amigas. Gosto de você de verdade. Você me convidou para o jantar de Ação de Graças. Nenhuma outra pessoa desta porra deste lugar nunca me convidou para ir a lugar nenhum. Então, vou ligar para você. Está ouvindo? Vamos sair juntas. Se você quiser ir aos desfiles da Semana de Moda ou algo assim... estou aqui. Entendeu?

Concordo, meio atordoada, e parto na direção da sala de Roberta. Dá para ver que já tem alguém com ela lá. Quando me aproximo, vejo que a pessoa é Raphael, da segurança do térreo. O que Raphael está fazendo aqui? É o que eu fico pensando.

— Você queria falar comigo, Roberta? — pergunto ao entrar na sala.

— Quero — responde ela com frieza. — Entre e feche a porta, pode ser, Lizzie?

Faço o que ela pede e fico olhando nervosa para Raphael, que, por sua vez, olha nervoso para mim.

— Lizzie. — Roberta começa, sem sequer dizer para eu me sentar. — Você está lembrada de uma conversa que tivemos há algumas semanas, a respeito de uma fotografia sua na companhia de uma das nossas clientes, Jill Higgins, ter sido publicada pela imprensa, não lembra?

Faço que sim com a cabeça, já que não tenho coragem de falar, porque minha garganta secou de pavor. Por que Raphael está aqui? Será que desrespeitei alguma lei? Será que ele vai me prender? Mas ele nem é policial de verdade...

— Na ocasião, você me garantiu que a sua relação com a Srta. Higgins não tinha absolutamente nada a ver com este escritório — prossegue Roberta. — Então, faça a gentileza de me explicar por que eu abri o *Journal* hoje pela manhã e deparei com isto aqui.

Roberta me entrega um exemplar do *New York Journal*, aberto na página dois...

...na qual há uma foto enorme em branco e preto de Monsieur Henri e a esposa, parados na frente da loja, sorrindo de orelha a orelha, embaixo da manchete: "Conheça os estilistas do vestido da Elefante Marinho!"

A primeira coisa que sinto é uma bolha de ultraje explodir dentro do meu peito. Estilistas! Eles não são os estilistas do vestido de Jill! A estilista sou eu! Eu! Como eles ousam se fazer passar por...

Mas daí, quando meus olhos caem no artigo, percebo que o casal Henri não fez nada desse tipo. Eles são muito sinceros a respeito do fato de que Elizabeth Nichols — "uma jovem de talento excepcional", de acordo com Monsieur Henri — foi a responsável pela reforma do vestido de noiva da Srta. Higgins, depois de tê-la conhecido "no escritório de advocacia da Pendergast, Loughlin e Flynn, onde a Srta. Nichols trabalha como recepcionista, e onde a Srta. Higgins buscou representação para cuidar de seu acordo pré-nupcial com o futuro marido John MacDowell".

E daí tem uma foto minha (granulada, mas reconhecível), entrando apressada pelas portas do lobby do exato edifício onde me encontro agora.

E a única coisa em que consigo pensar é: *O Calça de Veludo Cotelê Cinza! Foi o Calça de Veludo Cotelê Cinza! Eu sabia que ele iria causar encrenca no primeiro minuto em que o vi!*

E, também: *Ah, mas por que os Henri tinham que abrir a boca para falar como Jill e eu nos conhecemos? É verdade que eu nunca disse a eles que era segredo.... mas por que foram falar sobre esse assunto? Eu devia ter dito apenas que ela era minha amiga. Ai, meu Deus. Como eu sou burra!*

— Você sabe o quanto nós aqui da Pendergast, Loughlin e Flynn temos orgulho de manter sigilosa a nossa relação com os clientes — diz Roberta. Escuto a voz dela ao longe, porque meus ouvidos estão tinindo. — Você já foi avisada. Sabe que não tenho opção além de mandá-la embora.

Ergo os olhos do artigo do jornal, piscando rápido. A razão por que estou piscando tão rápido é que os meus olhos estão cheios de lágrimas.

— Você está me *demitindo*? — exclamo.

— Sinto muito, Lizzie — diz Roberta. E ela realmente parece estar sendo sincera. E isso ajuda. Mais ou menos. — Mas nós já conversamos sobre isto. Vou providenciar para que seu último cheque seja enviado pelo correio o mais rápido possível. Preciso que você me devolva a sua chave do escritório. Depois Raphael a acompanhará até a saída do prédio.

Com as bochechas queimando, remexo na bolsa até encontrar meu chaveiro. Então tiro a chave da porta do escritório e a entrego. Durante todo esse tempo, meu cérebro fica procurando enlouquecidamente por algum tipo de resposta às acusações que ela fez contra mim. Mas realmente não consigo dizer nada. Ela *tinha* me avisado. E não escutei.

E agora eu precisava pagar o preço.

— Tchau, Lizzie — diz Roberta, não de um jeito desagradável.

— Tchau — digo. Mas uma bolha de baba, causada pelo fato de que eu agora estou chorando abertamente, impede que eu diga qualquer outra coisa. Deixo que Raphael me conduza pelo braço através do escritório (consciente de que todo mundo está olhando para mim, apesar de a minha visão obviamente estar tão embaçada que eu, na verdade, não enxergo se eles estão mesmo olhando) até o elevador. Descemos até o lobby em silêncio. Porque há outros passageiros na cabine conosco.

Quando chegamos ao térreo, Raphael continua me guiando pelo lobby, porque continuo sem conseguir enxergar. Na saída que dá para a rua, ele para e me diz duas únicas palavras:

— Que droga.

Então, dá meia-volta e retorna ao balcão da segurança.

Empurro a porta e saio para o frio cortante de Manhattan. Para falar a verdade, não faço ideia de para onde devo ir. Para onde eu *posso* ir? Não tenho emprego e em breve não vou ter lugar para morar. Também não tenho namorado, uma ideia libertadora, sabe como é, depois da coisa toda de ter acabado de ser demitida e não ter onde morar. Aliás, estou me sentindo exatamente como Kathy Pennebaker deve ter se sentido quando finalmente reconheceu que Nova York (esta cidade grande, cintilante e cheia de coragem) tinha moído os ossos dela e a expulsado de lá.

Aliás, vi Kathy enquanto estava na minha cidade durante o feriado do Natal. Ela estava no supermercado Kroger, empurrando um carrinho na seção de legumes, parecendo tão exausta e pálida que mal a reconheci.

Será que vou ficar assim algum dia? Fiquei imaginando enquanto a observava, escondida atrás do balcão de castanhas e frutas secas. Será que eu vou parar de me importar com o que as pessoas pensam de mim e vou fazer compras com uma camiseta largona em que se lê CORRIDA INTERESTADUAL DAS 400 MILHAS DE NASCAR e calça cargo na altura da canela (no inverno)? Será que vou começar a namorar um cara que tem o bigode amarelado de nicotina e que está fazendo um estoque de remédios para resfriado (em quantidade tão grande que ele só pode estar pensando em preparar uma fornada de metanfetamina para o fim de semana)? Será que algum dia vou mesmo comprar rabanetes? Quero dizer, para uma salada ou só para usar como enfeite de prato?

E daí, disparando pela rua com as lágrimas escorrendo pelo rosto, tentando não escorregar na neve meio derretida, percebo uma coisa.

E não só porque de repente me vi parada na frente do Rockefeller Center, com o rinque de patinação e a estátua dourada de um homem deitado que são ícones de Nova York (ainda mais com a enorme árvore de Natal cheia de luzinhas brilhantes atrás).

Não. Não, eu percebo. Eu *não* vou ficar assim. Eu *nunca* vou ficar assim. *Nunca* usaria calça cargo em público. Acho que não seria capaz de namorar alguém com um bigode amarelado. E rabanete só fica bom em tacos.

Não sou Kathy Pennebaker. Nunca vou ser Kathy Pennebaker. NUNCA.

Com a minha resolução fortalecida, dou meia-volta e consigo um táxi (na primeira tentativa! No Rock Center! Eu sei! Foi um milagre) e dou ao motorista o endereço da loja de Monsieur Henri.

Quando ele para na frente da loja, abro a bolsa e descubro que não tenho dinheiro... só a nota de 10 dólares que minha avó tinha me d0ado.

Mas que escolha eu tinha? Entrego a nota, digo ao motorista para ficar com o troco e entro correndo na loja, onde encontro Monsieur e Madame Henri rindo com o exemplar do *Journal* com canecas fumegantes de *café au lait* na mão e um prato de madeleines na frente.

— Lizzie! — exclama Monsieur Henri, deliciado. — Você voltou! Você viu? Você viu a reportagem e a foto? Estamos famosos! Por causa de você! O telefone não para de tocar! E a melhor notícia de todas... é Maurice! Maurice vai fechar a loja aqui da rua e vai mudar para o Queens! Tudo por causa de você! Tudo por causa daquela reportagem!

— É mesmo? — Tiro o cachecol e fico olhando para os dois, furiosa. — Bem, fui demitida por causa dessa reportagem.

Isso apaga o sorriso do rosto deles.

— Ah, Lizzie — começa Madame Henri.

Mas ergo o indicador para calá-la.

— Não — digo. — Não quero escutar nenhuma palavra. Vocês é que vão me escutar. Em primeiro lugar, quero ganhar trinta mil por ano mais comissões. Quero duas semanas de férias pagas e seguro saúde e odontológico completo. Quero pelo menos um dia de folga por mês e mais um para cuidar de assuntos pessoais por semestre. E quero ficar com o apartamento do andar de cima, sem pagar aluguel, com todas as contas de eletricidade, gás e água pagas pela loja.

O casal continua olhando para mim, de boca aberta, os dois surpresos. Monsieur Henri é o primeiro a se recuperar.

— Lizzie — diz, em tom magoado. — É claro que você merece o que está pedindo. Ninguém está dizendo que não. Mas não sei como você pode nos pedir para...

Mas Madame Henri o silencia com um:

— *Tais-toi*!

Enquanto o marido olha para ela surpreso, ela diz para mim de maneira bem clara e concisa:

— Nada de seguro odontológico.

Eu praticamente caio no chão de joelhos, de tão aliviada que fico.

Mas não deixo transparecer. Em vez disso, digo com toda a dignidade que consigo reunir:

— Fechado.

E então aceito o convite para tomar *café au lait* e comer madeleines com eles. Porque quando se está de coração partido, os carboidratos não contam.

Guia de Vestido de Noiva de Lizzie Nichols

Aaahhhh! Você chegou em casa da lua de mel! Está na hora de começar a aproveitar a alegria da vida de casado, certo?

ERRADO. Você tem muito trabalho pela frente. Pegue o seu material de correspondência — talvez você já tenha comprado seus cartões de agradecimento para combinar com os convites; talvez simplesmente resolva usar seus novos cartões com monograma — e *comece a escrever*.

Se você foi esperta, não esperou até depois da lua de mel para dar início ao processo de agradecimento. O melhor é começar a enviar os cartões de agradecimento na medida em que se vai recebendo cada presente. Mas se por algum motivo terrível você decidiu esperar, vai ter que encarar uma quantidade de trabalho enorme. No mínimo, você deve ter guardado cada cartão que veio com cada presente, e anotado atrás o que cada pessoa deu. Se esse foi o caso, está fácil: é só rabiscar um recado de apreciação — MENCIONANDO O PRESENTE RECEBIDO PELO NOME — a cada pessoa que deu alguma coisa, assinando, de maneira cordial, com o nome dos cônjuges.

Se você não deixou tudo anotado, vai ter que começar a investigar. Pois, pode apostar: se você não prestou atenção, alguém mais prestou. E esse alguém — geralmente a mãe ou a sogra — sabe dizer exatamente o que você recebeu de quem.

A razão por que você deve mencionar o tipo de presente recebido no seu cartão de agradecimento é para que a pessoa que presenteou saiba, com certeza, que você recebeu o presente, e que ele foi importante de algum modo. Escrever: "Muito obrigado pelo presente " não é educado nem satisfatório para quem deu... e, de maneira geral, só vai servir para que, quando chegar a hora do chá de bebê, você não receba nada dessa pessoa.*

Sim, você tem que escrever cada cartão à mão. Não, você não pode enviar uma carta de agradecimento xerocada ou impressa para os seus convidados.

LIZZIE NICHOLS DESIGNS™

---

*Exceção: se um convidado lhe deu um presente em dinheiro, não é necessário nem educado mencionar a quantia no cartão de agradecimento. Chame qualquer quantia de "presente generoso".

Não posso dizer como deve ser a verdade;
repito a história como me foi contada.

— Sir Walter Scott (1771-1832), romancista e poeta escocês

— Espere — Chaz diz. — Então, ele falou que não conseguia imaginar o futuro com você?

Estou transportando a penúltima braçada de roupas pela escada estreita do meu apartamento novo. Chaz, atrás de mim, está com a última.

— Não — digo. — Ele não conseguia imaginar o futuro, ponto. Porque está longe demais. Ou qualquer coisa do tipo. Sabe do que mais? A verdade é que já nem lembro. E para mim tudo bem, porque não faz diferença.

Chego ao topo da escada, dobro à esquerda e estou no meu apartamento novo. MEU apartamento. E de ninguém mais. Limpo, mobiliado no estilo chique despojado, com carpete rosa no piso todo e papel de parede creme com rosinhas estampadas em todos os cômodos menos no banheiro, que é ladrilhado de bege.

O piso é ainda mais desnivelado do que o do apartamento de Chaz; só tem quatro janelas (duas na sala, que dão vista para a rua Setenta e Oito, e duas no quarto, que dão vista para um quintal escuro); e uma cozinha tão minúscula que só uma pessoa pode entrar de cada vez.

Mas também tem uma banheira bem grande, com chuveiro de água pelando e duas lareiras minúsculas, mas muito decorativas (sendo que uma delas, por algum milagre, realmente funciona).

E eu adoro cada centímetro dele. Inclusive a cama tamanho queen com colchão embolotado, na qual não tenho dúvidas de que atos indizíveis foram cometidos pelos dois membros mais jovens da família Henri, mas nada que uma bela arejada e lençóis novinhos da Kmart não possam curar, e a televisão minúscula em branco e preto com antenas que parecem orelhas de coelho, que pretendo substituir por um aparelho em cores assim que tiver dinheiro.

— Mas parece bem a cara de Luke — diz Chaz ao entrar no quarto, onde montamos a minha arara encostada em uma parede. — Sabe como é. Essa coisa de ser detalhista demais de que a gente estava falando.

— É — respondo. Faz pouco mais de uma semana desde que terminamos — se é que foi isso mesmo o que aconteceu naquela noite, no hall do apartamento da mãe dele. Não recebi nenhuma notícia dele até agora.

E a ferida ainda está aberta demais para eu conseguir falar muito sobre o assunto.

Mas Chaz parece ser incapaz de falar de qualquer outro assunto. É um pequeno preço a pagar, acho, por ele me ajudar a fazer a mudança... ele pegou um carro emprestado com os pais e tudo. Parece achar que é o mínimo que pode fazer, levando em conta que o melhor amigo dele é responsável pelo meu coração partido e a empresa do pai dele, pela minha atual situação de não ter um tostão.

Mas observei que a segunda, pelo menos, acabou sendo benéfica para mim, já que me obrigou a finalmente pedir aos meus "verdadeiros" empregadores a compensação financeira que mereço. Até Shari ficou perplexa com o que chamou de "desenvolvimento repentino de *cojones*".

— Aluguel de graça *mais* salário? Bom trabalho, Nichols. — Foi o que ela me disse pelo telefone, quando liguei para dar a notícia.

Mas, pensando bem, tudo isto é culpa de Shari, na verdade. Foi ela que namorou Chaz, que nos convidou para ir ao *château* de Luke no último verão. Aliás, a culpa pela coisa toda pode ser atribuída a Chaz. Foi Chaz (como ele observou na escada agora há pouco) que disse a Luke como eu adorava Coca diet, fazendo com que Luke comprasse Coca diet para mim naquele dia no vilarejo, e isso fez com que eu me apaixonasse por ele, devido ao grau elevado de consideração por mim.

E foi Chaz que me arrumou o emprego na Pendergast, Loughlin e Flynn, que acabei perdendo.

Claro que, se ele não tivesse nos convidado para ir à França, eu nunca teria conhecido Luke. E se ele não tivesse dito ao Luke que eu adoro Coca diet, eu nunca teria me apaixonado por Luke. E se eu não tivesse me apaixonado por Luke, eu provavelmente não teria me mudado para Nova York. E se eu não tivesse me mudado para Nova York, não teria arrumado o emprego no escritório do pai de Chaz, e daí eu nunca teria conhecido Jill, assim transformando meu sonho de me tornar especialista certificada em vestidos de noiva em realidade.

Então. Na verdade, tudo é culpa de Chaz.

E é por isso que o mínimo que ele pode fazer é me ajudar na mudança.

— Bem — diz Chaz enquanto pego o último vestido dos braços dele e penduro na arara. — Pronto. Tem certeza de que trouxemos tudo?

Mesmo que não tenhamos trazido, agora não posso mais voltar lá. Deixei a chave do apartamento da mãe de Luke com o porteiro, junto com um bilhete (breve, porém cordial) para agradecer a Luke por ter me deixado ficar lá, e pedindo para ele falar comigo sobre as contas que ainda estou devendo ou sobre qualquer questão relativa ao apartamento.

Sem chances de eu algum dia voltar a pisar no Met. Vou ficar nervosa demais com a possibilidade de esbarrar com ele. Mas vou sentir falta da coitada da Sra. Erickson, para quem também deixei um bilhete de despedida, já que ela está passando o feriado em

Cancun e nem sabe que me mudei. Até parei na frente da menina de Renoir e me despedi profundamente dela. Espero que a próxima namorada de Luke (seja lá quem for) goste dela.

— Tenho certeza — respondo ao Chaz.

— Bem, então acho que é melhor eu levar o carro de volta — ele diz. — Não quero ter que encarar o trânsito do feriado e tudo o mais.

— Ah, certo — respondo. Quase tinha me esquecido que era véspera de Ano-novo. Tenho o casamento de Jill para ir daqui a algumas horas. E por isso eu me lembro de perguntar uma coisa. — Aliás, o que você vai fazer hoje à noite? Quero dizer, Luke não está e Shari... bem, está com Pat. Você tem algum plano?

— Vão fazer uma festa no Honey's — Chaz diz e dá de ombros. — Acho que vou ficar por lá.

— Você vai passar a véspera de Ano-novo em um bar de caraoquê com um monte de desconhecidos? — Não consigo fazer com que minha voz não soe incrédula.

— Não são desconhecidos — Chaz responde, em tom magoado. — O anão com o cajado? A atendente do bar que vive brigando com o namorado? Essas pessoas para mim são como se fossem da família. Apesar de eu não saber o nome delas.

E, de repente, já estou pegando o braço dele.

— Chaz — digo. — Você tem smoking?

E é assim que, nove horas depois, eu me vejo ao lado de Chaz no Grande Salão de Baile do hotel Plaza (que agora se chama Plaza Apartamentos de Luxo), com uma taça de champanhe em uma mão e a bolsinha que combina com o meu vestido de noite de seda cor-de-rosa da década de 1950 de Jacques Fath na outra, enquanto Jill Higgins, agora MacDowell, em cima do piano de cauda do salão, se prepara para jogar o buquê.

— Pronto — Chaz diz. — Deixe que eu segure estas coisas. É melhor você ir para lá.

— Ah — respondo. Apesar das minhas reservas, eu até que estava me divertindo bastante (depois de me assegurar de que o vestido de Jill estava perfeito — estava — e que os olhos da sogra dela ficaram esbugalhados quando a viu — o que aconteceu — hesitei em ficar muito tempo na recepção. É estranho estar em um casamento onde você só conhece a noiva e o noivo, que com certeza não têm muito tempo para ficar com pessoas que não sejam da família em seu grande dia). Chaz declarou que não iria embora antes da meia-noite ("Eu não coloquei roupa de pinguim só para vestir um jeans antes da contagem regressiva"), e a verdade é que ele tinha razão. As amigas de Jill do zoológico eram hilárias e estavam tão deslocadas quanto eu. E os amigos de John não eram nem de longe tão arrogantes quanto achei que seriam... aliás, pelo contrário. A única pessoa que parecia não estar se divertindo tanto assim era a mãe de John, e parece que isso se devia ao fato de alguém ter escutado Anna Wintour dizer que o vestido de Jill era "gracioso".

Gracioso. A diretora da *Vogue* disse que uma coisa que eu fiz (bom, que reformei) é *graciosa*.

E isso na verdade não é nenhuma surpresa para mim, porque eu também achei que ficou muito gracioso.

De todo modo, está bastante claro que Jill não vai mais ser a Elefante Marinho para a imprensa, e parece que isso deixou a mãe de John deprimida... tanto que agora ela está sentada à mesa com a cabeça apoiada na mão, dispensando garçons solícitos que se aproximam para oferecer água gelada e aspirina.

— Mulherada! — berra Jill de cima do piano. — Preparem-se! Quem pegar o buquê vai ser a próxima a se amarrar!

— Vá lá — Chaz me incentiva. — Eu guardo a sua bolsa.

— Não vá perder. Todas as minhas agulhas, meu kit de costura de emergência e tudo o mais está aí.

— Você parece uma enfermeira — diz ele com uma risada. — Não vou perder. Vá logo!

Corro para a frente do salão, onde as madrinhas e uma seleção de funcionárias do zoológico estão reunidas na frente do piano de cauda, pensando comigo mesma, meio surpresa, que para uma pessoa que geralmente só vive de jeans e boné, até que Chaz fica *bem* direitinho quando se arruma. Meu coração deu um salto quando abri a porta e o vi ali parado com a "roupa de pinguim" dele, pronto para me acompanhar.

Mas, bem, acho que *todos* os homens ficam bem de smoking.

— Certo — avisa Jill avisa. — Vou virar de costas, para que seja justo. Certo?

Chego até a frente do salão e me aperto ali junto com as outras mulheres. Vejo que Jill repara em mim. Ela sorri e pisca antes de se virar. O que ela quis dizer com *isso*?

— Um — Jill conta.

— OLHA EU AQUI! — berra a mulher do meu lado; é uma das funcionárias do zoológico. — JOGUE PARA MIM!

— Dois — Jill continua.

— NÃO, PARA MIM! — grita outra mulher grita e fica pulando como uma louca em seu tailleur festivo, apesar de agressivo, em cetim charmeuse e tom bem forte.

— Três! — Jill diz.

E o buquê de íris e lírios brancos sai voando pelos ares. Por um instante, ele faz um desenho contra as luzes douradas e quentes do teto. Ergo o braço sem esperar nada (nunca consegui pegar uma bola que tivessem jogado para mim na vida), de modo que fico chocada quando o buquê cai bem nas minhas mãos abertas.

— Uau! — Chaz diz quando corro na direção dele, triunfante, um pouco depois disso, para mostrar a minha prenda. — Se Luke visse você com isso, provavelmente desmaiaria.

— Cuidado, solteiros de Manhattan! — berro, brandindo meu buquê. — Eu sou a próxima! Eu sou a próxima!

— Você está bêbada — diz Chaz, feliz.

— Não estou bêbada nada — digo, assoprando o cabelo que caiu no meu rosto. — Estou feliz.

— Dez — as pessoas ao nosso redor de repente começam a entoar. — Nove. Oito.

— Ah! — exclamo. — É Ano-novo! Eu tinha me esquecido de que era Ano-novo!

— Sete — Chaz se junta ao coro. — Seis!

— Cinco — berro. Chaz tem razão, é claro. Eu *estou* bêbada. E graciosa também. — Quatro! Três! Dois! Um! FELIZ ANO-NOVO!

As pessoas que se lembraram de guardar as lembrancinhas do casamento (cornetinhas de Ano-novo) as assopram, com toda a força. A banda começa a tocar "Auld Lang Syne". E, por cima da nossa cabeça, uma rede é solta e centenas de balões brancos vão caindo com suavidade, como se fossem flocos de neve, até chegarem ao chão.

E Chaz estende os braços para mim, e eu estendo os braços para ele, e nós nos beijamos felizes quando o relógio bate a meia-noite.

Guia de Vestido de Noiva de Lizzie Nichols

Eis aqui uma cura garantida para a ressaca pós-recepção de casamento:

Coloque 150 ml de suco de tomate em um copo alto. Junte um pouco de limão (verde ou amarelo) e mais um pouco de molho inglês. Salpique com duas ou três gotas de molho Tabasco e tempere com pimenta-do-reino, sal e sal de aipo a gosto. Se você for corajosa, pode colocar um pouco de raiz forte também. Complete com gelo e enfeite com um talo de aipo e um gomo de limão.

Arremate com 50 ml de vodca.

Aproveite.

Lizzie Nichols Designs™

Boatos correm mais rápido, mas não duram
tanto quanto a verdade.

— *Will Rogers (1879-1935), ator e humorista norte-americano*

Eu acordo com pancadas.

No começo, fico achando que as pancadas só estão dentro da minha cabeça.

Abro os olhos e, por alguns momentos, não sei onde estou. Então a minha visão clareia e vejo que as coisas que eu tinha tomado por grandes borrões cor-de-rosa flutuando na frente dos meus olhos na verdade são rosas. E estão nas paredes.

Estou na cama, no meu apartamento novo em cima da loja de vestidos de noiva.

E, quando viro a cabeça, percebo que não estou sozinha.

Tem alguém batendo na porta.

São coisas de mais que percebo ao mesmo tempo. Qualquer uma delas por si só já bastaria para me deixar bem confusa. Mas levando em conta que todas ocorrem simultaneamente, demoro um minuto para processar o que realmente está acontecendo.

A primeira coisa em que reparo é que ainda estou usando o meu vestido de noite Jacques Fath (agora todo amassado, e sujo de bolo de chocolate). Mas está bem firme *no lugar*... assim como meu collant modelador Spanx por baixo dele.

E isso é bom. *Muito* bom.

Reparo que Chaz também não tirou a roupa. Quer dizer, ainda está com a calça e o paletó do smoking, mas parece ter perdido a gravata e a camisa está mais do que a metade desabotoada; as abotoaduras (de ouro e ônix, do avô dele, eu me lembro de ele ter dito) sumiram, assim como os sapatos.

Examino o meu pobre cérebro lesado, tentando me lembrar do que aconteceu. Como foi que Chaz (ex-namorado da minha melhor amiga; melhor amigo do meu ex-namorado) acabou indo parar na minha cama nova, ainda que totalmente vestido?

E daí, na medida em que vou absorvendo outros fatos (tal como o buquê de Jill que está na minha mesinha de cabeceira, que parece meio murcho, mas ainda direitinho, e que os meus sapatos parecem ter sumido), começo a me lembrar da cadeia de acontecimentos que levaram a esta descoberta surpreendente da manhã: Chaz e eu dando um beijo de Ano-novo que começou como um mero selinho de amigos... pelo menos era minha intenção que fosse assim.

Mas daí Chaz já estava me abraçando e transformando aquilo em algo mais.

Eu o empurrei para longe (rindo), mas logo percebi que ele não estava rindo. Ou, pelo menos, não tanto quanto eu.

— Ah, Lizzie — ele disse. — Você sabe como é...

Mas coloquei a mão em cima da boca dele antes que pudesse terminar de dizer o que queria.

— Não — afirmei. — *Não podemos*.

— Ah, e por que diabos não? — perguntou Chaz por baixo dos meus dedos. — Só porque conheci Shari primeiro? Porque, sabe, se eu tivesse conhecido você primeiro...

— *NÃO* — falei, apertando a mão com mais firmeza. — Não é por isso, e você sabe muito bem. Nós dois estamos nos sentindo muito vulneráveis e sozinhos neste momento. Nós ficamos magoados...

— E essa só é mais uma razão para buscarmos consolo um no outro — disse Chaz, segurando minha mão e afastando-a da boca... para poder dar um beijo nela! — Eu realmente acho que você deveria compensar todas as suas frustrações de Luke comigo. De maneira física. Prometo ficar bem quietinho enquanto você faz isso. A não ser que deseje que eu me mova.

— Pare com isso — falei e desvencilhei a minha mão da dele. Como é que ele era capaz de me fazer rir tanto durante aquele que supostamente devia ser um momento muito sério? — Você sabe que eu amo você... como *amigo*. Não quero fazer nada que possa ameaçar a nossa relação... como amigos.

— Eu quero — Chaz respondeu. — Eu quero *muito* fazer coisas que possam ameaçar a nossa relação como amigos. Porque nós *sempre* vamos ser amigos, Lizzie. Independentemente do que aconteça. Realmente acho que é a parte física da nossa relação que precisa ser mais trabalhada.

— Bem — falei, sem parar de rir. — Então você simplesmente vai precisar de paciência. Porque acho que nós dois precisamos de tempo para digerir o que perdemos... e para nos curarmos.

Chaz, de maneira nada surpreendente, fez uma careta de nojo quando eu disse isso: tanto a ideia quanto a maneira como a expressei pareciam ter sido desagradáveis para ele. Mas prossegui, inabalável:

— Se, depois de um período adequado nós dois ainda estivermos interessados em levar nossa amizade a outro nível, podemos reavaliar.

— De quanto tempo estamos falando? — ele quis saber. — Quero dizer, para digerir e curar? Duas horas? Três?

— Não sei — respondi. Estava meio difícil para eu me concentrar, levando em conta que ele ainda estava me abraçando e eu sentia as abotoaduras do avô dele fazendo pressão contra a seda do meu vestido. E também não foi a única coisa que senti fazendo pressão. — Pelo menos um mês.

Depois disso, ele me beijou de novo enquanto nos deixávamos embalar pela música.

E acho que não foi só o champanhe que me fez sentir que eram estrelas douradas que choviam ao nosso redor em vez de balões brancos.

— Bem, pelo menos uma semana — falei, quando ele finalmente me deixou respirar.

— Combinado — ele respondeu. E então, suspirou. — Mas esta vai ser uma longa semana. Aliás, o que tem aí embaixo, hein? — As mãos dele estavam na linha da minha calcinha, que ele sentia por baixo do meu vestido.

— Ah, esse aí é o meu collant modelador Spanx — respondi, decidindo naquele momento que eu seria sincera nesta e em todas as relações futuras, de maneira implacável e até brutal (mesmo que isso representasse desvantagem para mim), como por exemplo confessar para um cara que eu uso lingerie modeladora. Que é praticamente um short.

— Spanx — murmurou Chaz, pressionando os meus lábios. — Parece pervertido. Não vejo a hora de ver como você fica só com ele.

— Bem — respondi, aceitando mais uma oportunidade de expressar honestidade brutal. — Já posso dizer que não vai ser assim tão excitante quanto você pode imaginar.

— Isso é o que você pensa — Chaz disse. — Só quero que você saiba que, quando olho para o futuro, não vejo *nada* além de você. — E daí ele sussurrou: — E você nem está usando Spanx.

Então ele tombou o meu corpo, de modo que de repente eu me vi rindo para o teto, de onde os últimos balões ainda estavam caindo, em arcos longos e preguiçosos.

O resto da noite foi um borrão de mais beijos, e mais champanhe, e mais dança, e depois mais beijos, até que, finalmente, saindo do Plaza aos tropeções bem quando traços cor-de-rosa começavam a tingir o céu por cima do East River, caímos dentro de um táxi que estava no ponto na frente do hotel, e depois na minha cama.

Só que não aconteceu nada. Era óbvio que não tinha acontecido porque (a) nós dois estávamos de roupa e (b) eu não *permitiria* que nada acontecesse, por mais champanhe que tivesse tomado.

Porque, desta vez, vou fazer tudo do jeito *certo*, e não do jeito Lizzie de ser.

E, além do mais, vai funcionar. Porque sou *graciosa*.

Estou lá deitada, pensando em como sou graciosa (e também em como Chaz dorme de um jeito desengonçado, levando em conta que o rosto dele está todo amassado contra um dos meus travesseiros e que, além de ele babar, como eu babo, ele também ronca), quando percebo que as pancadas, que eu acreditava serem da minha dor de cabeça, na verdade vêm da porta.

Alguém está batendo na porta da rua do prédio (que na verdade tem interfone, mas está quebrado. Madame Henri jurou que vai mandar consertar até o fim da semana que vem).

Quem é que poderia estar batendo na porta, meu Deus, às dez da manhã do dia primeiro de janeiro?

Rolo para fora da cama e me equilibro mal em cima das pernas. O quarto está girando... mas então percebo que é o assoalho inclinado que me dá a impressão de que vou cair. Bem, o piso e a minha terrível ressaca.

Agarrando-me à parede, consigo chegar até a porta do apartamento e destrancar. Na escada estreita (e fria) que vai até o térreo, as pancadas estão mais altas do que nunca.

— Estou indo — aviso, imaginando se é alguma entrega da UPS para a loja. Madame Henri tinha me alertado que, ao ocupar o apartamento do último piso do prédio, eu seria responsável por receber todas as encomendas que chegassem fora do horário comercial.

Mas será que a UPS faz entregas no dia primeiro de janeiro? Não é possível. Todo mundo tem que dar pelo menos um dia de folga para os funcionários.

No fim da escada, luto contra todas as fechaduras até finalmente conseguir abrir a porta... apesar de ter deixado a correntinha de segurança, para o caso de a pessoa que está lá ser um assassino em série e/ou um fanático religioso

Através da fresta de dez centímetros entre a porta e o batente, vejo a última pessoa do mundo que estava esperando.

Luke.

— Lizzie — ele diz. Parece cansado. E também aborrecido. — Finalmente. Estou batendo aqui há um tempão. Olhe. Deixe-me entrar. Preciso conversar com você.

Em pânico, bato a porta com tudo.

Ai, meu Deus. Ai, meu Deus, é Luke. Ele voltou da França e veio me ver. Por que ele veio me ver? Será que não recebeu meu recado breve, porém cordial, em que lhe dei meu endereço novo para que ele soubesse para onde encaminhar a minha correspondência, mas o instruindo a não entrar em contato comigo?

— Lizzie. — Ele voltou a espancar a porta. — Por favor. Não faça isto. Eu viajei a noite toda para chegar aqui e dizer isto para você. Não me ignore.

Ai, meu Deus. Luke está na porta da minha casa...

...e o melhor amigo dele está dormindo na minha cama, no andar de cima!

— Lizzie? Você vai abrir a porta ou não? Ainda está aí?

Ai, meu Deus. O que vou fazer?Não posso deixar que ele entre. Não posso deixar que ele veja Chaz. Não que Chaz e eu tenhamos feito alguma coisa de errado. Mas quem seria capaz de acreditar nisso? Luke com certeza não. Ai, meu Deus. O que faço agora?

— Eu... ainda estou aqui — abro a porta e digo. Soltei a correntinha, mas não saio do caminho para deixar Luke entrar (apesar de sentir frio demais parada ali naquele degrau com o meu vestido de noite, com aquele vento cortante penetrando pelo tecido). — Mas você não pode entrar.

Luke olha para mim com aqueles olhos escuros e tristes.

— Lizzie — ele diz e parece nem registrar o fato de que eu dormi de roupa. E também não é qualquer roupa, mas sim o vestido de noite Jacques Fath que eu estava guardando há anos, até que surgisse um evento refinado o suficiente. Não que ele fosse saber disso. Porque eu nunca disse para ele.

— Fui um completo idiota — Luke prossegue, sem nunca desviar o olhar do meu. — Reconheço que quando você tocou naquele assunto... bem, a coisa do casamento na semana passada, realmente me deu o maior susto. Eu não estava esperando. Achei mesmo que nós só estávamos passando o tempo, sabe? Nos divertindo. Mas você me fez pensar. Eu não consegui *parar* de pensar em você, aliás, apesar de ter tentado. Tentei de verdade.

Fico lá parada olhando para ele. Foi só para dizer isto que ele pegou um avião de volta para os Estados Unidos (e aparentemente passou a virada de Ano-novo a bordo)? Que estraguei o feriado dele, mesmo que ele tenha tentado não pensar em mim?

— Até conversei com minha mãe sobre o assunto — ele disse, com o sol de inverno ressaltando o tom azulado de seu cabelo pretíssimo. — E, aliás, ela não está tendo caso nenhum. Sabe aquele cara com quem ela foi se encontrar no dia seguinte ao de Ação de Graças? É o cirurgião plástico dela. Ele faz as aplicações de Botox dela. Mas isso não vem ao caso.

Engulo em seco.

— Ah — digo. E percebo, agora que não adianta mais, que foi por isso que os olhos de Bibi não ficaram com ruguinhas quando ela sorriu para mim ao fazer o convite para que eu me juntasse a eles na França durante o feriado: ela tinha recebido uma injeção de Botox.

Ainda assim, isso não muda nada. Aliás, não muda a parte em que Luke preferiu passar o feriado com os pais dele em vez de me acompanhar até o Meio-Oeste para conhecer os meus.

Lembro a mim mesma disso porque estou me esforçando muito para não deixar a guarda do meu coração baixar contra ele. Porque, claro, a mágoa ainda é recente. Como eu disse para Chaz, nós dois ainda estamos sofrendo.

Mas ver Luke na porta da minha casa, tão cansado e vulnerável, não está ajudando em nada.

— Foi minha mãe que me disse como eu estava sendo idiota — Luke prossegue. — Quero dizer, apesar de ela ter ficado meio P da vida ao saber da coisa toda de que você achava que ela estava tendo um caso. Ela estava tentando esconder o Botox do meu pai.

Finalmente consigo mover os lábios durante tempo suficiente para dizer:

— A desonestidade em um relacionamento nunca faz bem.

Como eu sei muito bem.

— Certo — Luke responde. — É por isso que percebo a sorte que tenho, Lizzie, de estar com você. — Ele estica o braço e pega a minha mão como os dedos gelados, cobertos por uma luva de couro. — Porque, apesar de você talvez ter fama de falar demais, uma coisa pode ser dita a seu respeito: você sempre diz a verdade.

Legal. E também é verdade. Bem, na maior parte do tempo.

— Você viajou de tão longe para me insultar? — pergunto, tentando usar um tom de desdém... mas, claro, a verdade é que só estou com vontade de chorar. — Ou será que existe algum motivo por trás de tudo isto? Porque estou aqui congelando...

— Ah! — ele exclama, larga a minha mão e rapidamente tira o casaco, que coloca nos meus ombros com toda gentileza. — Desculpe. Seria bem mais fácil se nós pudéssemos entrar...

— *Não* — respondo com firmeza, agradecida pelo casaco. Só que agora meus pés, cobertos pela meia-calça, parecem gelo.

— Certo — Luke diz com um sorrisinho. — Se é assim que você quer... Vou dizer o que vim dizer e daí libero você.

É. Porque, claro, esse é o tipo de coisa que príncipes fazem. Viajam milhares de quilômetros só para se despedir.

Afinal, independentemente do que mais possam ser, os príncipes são infalivelmente educados.

Tchau, Luke.

— Lizzie — diz Luke. — Eu nunca tinha conhecido uma mulher como você. Parece que você sempre sabe exatamente o que quer e o que precisa fazer para conseguir. Você não tem medo de fazer nem de dizer nada. Você se arrisca. Nem dá para dizer quanto admiro isso.

Uau, mas que discurso de despedida mais bacana.

— Você se abateu sobre a minha vida como... bem, como um tsunami ou algo assim. Mas um tsunami bom, quero dizer. Totalmente inesperado, e totalmente irresistível. Eu sinceramente não sei onde estaria agora se não fosse você.

De volta a Houston, com a sua ex, é o que eu tenho vontade de dizer.

Só que não digo. Porque estou meio curiosa para ouvir o que ele vai dizer em seguida. Apesar de a minha vontade geral ser simplesmente correr para cima e me deitar na cama.

Só que não posso fazer isso, me lembro um pouco tarde demais. Porque tem um homem aos roncos lá.

— Não sou o tipo de pessoa que consegue ir atrás do que quer — ele prossegue. — Acho que eu sou mais cauteloso. Tenho que pesar todas as possibilidades, calcular cada risco envolvido...

É. Eu sei.

Tchau, Luke. Tchau para sempre. Você nunca vai saber o quanto eu amei...

— É por isso que demorei tanto tempo para perceber que o que eu realmente queria dizer para você... — Agora ele está remexendo no bolso da frente da calça de lã cinza-carvão. E não consigo deixar de pensar: por que ele está fazendo isto... o que ele está fazendo? Será que ele só quer me torturar? Será que ele faz ideia de como estou me esforçando para não me jogar em cima dele? Por que ele *simplesmente não vai embora*? — Acho que o que eu *sempre* quis dizer para você, desde aquele dia em que nos conhecemos, naquele trem maluco, é...

...suma da minha vida e nunca mais entre em contato comigo.

Só que não é isso que ele diz. Não é isso, nem de longe, o que ele diz.

O que ele faz, por algum motivo, é se ajoelhar com uma perna só, na frente da loja de vestidos de noiva fechada, e da senhora passeando com o cachorro na outra calçada, e do cara dirigindo uma perua e procurando um lugar para estacionar e de toda a população da rua Setenta e Oito Leste.

E, apesar de eu não conseguir acreditar no que eu estou vendo, e tenho certeza de que os meus olhos de ressaca estão pregando peças em mim, ele tirou do bolso uma caixinha de veludo preta, que se abriu para revelar um solitário que reluz com o sol da manhã.

Não. Não, é isso mesmo que ele está fazendo. E há palavras saindo de sua boca. E as palavras são:

— Lizzie Nichols, quer se casar comigo?

Este livro foi composto na tipologia Lapidary333 BT,
em corpo 13/18, e impresso em papel off-white 80g/m²
no Sistema Cameron da Divisão Gráfica da
Distribuidora Record.